Beate Vera
Was den Raben gehört

W0278526

Beate Vera

Was den Raben gehört

Ein Provinzkrimi aus Berlin

Jaron Verlag

Originalausgabe
1. Auflage 2017
© 2017 Jaron Verlag GmbH, Berlin
Alle Rechte vorbehalten. Jede Verwertung des Werkes
und aller seiner Teile ist nur mit Zustimmung des Verlages erlaubt.
Das gilt insbesondere für Vervielfältigungen, Übersetzungen,
Mikroverfilmungen und die Einspeicherung und Verarbeitung
in elektronischen Medien.
www.jaron-verlag.de
Umschlaggestaltung: Bauer+Möhring, Berlin. Foto: © iStock,
Gregor Bister
Satz: Pinkuin Satz und Datentechnik, Berlin
Druck und Bindung: CPI books GmbH, Leck

ISBN 978-3-89773-835-5

Für

Maarten

*Never f***ing ever!*

1

März 1965

Im Keller eines noch fertigzustellenden Hauses in einem Neubaugebiet im Süden West-Berlins sitzt ein Mann und rührt Mörtel an im Schein einer Taschenlampe. Er hat die Ziegelsteine, die er benötigen wird, ordentlich neben eine Aussparung unter der Kellertreppe gestapelt. Bei dem Schutt und dem Dreck, den die Bauarbeiter dort liegen gelassen haben, wird niemand die Blutflecke bemerken, die auf dem Boden bereits gefroren sind. Der Mann haucht Wärme in seine Hände und schiebt den Eimer mit dem Mörtel vor die Nische. Während er die erste Reihe Mauerziegel setzt, blickt er auf die beiden Körper, die in der kleinen Erweiterung der Waschküche liegen und zügig ihre Wärme verlieren. Die Eiseskälte um sich herum spürt er nicht, zu heiß kocht die Wut in ihm. Heute hat er den Beweis für ihren Verrat gesehen – und gehandelt. Er greift in seine Jackentasche und knirscht mit den Zähnen, als seine kalte Hand die Medaille an dem feinen Silberkettchen berührt.

Anfang Dezember war ein strenger Winter eingebrochen. Die Kinder aus den bereits fertiggestellten Häusern im Neubauviertel hatten sich über weiße Weihnacht freuen können. Sie waren entzückt gewesen von der Schneedecke, die alles überzogen hatte und erst im Januar wegen hoher Temperaturen kurz einer unangenehmen Schmelze gewichen war. Ende Februar brachte dann ein eindrucksvoller Schneesturm die Stadt zum Stillstand. Am 4. März liegt der Schnee noch immer dreißig Zentimeter hoch. Die Stadt hat zweitausend zusätzliche Helfer eingestellt, die hunderttausend Kubikmeter Schnee räumen. Es ist viel zu kalt, um mit den Bauarbeiten in der Neubausiedlung fortzufahren, und so umgibt eine gespenstische Stille den letzten Bauabschnitt des Eifelviertels.

Die neue Mauer wird den Arbeitern nicht auffallen, da ist der Mann sich sicher. Ihr Schaffen hat sich bislang weder durch große Akribie noch durch gesteigerte Arbeitsmoral ausgezeichnet. Keine Wand innerhalb der quaderförmigen Häuser, die nach der Mittagspause errichtet wurde, haben sie gerade gezogen. Fliesen und Innenausstattungen einiger geplanter Küchen und Bäder sind auf wundersame Weise aus den ihnen bestimmten Häusern in andere gelangt, deren Eigentümer über gute Verbindungen zur Baufirma und deren Subunternehmen verfügen. Vermutlich werden die Arbeiter annehmen, dass ein anderer Trupp bereits tätig geworden ist, und im Nebenhaus weitermachen.

Er benötigt etwas über eine Stunde, um die rund sechzig Ziegelsteine in der Eiseskälte zu setzen. Mehrfach muss er das Wasser, das er braucht, um den Mörtel anzurühren, auf einem kleinen Gasbrenner erwärmen.

Konzentriert setzt er Stein um Stein. Als die Mauer fertiggestellt ist, schiebt er den Mörteleimer in die Ecke zurück, aus der er ihn geholt hat. Er wirft einen letzten Blick auf die neue Wand. Dann nimmt er das kleine Kind an die Hand, das seiner Arbeit regungslos beigewohnt hat, steigt mit ihm die Kellertreppe hinauf und verlässt das Haus am Ende der Straße. Er zieht das Kind auf einem Schlitten hinter sich her, den Dürener Weg hinunter, und summt dabei leise den neuen Hit dieser Band aus Liverpool. Seine Stiefel knirschen im Schnee.

2

Advent 2012

Rolf Prinz' Mangel an Empathie wurde nur noch von seiner Inkompetenz übertroffen. Der gering geschätzte Ermittlungsleiter der vierten Berliner Mordkommission, die an jenem Tag Rufbereitschaft hatte, war clever genug, sich smarte Assistenten an Land zu ziehen, die die Arbeit für ihn erledigten und ihn gut dastehen ließen. Auch riss er sich gerne Fälle unter den Nagel, bei denen keine unmittelbaren Ergebnisse erwartet wurden. Dabei störte es ihn nicht, wenn die gar nicht in seinen Zuständigkeitsbereich fielen. Auch die anstehenden Ermittlungen wären eigentlich Sache des LKA-Dezernats 12 gewesen, dessen Aufgabe neben den sogenannten Vermisstensachen Identifizierungsmaßnahmen zur Namhaftmachung von unbekannten Toten war, doch Prinz hatte ohne großen Widerstand seinen Willen durchsetzen können und die Ermittlungsleitung übernommen.

Nachdem er sich den Tatort kurz und lustlos angeschaut hatte, stand er nun vor dem Reihenmittelhaus, in dessen Keller zwei skelettierte Leichen gefunden worden waren. Geräuschvoll putzte er sich die Nase, hustete lautstark und stöhnte beim Betrachten des Inhalts seines Taschentuchs erbarmungswürdig, sodass niemand den geringsten Zweifel daran haben konnte, wie schlecht es um seine Gesundheit stand. Feingefühl gehörte wahrlich nicht zu seinen Stärken, und er vergaß keinen einzigen Affront gegen seine Person. Nach wie vor war er beleidigt, weil ihn seine Kollegin Merve Celik vor drei Monaten hatte sitzenlassen, um sich mit diesem Küstenheini Martin Glander selbstständig zu machen. Celik & Glander – Private Ermittlungen, dass er nicht lachte! Zähneknirschend erinnerte er sich an den letzten Fall, bei dem sich ihre Wege gekreuzt hatten: die Entführung einer Oberschülerin im September. Er selbst war auf einer falschen Fährte gewesen, und Glander und Celik hatten den Täter überführt. Und jetzt diese Geschichte hier, schon wieder in direkter Nachbarschaft zu Glanders neuer Flamme – wie hieß die noch gleich? – Lea Storm. Würde er den Mann denn nie loswerden?

Prinz' Laune hatte sich seitdem genauso wenig gebessert wie das Wetter. Der Berliner Advent war wie immer nass, kalt und einfach nur zum Abgewöhnen. Oder zum Auswandern. Prinz spielte regelmäßig mit dem Gedanken, eine Eigentumswohnung auf den Kanaren zu kaufen. Noch reichte das Geld nicht, aber jedes Jahr im November wurde sein Wunsch konkreter. Alt würde er jedenfalls nicht in diesem Moloch Berlin. Auf gar keinen Fall!

Prinz fühlte eine Erkältung im Anmarsch. Vor dem Reihenhaus zog es wie Hechtsuppe. Und alte Fälle wie dieser interessierten ihn nicht die Bohne, schon gar nicht an einem Freitag, kurz vor dem Wochenende, und noch dazu jwd, janz weit draußen, am Stadtrand. Seinen Mangel an Enthusiasmus musste er aber verbergen. Die beiden Frauen neben ihm sahen ihn schon vorwurfsvoll genug an.

Sigrun und Gudrun Lehmann, die eine Bankerin, die andere Maklerin von Beruf, wie sie ohne Umschweife preisgegeben hatten, als sie sich ihm vorgestellt hatten, wohnten direkt im Haus nebenan und piesackten ihn mit ihren Fragen und Informationen. Wenn er ihr Geschnatter richtig verstanden hatte, waren sie direkt um die Ecke, im Monschauer Weg, aufgewachsen und hielten sich für Expertinnen in allen Kiezbelangen. Hatten diese beiden Schrapnells denn nichts Besseres zu tun? Jetzt quasselten sie schon fünf Minuten unablässig auf ihn ein, und er hatte ihnen nicht wirklich zugehört. Sein Assistent Fellner würde später alles zu Protokoll nehmen, das würde vollkommen ausreichen. Prinz ging sowieso nicht davon aus, dass sie einen Täter finden würden. Dieser Fall war kälter als seine Füße – aber es half ja alles nichts.

Lutz Harnack, Professor der Pathologie und rechtsmedizinischer Leiter des forensischen Teams, das Prinz für diesen Fall zugeteilt war, trat aus dem Haus und kam zu ihm herüber. Harnack schien das schlechte Wetter gar nicht zu bemerken, oder vielleicht trug er auch etwas sehr Warmes unter dem weißen Overall des Kompetenzzentrums Kriminaltechnik des LKA Berlin, kurz KT. Er hatte an diesem Freitag den Dienst eines Kollegen übernommen, der den Hochzeitstag mit seiner

Gattin in Paris verbrachte, und würde nun die Untersuchungen des Tatorterkennungsdienstes koordinieren.

»Auf den ersten Blick handelt es sich bei den Skeletten um einen Mann und eine Frau, die Beckenknochen weisen eindeutig darauf hin. Beide waren zum Zeitpunkt des Todes erwachsen, die Handwurzelknochen sind erkennbar zusammengewachsen. Der Mann starb vermutlich an einem Schlag auf den Schädel mit einem stumpfen Gegenstand, zumindest klafft ein großes Loch in seinem Pericranium, und sein Kiefer ist zertrümmert. Ein Ziegelstein oder ein großer Hammer, so etwas in der Art kämen dafür in Frage. Die Frau wurde erwürgt, ihr Zungenbein ist gebrochen, das konnte ich deutlich sehen. Weitere Fremdeinwirkung konnte ich bei einer groben Betrachtung der Knochen zunächst nicht ausmachen. Ich denke, ich werde neben den Kollegen vom Personenerkennungsdienst, die die üblichen DNA-Spuren – falls wir noch welche finden – und die Zahnprofile auswerten werden, noch die 45 zurate ziehen und die Überreste der Textilien genau prüfen lassen. Ich hoffe, dass sie uns Aufschluss über die Herkunft der beiden Toten geben können. Die beiden Skelette werden eine Reihe von Kollegen beschäftigen, das ist bereits abzusehen.«

Die KT 45 war die für Textilkunde zuständige Unterabteilung der Abteilung KT 4 des Landeskriminalamtes. Dort arbeiteten die Naturwissenschaftler unter den Kriminaltechnikern.

Prinz zog einen Flunsch. Was das wieder alles kosten würde!

Harnack hielt Prinz einen der kleinen Folienbeutel

entgegen, die die KT zur Beweissicherung verwendete. »Diesen Ring habe ich bei der weiblichen Leiche sicherstellen können.« Erst jetzt schien er die zwei Frauen neben Prinz zu bemerken und räusperte sich mit einem Seitenblick auf die beiden. Harnacks Beruf erforderte eine vielen seiner Mitmenschen unangenehme Faszination für den Tod in all seinen grauenvollen Facetten. Harnack war beseelt von seinem Fachgebiet und ein weltweit gefragter Dozent und Sachverständiger. Den Tod zu entschlüsseln war sein Lebensinhalt, und er schien keinen Kripobeamten darum zu beneiden, sich mit lebendigen Menschen auseinandersetzen zu müssen.

Die beiden Damen neben dem Kriminalhauptkommissar starrten kreidebleich auf das durchsichtige Plastiktütchen, das Harnack Prinz immer noch vor die Nase hielt. Die Frau in Türkis griff die Hand der Frau in Zyklam neben sich und flüsterte entsetzt: »O mein Gott, Siggi, das ist Mamas Ring! Sieh doch nur! Das ist der Ring mit dem Diamantsplitter, den sie als Ehering trug. O Gott, Siggi, das ist Mama da unten im Keller!«

Danach brach das blanke Chaos um Rolf Prinz aus.

*

Während das Drama in und vor dem Reihenhaus in ihrer Zeile im Dürener Weg in den nächsten Akt ging, fror Lea Storm auf ihrer Hunderunde erbärmlich. Dem Winterbeginn in Berlin hatte sie noch nie viel abgewinnen können. Er war ihrem Empfinden nach immer grau, nasskalt und trostlos. Schnee fiel, wenn überhaupt, erst im Januar – dann, wenn man ihn nicht mehr brauchte. Und dem *black dog*, dem schwarzen Hund, den einem diese Jahreszeit aufzwingen wollte, musste man aktiv entgegentreten. Warum der frühere britische Premierminister Winston Churchill gerade einen Hund als Sinnbild für Depressionen gewählt hatte, hatte Lea nie begriffen. Wenn sie selbst dieses Krankheitsbild mit einem Tier in Verbindung bringen müsste, würde sie eher an einen hässlichen Kraken denken. Viel passender fand Lea aber den Vergleich mit glitschigen dunklen Schlingpflanzen, in denen man sich verhedderte. Und gelang es einem, sich aus diesem Gewächs zu befreien, fand man sich in der Ödnis eines niedergebrannten Ackers wieder, in der man alleine auf weiter, karger Flur stand, ohne Hoffnung auf neues Grün. So fühlten sich Depressionen an. Auf gar keinen Fall rief diese Erkrankung das Bild eines so wunderbaren Tieres wie eines Hundes in ihrer Vorstellung hervor.

Am sonst so grünen südlichen Stadtrand der Hauptstadt zeigte sich die Natur Anfang Dezember von ihrer spärlichen Seite. Kahle Bäume und Büsche säumten die Wege des ehemaligen Grenzstreifens, auf dem Lea in Richtung Teltowkanal geradelt war. Schmuddelige Grau- und Brauntöne dominierten die Umgebung. Die Grünflächen entlang des Mauerwegs wie auch innerhalb der kleinen Reihenhaussiedlung im Eifelviertel, in der Lea wohnte, boten ein von Kälte und Mangel geplagtes Erscheinungsbild. Sie verlangten nach einer Lage Schnee, um unter dieser weißen Decke zu ruhen und sich zu erneuern.

Leas übliche Taktik, Datum und Wetter zu ignorieren und sich warm anzuziehen, um fünf Kilometer am Tag zu laufen, zeigte heute keine Wirkung. Sie litt an einer fiebrigen Erkältung. Ihren großen rotbraunen Schottischen Hirschhund Talisker beeindruckte das wenig. Er musste sich bewegen, über vierhundert Jahre des Jagens in rauem Klima prägten den Charakter seiner Rasse. Und so stand Lea nun neben ihrem Fahrrad am Ufer des Teltowkanals und wartete darauf, dass Talisker aus dem Unterholz zurückkehrte. Ihr Schädel dröhnte, ihre Nase war wund, und ihre Gelenke schienen vor Schmerz zu vibrieren. Sie hatte 39 Grad Fieber, und *elend* war eine reichlich unzulängliche Beschreibung ihres Zustands. Martin war auch noch nicht wieder von der Kieler Förde zurückgekehrt. Am achten Tag in Folge ohne ihren Freund, den Privatermittler, schrie jede Faser ihres Körpers nach ihm. Vermutlich war diese Gefühlswallung aber bloß auf die Grippe zurückzuführen. Lea wünschte sich sehnlichst zurück in ihr Bett. So schön die Vorstellung von ihrem großen Doppelbett, den warmen Decken und den vielen Kissen auch war, sie rückte in weite Ferne, als Lea ihre Nachbarin Carola Sabersky auf sich zukommen sah.

Carola war mit Horst unterwegs, dem Basset der Familie Sabersky, der seiner Kennung als Niederlaufhund immer mehr Ehre machte, da ihn fünf Mitglieder des sechsköpfigen Haushalts stets mit Leckerlis verwöhnten. Sein Bauch war nur noch wenige Zentimeter vom Boden entfernt, und seine prallen, kleinen Beinchen schienen unter der Last seines Wanstes immer krummer zu werden. Ein jedes Mal, da Lea Horst begegnete, musste sie breit grinsen – der Hund strahlte eine ansteckende Gemütlichkeit aus. Da er Talisker gerade einmal bis zum Kniegelenk reichte, fühlte sie sich immer an Pat und Patachon erinnert, die beiden dänischen Komiker aus den Stummfilmen der Zwanzigerjahre des letzten Jahrhunderts, wenn sie die zwei Hunde zusammen sah.

Carola gestikulierte wild, während sie sich Lea näherte. »Hast du es schon gehört?« Ohne Leas Antwort abzuwarten, fuhr sie fort. Die Geschichte musste gut sein, wenn sie sich so beeilte, sie Lea zu erzählen. »Deine neuen Nachbarn haben heute Morgen eine unglaublich gruselige Entdeckung gemacht, als sie im Keller mit der Kernsanierung weitermachen wollten. Ich hab sowieso nicht verstanden, warum die bei diesem Winterwetter ihre Bude renovieren wollen. Wenn sie Pech haben und die Temperaturen richtig tief unter null sinken, können sie sich warm anziehen! Im wahrsten Sinne des Wortes. Ich meine, sie haben das Haus ja bereits bezogen und die alte Wohnung aufgegeben. Aber jetzt sind sie wohl doch erst mal in eine Pension gezogen. Kein Wunder, nach dem Fund!«

Lea mochte Carola Sabersky, deren Mann Arne, wie Carola immer wieder erklärte, nicht mit dem Gutsbesitzer Max Sabersky verwandt war, dessen früherer Landbesitz im nahegelegenen Teltow seit rund zwanzig Jahren für Restitutionsklagen sorgte, sondern aus Hamburg stammte. Lea bewunderte ihre Nachbarin für die unerschütterliche Ruhe, mit der sie ihr Familienleben managte. Vier Kinder an zwei verschiedenen Schulen und mit diversen Hobbys zu koordinieren, Haus und Garten in Schuss zu halten und die Familie samt den zahlreichen Haustieren zu versorgen war kein einfaches Unterfangen, zumal Arne seit drei Monaten vollkommen in seiner neuen Aufgabe als Schuldirektor des nahegelegenen Albrecht-Berblinger-Gymnasiums aufging. Der gutdotierte Posten verlangte ihm eine Menge Überstunden ab. Und Arne war ein Tausendprozentiger, für ihn gab es keine halben Sachen. Seine asketische Gestalt entsprach durchaus seinem Lebensethos. Carola dagegen hatte den Kampf gegen ihre Kleidergröße schon vor Jahren souverän aufgegeben. Schließlich war sie die Klügere, und die gab bekanntlich nach. Was ihre Hosenbunde auch alle taten, Gürtel hatte sie seit der Geburt der Zwillinge nicht mehr getragen. So lange Carola gelegentlich brauchte, um auf den Punkt zu kommen, so lange benötigte Lea so manches Mal, um auf den Punkt zu denken. Vielleicht war ihr die etwas jüngere Nachbarin deshalb so sympathisch.

»Was denn für einen grausigen Fund? Ich hab gar nichts mitbekommen, als ich aus dem Haus ging«, fragte Lea.

Carola schüttelte den Kopf. »Das sieht dir wieder ähnlich. Du bist sicher hinten raus und durch den Garten direkt auf den Mauerweg, was? Dabei muss da gerade das ganz große Kino in eurer Zeile losgegangen sein. Stell dir vor: Die haben im Keller zwei Skelette gefunden!«

Lea traute ihren Ohren kaum. Die neuen Nachbarn waren vor drei Wochen angekommen, nachdem der Vorbesitzer, Erwin Bäcker, in eine Wohnung in der Nähe seines Bruders und dessen Familie gezogen war. Bäcker war ein unkomplizierter Zeitgenosse gewesen, und alle hatten gehofft, dass sich auch die neuen Besitzer gut in die Nachbarschaft einfügen würden. Die Familie Wallace hatte Lea sofort zugesagt, allein wegen der Tatsache, dass Ryan Wallace, ein Studiomusiker – er spielte Gitarre, Bass und Klavier – aus Edinburgh kam. Leas Vater war Schotte, und sie hatte einen Großteil ihrer Jugend in Stirling verbracht, das nicht sehr weit entfernt von Edinburgh lag. Ryan Wallaces Frau Julia, eine geborene Almendinger aus dem Schwabenland, besaß einen Abschluss in Finance der Harvard Business School und hatte mit nur dreißig Jahren die Leitung des Controllings eines Biotechunternehmens übernommen, das seinen Sitz in Teltow hatte. Ryan wollte mit dem gemeinsamen Baby Danny zu Hause bleiben. Zu dem kleinen Rotschopf passte der schottische Name, dessen eigentliche Form Aidan so viel wie Feuer bedeutete, zumindest optisch sehr gut. Die glücklichen Eltern hatten ihrem neuen Leben am südlichen Berliner Stadtrand voller Zuversicht entgegengesehen. Lea mochte sich gar nicht ausmalen, wie sich die zwei nach dem Fund in ihrem Keller fühlten.

Ihre Neugier war sofort geweckt – zwei menschliche Skelette! Die mussten seit der Errichtung der Siedlung dort liegen, denn bislang war an dem Haus nichts Grundlegendes verändert worden. Lea selbst wohnte seit zwanzig Jahren im Dürener Weg. Ihr Grundstück grenzte an den ehemaligen Mauerstreifen, jetzt Teil des BUGA-Wanderwegs, und war eines der Filetstücke in der kleinen Siedlung im Süden Berlins. Ihr verstorbener Mann Mark hatte das Haus von seiner Großmutter geerbt, bei der er aufgewachsen war. Als sie nach deren Tod dort eingezogen waren, hatte Erwin Bäcker schon in der Siedlung gelebt, zwei Häuser von ihnen entfernt. Zwischen ihnen wohnten die Lehmann-Schwestern. Die Vorbesitzer von Bäckers Haus hatte Lea deshalb nie kennengelernt, eventuell stünde ihr Name noch in ihrem Grundbuchauszug. Da es sich um eine Eigentümergemeinschaft handelte, war der vollständige Grundbuchauszug Teil des Kaufvertrags, die Vorbesitzer würden darin erfasst sein, denn Marks Großmutter und ihr Mann hatten zu den ersten Käufern eines der Neubauten im Eifelviertel gehört.

Carola riss Lea aus ihren Gedanken. »Stell dir mal vor, du ziehst in ein Haus, in dem schon seit Jahren zwei Tote im Keller liegen! Gott, ist das fies! Ich mag gar nicht darüber nachdenken. Und dann passiert das Ganze auch noch im Advent, das ist wirklich hart. Apropos, was macht ihr denn zu Weihnachten? Feiert ihr zusammen? Duncan kommt doch sicherlich heim über die Feiertage, oder?«

Leas Miene verdunkelte sich. Weihnachten war ein heikles Thema zwischen ihr und Martin. Das Tempo, das sie vorlegten, seit sie sich im vergangenen Juli begegnet waren, war atemberaubend, die Sinne betäubend und allgemein so verwirrend wie beängstigend. Lea berührte unwillkürlich ihren linken Oberarm, auf dem eine wellenförmige Narbe sie dauerhaft an die Gefahr erinnerte, in der sie im letzten Sommer geschwebt hatte. Obwohl beide Situationen ganz und gar nicht miteinander vergleichbar waren, verspürte sie ein ähnlich beunruhigendes Gefühl bei der Festtagsplanung.

Martins Schwester Melanie lebte mit ihren zwei Kindern in Teltow, und Martin verbrachte den Heiligen Abend gewöhnlich bei ihnen und übernachtete anschließend dort. Laut Martin war es der einzige Abend im Jahr, an dem seine geschiedenen Eltern an einen Tisch zu bekommen waren. Um siebzehn Uhr kam stets ein Nachbar als Weihnachtsmann verkleidet vorbei und verteilte Geschenke. Gegessen wurden Würstchen mit Kartoffelsalat, und später am Abend gingen sie zum Weihnachtsgottesdienst. Martin tat seiner Schwester diesen Gefallen, obwohl er der Institution Kirche mehr als skeptisch gegenüberstand.

Als halbe Schottin feierte Lea das Weihnachtsfest auf eine sehr andere, weitenteils angelsächsische Art. Und sie war sich ganz und gar nicht sicher, ob sie gewillt war, von ihrer Tradition abzurücken.

»Duncan kommt mit Nina, seiner Freundin. Aber wir suchen noch nach einer angemessenen Form des Feierns, die uns unter den neuen Umständen allen zusagt. Du weißt ja, dass ich Weihnachten immer etwas anders als hier üblich verbringe.«

Ich, nicht *wir.* Es war das zweite Weihnachten ohne Mark. Wie die Zeit verging! *Unter den neuen Umständen* – gemeint hatte sie damit: mit ihrem neuen Mann. Da hatte sie aber *fix Ersatz gefunden* – Lea wusste, was einige Nachbarinnen so tuschelten. Auch wenn ihr und ihrem Sohn Duncan in der Regel schnuppe war, was über sie getratscht wurde, in diesem Punkt war Lea empfindlich, es traf sie sehr. Alles ging einfach zu schnell, es war zu früh, und – *bloody hell!* – sie verabscheute Mietweihnachtsmänner und alles, wofür sie standen! Je länger sie darüber nachdachte, desto größer wurde ihr Problem.

Carola lächelte sie an, ihr blieb Leas innerer kafkaesker *Prozess* verborgen. »Und ich fand immer, das klingt so entspannt und gemütlich. Ich darf gar nicht an das ganze Weihnachtstheater denken, das mir dieses Jahr wieder blüht. Arnes Mutter verbringt die gesamten Feiertage bei uns, und ich kann ihr nichts recht machen. Die Kinder sind davon auch nicht begeistert, weil sie noch näher zusammenrücken müssen, damit ihre Oma ein eigenes Zimmer hat. Ich ärgere mich jedes Jahr aufs Neue über diesen Ablauf. Na ja«, seufzte sie, »eines Tages fasse ich mir ein Herz und ändere alles. Ihr findet bestimmt eine Lösung. Ich muss weiter, Arne bringt heute die erweiterte Schulleitung mit zum Abendessen. Es ist ihre Weihnachtsfeier, und ich hab noch viel zu tun.«

In Gedanken versunken, schob Lea ihr Fahrrad zurück nach Hause. Gerne hätte sie Carolas Zuversicht geteilt. Was Weihnachten anging, hatte sie so grundsätzlich andere Wünsche als Martin. Noch mehr als ein schottisches Weihnachtsfest wünschte sie sich aber in diesem Moment ein Bett. Trotzdem wählte sie nicht den kürzeren Heimweg durch ihren Garten, sondern ging durch die Straßen des kleinen Eifelviertels zurück. Schon von Weitem sah sie die Polizeifahrzeuge am Ende des Dürener Wegs. Neben einem Streifenwagen parkte ein großer dunkler Volvo, und in der Einfahrt zu ihrer Zeile standen ein VW LT Kleinbus sowie ein weiteres Fahrzeug, das vermutlich auch der Kriminalpolizei gehörte. Die Autos ihrer Nachbarn kannte sie, diese nicht.

Prompt hielt sie ein Streifenbeamter am Anfang ihrer Straße auf. »Hier ist im Moment kein Zutritt.«

»Ich wohne hier. Lea Storm, Hausnummer 60.«

»Können Sie sich ausweisen?«

Bevor Lea ihren Ausweis zücken konnte, rief eine ihr bekannte Stimme: »Frau Storm! Ich habe gerade bei Ihnen geklingelt.«

Kriminalkommissar Harald Fellner, der Assistent von Glanders unsympathischem Exkollegen Rolf Prinz, kam Lea entgegen und wandte sich an den Schutzpolizisten. »Ist schon gut, Uwe, ich kenne die Dame. Sie wohnt hier. Kommen Sie, Frau Storm! Ich würde Ihnen gerne ein paar Fragen stellen, wenn Sie nichts dagegen haben.«

Lea stöhnte innerlich. Eigentlich wollte sie nur unter ihre warme Bettdecke. Aber was hatte sie erwartet? Sie rang sich ein Lächeln ab, gab Talisker ein Zeichen und bat den Kommissar in ihr Haus.

*

Im Norden der Republik war das Wetter nicht besser, es war nass, kalt und für viele sicherlich trostlos. Martin Glander zog den Reißverschluss seiner Softshelljacke bis ans Kinn. Als Kind der Küste kannte er kein schlechtes Wetter, sondern nur schlechte Kleidung. Er verriegelte die Tür seiner Fischerkate in Dänisch-Nienhof und verließ das Grundstück durch den länglichen Vorgarten. Bevor er in sein Auto stieg, blickte er noch einmal auf das kleine Häuschen, das er vor rund zehn Jahren von seinen Großeltern geerbt hatte.

Seine Eltern waren von der Kieler Förde nach Berlin-Wannsee gezogen, als er sechs Jahre alt gewesen war. Da Mutter und Vater viel gearbeitet hatten, hatten Glander und seine drei Jahre jüngere Schwester Melanie nahezu alle Ferien bei den Großeltern an der Ostseeküste verbracht. Die Bilder seiner Kindheit waren geprägt von diesen Wochen am Meer: Fischen mit Opa Jan mit anschließendem Flicken des kleinen Netzes, der frischgebackene Apfelkuchen seiner Oma Ellie mit dicker warmer Vanillesoße, Bücher, die ihm die Großeltern zuerst vorgelesen hatten und die er dann selbst in der Hängematte im Garten der Kate wieder und wieder gelesen hatte – Defoe, May, Lindgren und Kästner. Dörte kam ihm in den Sinn, das Mädchen, von dem er seinen ersten Kuss bekommen hatte. Was wohl aus ihr geworden war? Glander hatte eine halbe Ewigkeit nicht mehr an seine Sandkastenliebe gedacht.

Sein Leben hatte einen packenden Verlauf genommen. Nach dem vergeigten ersten Anlauf für sein Abitur hatte er die Chance bekommen, es in Eckernförde mit dem Eintritt in die Marine zu wiederholen. Darauf war die Ausbildung zum Waffentaucher gefolgt. Glander erinnerte sich gerne an diese Zeit zurück. Damals, mit zwanzig Jahren, war er sich unverwundbar vorgekommen. Er liebte das Wasser und war einer der besten Schwimmer seiner Einheit gewesen. Dennoch hatte er sehr schnell feststellen müssen, dass er sich nicht für den Dienst zur See fürs Vaterland eignete. Sein Ausbilder verfügte über gute Kontakte zur Berliner Kriminalpolizei und sorgte dafür, dass man Glander eine Chance als Kommissarsanwärter gab. Glander stieg zum Kriminalhauptkommissar auf und erreichte eine überdurchschnittlich hohe Aufklärungsrate, bevor sich wieder die alte Unruhe in ihm ausbreitete. Er war nicht geschaffen für enge Strukturen, unabhängig davon, ob sie militärischer oder bürokratischer Natur waren. Dennoch hatte er seinen Beruf nicht aufgegeben. Er hatte keine Alternative gesehen, denn er liebte das Ermitteln, die Suche nach Spuren und ihre Auswertung, das Denken *out of the box*, wie man jetzt neudeutsch zu sagen pflegte, also außerhalb der gängigen Muster. Seit es sie gab, löste er die Eckstein-Rätsel in der *Zeit* in weniger als einer Stunde.

Eine ganze Dekade lang hatte sich Glander mit seiner Situation arrangiert und das nagende Gefühl der Unzufriedenheit verdrängt. Erst als er von der Affäre zwischen seinem Kollegen und besten Freund und seiner Freundin Jessica erfahren hatte, war er wach geworden. Das war nun rund zehn Monate her. Er hatte überreagiert, das mochte sein, doch immerhin hatte er seinen besten Freund im Bett mit seiner Freundin erwischt. Und er hatte Kai nur ein blaues Auge geschlagen, damit war der doch noch gut weggekommen. All die Jahre, die man in seine Arbeit investiert hatte, zählten offensichtlich gar nichts, wenn man das Spiel nicht mitspielte. Seine Versetzung nach Brandenburg hatte Glander das deutlich vor Augen geführt. Er hatte schon zu lange auf der Abschussliste gestanden. Auch die schützende Hand seines Mentors Brachniks hatte die Abmahnung nicht abwenden können. Und nachdem kurz darauf im vergangenen Sommer erneut ein Fall an seinen verhassten Kollegen Rolf Prinz gegangen war, hatte Glander endlich den letzten Schritt getan: Er hatte gekündigt. Glander hatte sich eingestehen müssen, noch nie gerne ein Teamplayer gewesen zu ein. Seine Eltern hatten ihm größte Vorwürfe gemacht, immerhin verzichtete er auf einen erheblichen Teil seiner Pension. Sie wussten nichts von der üppigen Abfindung, die der Ausgang seiner letzten, inoffiziellen Ermittlungen als Kripobeamter im Sommer im Zuge seines einvernehmlichen Aufhebungsvertrags mit sich gebracht hatte. Es war ein turbulentes Jahr für ihn gewesen.

Glander war stolz auf die alte Fischerkate. Sie war ein Kleinod in der durchsanierten Ortschaft im Schwedeneck, in der viele alte Häuschen größeren und mondäneren Eigenheimen gewichen waren. Nichts mehr erinnerte an das pittoreske Fischerdörfchen, das seinen Großeltern Heimat gewesen war und in dem die Wurzeln seiner Familie lagen.

Glander brauchte das Wasser, Bergurlaube waren ihm ein Gräuel. Und er war froh, dass es im Berliner Südwesten genug Seen und Flüsse gab, in denen er sich, sooft es ging, tummeln konnte. Da er nur wenigen Lastern frönte, hatte er sich auch mit Mitte vierzig eine gute Figur bewahren können. Das Herumsitzen bei gleichzeitigem Leeren von Chipstüten gehörte nicht in sein Feierabendrepertoire. Glander liebte es, in Bewegung zu sein, auch geistig. Er war zufrieden damit, den Schritt in die Selbstständigkeit gewagt zu haben. Vier Monate zuvor hatte er mit einer ehemaligen Kollegin vom Berliner LKA, Merve Celik, eine eigene private Ermittlungsagentur gegründet.

Glander nahm noch einen letzten Zug von der rauen Meeresluft, die baldigen Schneefall ankündigte, zog die Jacke aus, warf sie auf den Rücksitz seines Audi A4 und stieg in den Wagen, um nach Berlin aufzubrechen, in sein neues Leben – und zu Lea. Beim Gedanken an das Wiedersehen mit ihr drückte er aufs Gaspedal.

3

Juni 1964

Die neue Siedlung mit familienfreundlichen Reihenhäusern im Süden Berlins befindet sich kurz von ihrer Fertigstellung. In die Häuser am Stolberger Ring und an seinen Querstraßen, Monschauer Weg und Eupener Weg, sind die ersten Eigentümer eingezogen. Lediglich im Bauabschnitt Dürener Weg sind noch einige Häuserzeilen im Rohbau. Verkauft sind bereits alle Parzellen des etwa zwanzig Hektar großen Viertels – ausschließlich an Ehepaare, die sich schriftlich verpflichtet haben, innerhalb der ersten fünf Jahre nach dem Einzug eine Familie zu gründen, wenn sie noch keine Kinder haben. Gewerkschaftsmitglieder erhielten Vorzugskonditionen, sodass eine bunte Mischung von Bewohnern entstanden ist: Arbeiterfamilien, Akademikerpaare, Selbstständige. Hier ist die breite Berliner Wirtschaftswundergesellschaft vertreten, die sich ihren Traum vom kleinen Eigenheim mit Garten erfüllen will.

Sigrun Lehmann ist gerade sechs Jahre alt, nach dem Sommer wird sie eingeschult werden. Ihre große Schwester Gudrun geht schon in die zweite Klasse der neuen Schule. Sigrun steht an der Hand ihrer Mutter in dem neuen Haus im Monschauer Weg und kommt aus dem Staunen nicht mehr heraus. Sie und ihre Schwester werden ein eigenes Zimmer bekommen! Ein ganzes Zimmer für sich alleine. Wie zwei Prinzessinnen! Dabei hatten sie sich zuerst gar nicht über den Umzug gefreut.

Ihre Mutter kniet sich neben sie und legt den Arm um ihre Hüfte. »Na, Spatz, was meinst du, gefällt dir unser neues Zuhause?«

Sigrun kann gar nichts sagen und drückt ihr Gesicht an die Brust ihrer Mutter. Die riecht so wunderbar, nach Marmorkuchen und nach ihrer Seife – einfach nach Mami. Bislang haben Gudrun und sie in einer Nische im Flur ihrer kleinen Zweizimmerwohnung in Moabit geschlafen.

Gudrun kommt aufgeregt ins Zimmer gerannt. »Siggi, hast du den Garten schon gesehen? Wir haben einen Garten! Los, komm mit, da steht ein Bäumchen!«

Annie Lehmann sieht ihren beiden Mädchen nach. Ihr Lächeln weicht einem besorgten Blick. Wie stellt Ernst sich das nur vor? Wie sollen sie diesen Kredit abbezahlen und dann auch noch ihrem Schwiegervater das Geld für die Anzahlung wiedergeben? Ernst verdient nicht viel, er baut Fernseher für Telefunken im Werk in Moabit. Es reicht gerade so für sie beide, die Mädchen und den kleinen Holger. Trotzdem hat Ernst darauf bestanden, eine Waschmaschine und einen Fernseher für das neue Haus zu kaufen. Dass sie wieder arbeiten geht, kommt für ihn nicht in Frage.

Sie folgt den Kindern in den Garten. Auf der Terrasse schläft Holger friedlich in seinem Kinderwagen. Die beiden Mädchen spielen Fangen, dann knien sie sich vor eine der wenigen Stauden, die Annie in die Beete, die den Rasen umrahmen, gepflanzt hat, und betrachten ein Insekt. Vor dem Haus auf der gegenüberliegenden Straßenseite stehen einige Bauarbeiter und rauchen, das scheinen sie immer zu tun. Annie ist froh, dass sie keine Arbeiten mehr an ihrem Grundstück ausführen müssen. Die Arbeiter lösen Unbehagen in ihr aus. Manche von ihnen riechen schon am Morgen nach Alkohol. Jetzt sehen sie zu ihr herüber. Einer dreht sich kurz zu seinen Leuten, sagt etwas, und alle grölen. Der Arbeiter schaut wieder in ihre Richtung, hebt seine Bierflasche und prostet ihr laut zu: »Ein schöner Tag heute, junge Frau! Viel Glück im neuen Heim!« Er lacht anzüglich.

Sie sind grob, diese Männer, ungehobelt, und sie gehen derb miteinander um. Annie Lehmann kennt Männer dieses Schlages sehr genau. Sie wendet sich ab und geht zurück in die Küche. Ernst hat seinen Vater eingeladen, sie muss sich bei der Vorbereitung des Abendessens Mühe geben.

4

Advent 2012

Natürlich war Glander bei Wittstock/Dosse wieder einmal abgelichtet worden. Sicher hatte er auch dieses Mal kein gewinnendes Lächeln aufgesetzt. Aus keinem ersichtlichen Grund wurde die Geschwindigkeit dort auf achtzig Stundenkilometer begrenzt, und keine zweihundert Meter dahinter stand der Blitzer. Glanders Ärger legte sich erst, als er im Norden Berlins auf den Stadtring fuhr. Auf Höhe des Kaiserdamms hatte die Vorfreude auf sein Wiedersehen mit Lea dem Ärger über den bevorstehenden Bußgeldbescheid um Längen den Rang abgelaufen. Bei der Ausfahrt Steglitz war er aufgeregt wie ein Teenager vor seinem ersten Date, als sein Handy die Titelmelodie der alten Fernsehserie *Die Profis* spielte. Die beiden MI5-Agenten waren die Helden seiner Jugend und sicherlich prägend für seinen Berufsweg gewesen. Glander schaute kurz auf den angezeigten Teilnehmer und nahm das Gespräch über die Freisprechanlage entgegen. »Lutz! Was macht das Formaldehyd?«

Ganz seiner Art entsprechend kam Harnack ohne

Umschweife zur Sache. »Martin, ich fürchte, was ich hier habe, wird dir gar nicht gefallen. Ich sitze bei Lea im Wohnzimmer, zusammen mit ihren beiden Nachbarinnen, den Damen Lehmann. Im Keller der Nummer 56, also im Nachbarhaus der Lehmanns, wurden die skelettierten Überreste zweier Toter entdeckt, die eines Mannes und einer Frau. Ich fand bei dem weiblichen Skelett einen Ring, und die Lehmann-Schwestern sind überzeugt davon, dass er ihrer Mutter gehört habe, die Mitte der Sechzigerjahre spurlos verschwand. Ein in den Ring eingraviertes Datum scheint das zu belegen, es ist das Hochzeitsdatum des Ehepaars Lehmann. Ich schätze, ein Gebissvergleich des weiblichen Leichnams wird abschließend bestätigen, dass es sich bei der Toten um Annie Lehmann handelt. Den gehen wir direkt am Montag an.«

Glander schüttelte den Kopf. In dem kleinen Viertel am Stadtrand gab es nicht wenig Klatsch und Tratsch, aber vom Verschwinden Annie Lehmanns hatte er noch nichts gehört. Dabei wurden ihm bei jeder sich bietenden Gelegenheit potenziell verwerfliche Handlungen von Nachbarn angetragen. Das fand er nach wie vor kurios. Viele der älteren Anwohner hielten ihn offenbar für eine Art richterliche Instanz. Und Glander hatte in den letzten Wochen seit seinem Einzug bei Lea mehrfach klarstellen müssen, dass er kein Kripobeamter mehr war. Einige Nachbarn hatte er aber nicht davon überzeugen können. Kurz bevor Glander nach Dänisch-Nienhof aufgebrochen war, hatte ihn Hartmut Michalke, ein Anwohner des Dürener Wegs, mit seinen Schwadronaden über Handfeuerwaffen genervt, und

Glander hatte sich beim besten Willen und der Anwendung aller ihm bekannten Gesprächstaktiken nicht aus der Situation herauswinden können.

Die Michalkes waren aktive Schützen. Das Ehepaar hatte einen Waffenschrank im Keller, beide hatten entsprechende Lizenzen und wähnten nun, in Glander endlich einen ebenbürtigen Gesprächspartner in der Nachbarschaft gefunden zu haben. Glander war immer wieder baff über diese sehr speziellen West-Berliner Charaktere, die ohne Unterlass redeten. Antworten waren dabei gar nicht vonnöten, Hauptsache, sie erzählten. Zu dieser Sorte Mensch gehörten auch die Lehmann-Schwestern. Glander hatte für seine Verhältnisse zu oft Ausreden erfinden müssen, warum er keine Zeit hatte, um mit ihnen über die neuesten Entwicklungen des ehemaligen Parks-Range-Geländes zu reden. Dieses Areal hatte eine sehr umstrittene Baugenehmigungshistorie, bei der sich der Berliner Senat einmal mehr von seiner inkompetenten Seite gezeigt hatte. Das Verschwinden der eigenen Mutter mochte allerdings die Verschrobenheit der beiden Lehmann-Schwestern erklären. Die waren, objektiv betrachtet, keine unangenehmen Nachbarinnen. Das lag auch daran, dass sie nur selten daheim waren. Gudrun und Sigrun Lehmann besaßen je ein eigenes Pferd, das in einem Reitstall in Brandenburg untergebracht war. Ihr sehr spezieller Kleidungsstil sorgte regelmäßig für ein Schmunzeln bei den Nachbarn. Besondere Favoriten aus den Kleiderschränken der Schwestern waren die wattierten Morgenmäntel, die ihren Farbkonzepten entsprachen und ein breites Grinsen auf den Gesichtern der Nachbarn hervorriefen.

Gudrun, die ältere der beiden Schwestern, bevorzugte ein kräftiges Rosaviolett, Sigrun ein leuchtendes Blaugrün. Glander zog eindeutig Leas Stil vor, der sich durch viele gedeckte Farbtöne auszeichnete.

Bevor seine Gedanken in Leas Richtung abdriften konnten, fragte Glander Harnack: »Wer ermittelt denn? So ein alter Fall ist vermutlich eine ziemlich harte Nuss.«

»Und auch das wird dir nicht gefallen: Prinz hat sich den Fall an Land gezogen. Und er zeigt sich so motiviert wie eh und je.«

Glander fuhr sich durchs straßenköterblonde Haar. Lea hatte ihm einmal eine perfekt passende englische Beschreibung für seinen ehemaligen Kollegen geliefert: Rolf Prinz sei nicht in der Lage, seinen Weg aus einer Papiertüte heraus zu ermitteln, strotzte aber vor Selbstbewusstsein. Niemand konnte sich erklären, wie er seinen Posten so lange hatte halten können. Sicherlich spielten dabei die hervorragenden Assistenten, die er sich stets auszusuchen pflegte, eine bedeutende Rolle. Nicht umsonst hatte Glander sich gemeinsam mit Merve Celik selbstständig gemacht, Prinz' letzter Assistentin. Sie war eine ausgezeichnete Kripobeamtin gewesen und hatte eine hohe Aufklärungsrate vorzuweisen, auch wenn Prinz sich mit diesen Erfolgen geschmückt hatte. Man munkelte, dass er beste Verbindungen in die oberste Führungsebene hatte. Glander vermutete, dass er das Glück gehabt hatte, vor vielen Jahren bei irgendeiner Schmutzwäsche das Waschbrett gehalten zu haben, und nun davon zehrte.

»Na, da erwartet hoffentlich niemand unmittelbare Erkenntnisse«, konstatierte Glander trocken.

Aufgeregt warf Harnack ein: »Eben! Und deshalb möchten die Damen Lehmann, dass du dich des Falles annimmst. Warte mal, ich gebe dir Lea, die hat die beiden gerade mit Hochprozentigem versorgt. Hier ist sie.«

»Hallo, Martin! Bist du noch weit weg? Die beiden sind völlig durch den Wind. Es gibt da auch noch einen kleinen Bruder, Holger, zu dem sie aber schon jahrzehntelang keinen Kontakt mehr haben. Was ich bislang aus ihnen herausbekommen habe, ist nur, dass die Familie all die Jahre dachte, die Mutter habe sich aus dem Staub gemacht und die Familie sitzenlassen. Schon das wäre ja hart genug ...«

Glander konnte sich eines leichten Anflugs von Stolz nicht erwehren. Lea war offiziell keine Mitarbeiterin seiner Agentur, dennoch hatten die Ereignisse im September ihr Interesse für seine Arbeit geweckt. Das war nicht von der Hand zu weisen. Lea hatte in Schottland Anglistik, Germanistik und im Nebenfach Psychologie studiert. Nach der Krebsdiagnose ihres Mannes hatte sie ihre langjährige Tätigkeit als Simultandolmetscherin aufgegeben und bisher noch nicht wieder aufgenommen. Sie hatte erst einmal wieder Boden unter den Füßen gewinnen müssen, wie sie es formulierte. Trotz einiger sehr guter Angebote schien sie nicht in ihren alten Beruf zurückkehren zu wollen. Der Fall im September hatte zudem etwas ganz anderes bei ihr in Bewegung gesetzt: Lea hatte ein paar alte Kontakte spielen lassen und sich eine Gasthörerschaft für Forensische Psychiatrie an der Freien Universität Berlin verschafft.

Erst jetzt bemerkte Glander, wie erkältet Lea klang.

»Lea, mach langsam, ich bin in zehn Minuten bei euch. Ist deine Erkältung nicht besser geworden?«

»Nein, im Gegenteil, ich bin ziemlich erschöpft, aber ich kann die beiden jetzt auch nicht heimschicken. Ich meine, stell dir vor, du hast beinahe fünfzig Jahre in dem Glauben gelebt, deine Mutter habe dich und die Familie im Stich gelassen, und dann findest du heraus, dass sie ermordet wurde!«

»Ich weiß. Das muss sehr schlimm für die beiden sein. Wie gesagt, ich bin gleich da, und dann rede ich mit ihnen. Ich bin schon am Hindenburgdamm.«

Sie verabschiedeten sich, und Glander rief Merve an.

*

Merve Celik, Exkommissarin des LKA 1 und Glanders Partnerin in der Ermittlungsagentur Celik & Glander, legte die Farbrolle in den Tiegel und wischte sich mit dem Handrücken eine Strähne ihrer schwarzen Lockenpracht aus dem Gesicht, die voller apfelgrüner Farbsprenkel war. Günay hatte auf der Farbe bestanden, und Merve wusste, dass es sinnlos war, mit ihrer fünfjährigen Nichte zu diskutieren, wenn die sich etwas in den Kopf gesetzt hatte. Merve hatte auch gar nicht vor zu diskutieren. Günay und ihre zwei Jahre ältere Schwester Gülsen hatten genug durchgemacht. Merves Schwester Sevgi hatte ihren Mann nach acht Jahren Ehe verlassen. Acht Jahre, in denen er sie regelmäßig geschlagen und erniedrigt hatte. Merve hatte davon erst erfahren, als ihre Schwester mit den Kindern eines Tages vor ihrer

Wohnungstür gestanden hatte, weil er sich auch an ihnen hatte vergreifen wollen. Kadir, Merves Schwager, tobte vor Wut über den angeblichen Hochverrat seiner Frau und lauerte ihr ein paar Tage später vor der Kita auf. Acht Wochen lang hatte Sevgi anschließend im Krankenhaus gelegen. Sie würde für immer entstellt bleiben, aber wenigstens lebte sie.

Ein Blick aus dem Fenster ließ Merve über das nasskalte Wetter fluchen. Die Farbe würde eine ganze Zeit lang zum Trocknen brauchen, und Günay würde noch ein paar Tage auf ihr Zimmer warten müssen. Merve stieg die Treppe hinab und ging ins Wohnzimmer. Sevgi saß auf dem Sofa und nähte einen Vorhang. Als sie Merve bemerkte, blickte sie von ihrer Arbeit auf und lächelte. Zwei wulstige Narben, Folgen der tiefen Schnitte, die ihr Mann ihr zugefügt hatte, durchzogen ihr Gesicht und verzerrten ihr Lächeln. Sevgi hatte drei Bauchoperationen durchstehen müssen, aber die Ärzte hatten gesagt, alles sei gut verheilt und sie habe großes Glück im Unglück gehabt. Wie jedes Mal, wenn sie ihre Schwester ansah, musste Merve an den Anruf ihres Kollegen denken, der ihr von dem Angriff auf ihre Schwester berichtet hatte. Gewaltige Wut durchströmte sie, und ihre Hände begannen zu zittern.

Sevgi legte ihr Nähzeug beiseite und zeigte neben sich auf das Sofa. »Komm, mach eine Pause, der Tee ist noch warm. Oder willst du lieber ein Bier? Das ist im Kühlschrank.«

Kadirs Prozess würde im März beginnen, bis dahin saß er in U-Haft. Die Mädchen waren in therapeutischer Behandlung und schienen gute Fortschritte zu machen.

Endlich wieder ein eigenes Zuhause zu haben tat ihnen gut. Merve war sehr gerührt davon, wie schnell Lea ihrer Schwester und den Kindern dieses Haus im Dürener Weg vermittelt hatte. Es hatte seit dem Sommer leer gestanden, da der Besitzer ums Leben gekommen war, ein im Ausland lebender entfernter Verwandter kein Interesse daran hatte und auch der Makler es nicht losgeworden war. Lea hatte damals die Leiche des Hausbesitzers gefunden und Glander bei den Ermittlungen kennengelernt. Später hatte sie einen lächerlich geringen Kaufpreis mit dem Makler verhandelt, und jetzt gehörte dieses kleine Reihenhaus Merve. Die hatte es mit dem großzügigen Honorar für ihre letzten Fälle anzahlen können und finanzierte den Rest und die Renovierung durch einen günstigen Kredit. Die sanitären Einbauten und das Verlegen der elektrischen Leitungen hatte sie von Fachleuten machen lassen, den Rest erledigte sie selbst mit der Hilfe der Nachbarsfamilie, den Saberskys.

Merve nahm neben ihrer Schwester Platz und legte den Arm um sie. Sie würde ihren Schwager mit keinem milden Urteil davonkommen lassen, das hatte sie sich an Sevgis Krankenbett geschworen. Und er täte gut daran, auch nach seiner Gefängnishaft nie mehr bei ihnen aufzutauchen. Bei dem Anblick ihrer Schwester durchflutete Merve erneut eine Welle des Hasses und der Ohnmacht. Während ihrer gesamten Kripolaufbahn hatte sie stets eine emotionale Distanz zu ihren Fällen und den Opfern bewahren können. Das hatte auch maßgeblich zu ihrer hohen Aufklärungsrate beigetragen. Im Falle ihrer Schwester wollte ihr das einfach nicht gelingen, sosehr sie sich auch bemühte. Sevgis Schicksal ging ihr direkt unter die Haut, sie wollte Rache. Ihr Schwager sollte genau die gleichen Schmerzen erfahren, die ihre Schwester erleiden musste. Sie würde für Gerechtigkeit sorgen. Gemeinsam mit der Staatsanwaltschaft würde sie alles dafür tun, dass die Beweislage wasserdicht war und er das höchstmögliche Strafmaß erhielt. Wofür arbeitete sie sonst auf der Seite von Recht und Gesetz? Ihr Handy riss sie aus ihren trüben Gedanken.

»Celik!«, meldete sie sich.

»Merve, ich bin's. Hast du mitbekommen, was bei euch in der Straße los ist?«

Merve erhob sich vom Sofa. »Hallo, Glander! Nein, ich stand bis eben in einem Traum aus Apfelgrün. Ich bin am Malern. Was ist denn passiert?«

»Die neuen Nachbarn in Leas Zeile haben zwei Skelette in ihrem Keller gefunden. Alles deutet darauf hin, dass es sich bei dem einen Leichnam um die Mutter der Runen handelt. Die ist Mitte der Sechziger spurlos verschwunden. Lutz rief mich gerade von Lea aus an, er sitzt mit den beiden bei ihr im Wohnzimmer.«

Die Lehmann-Schwestern trugen ihren Spitznamen »die Runen« nicht grundlos. Das Klischee der konventionellen, nüchternen und leicht versnobten Pferdefreundinnen in Barbourjacke und Cavallo Reitstiefeln traf ganz und gar nicht auf sie zu, denn die zwei hatten einen für diese Kreise eher ungewöhnlichen ausgeprägten Hang zur Esoterik. Sie ließen sich regelmäßig ihre Horoskope erstellen und sich vor wichtigen Entscheidungen von ihrer Seherin Tarotkarten legen. Vor diesem Hintergrund und in Anlehnung an ihre Vornamen hatte irgendein Nachbar ihnen vor Jahren diesen humorigen Spitznamen gegeben. Auf Merve wirkten die beiden Schwestern so humorig wie jüngere Versionen der schrulligen Brewster-Schwestern in *Arsen und Spitzenhäubchen* – also auch ein bisschen unheimlich.

Sie pfiff leise durch die Zähne. »Das ist krass. Hat Lutz gesagt, wer für den Fall zuständig ist?«

»Unser alter Freund und Kupferstecher: Prinz. Deshalb möchten die beiden auch, dass wir uns der Sache annehmen.«

Merve zögerte keinen Augenblick. »Ich bin in einer halben Stunde bei Lea. Bis gleich!« Dann erklärte sie Sevgi: »Ich muss duschen und dann rüber zu Lea. Wir haben einen neuen Fall. Ich erzähl dir mehr, wenn ich etwas weiß, ja? Das Zimmer ist fast fertig, die letzte Wand mache ich morgen. Kommst du alleine klar?«

Sevgi lächelte und nickte. »Ja, geh nur. Wenn etwas sein sollte, schicke ich eines der Mädchen zu euch.«

Merve drückte die Schulter ihrer Schwester und ging ins Bad im Obergeschoss.

*

Glander grüßte den Kollegen der Schutzpolizei, der an der geöffneten Tür des Hauses mit der Nummer 56 stand. Drinnen war einiges los: Das sechsköpfige Team der Tatortermittler war angerückt, ebenso drei Mitarbeiter des Bestattungsunternehmens, das die Leichentransporte bei Hinweisen auf Gewaltverbrechen übernahm. Während die Überreste des ersten Opfers aus dem Haus getragen wurden, hielt Glander für einen Moment inne und senkte den Kopf. Jedem Toten und dessen Schicksal gebührte Respekt. Wenn es sich bei dem einen Leichnam tatsächlich um die Mutter der beiden Lehmann-Schwestern handelte, hatte das Kismet es wahrlich nicht gut mit ihnen gemeint.

Nachdem die Bestatter an ihm vorbeigegangen waren, begrüßte Glander Polizeimeisterin Griese, die sich vor Leas Tür die Beine in den Bauch stehen durfte. Karla Griese und Glander duzten sich seit ein paar Wochen zwar privat, offiziell waren sie aber beim Sie geblieben. Die Dinge waren kompliziert zwischen Schupo und Kripo, und er wollte ihr den Stand nicht erschweren. Karla Griese musste nicht überrascht tun, ihn hier anzutreffen. Der Buschfunk auf dem Revier 4 funktionierte bestens, und jeder, bis hin zur Kantinenkraft, hatte von Glanders Kündigung und seiner neuen Agentur gehört. Ebenso hatte sich seine Liaison mit der gutaussehenden Zeugin vom »Eifelkiller-Fall« im Sommer herumgesprochen.

Karla Griese schüttelte Glanders Hand. »Hauptkommissar Glander, schön, Se wiedazusehen!«

»Nur noch Glander, Frau Griese, der Hauptkommissar ist Geschichte. Wie ist denn die Lage drinnen?«

Karla Griese zog die rechte Augenbraue hoch. »Hauptkommissar Prinz is von nichts hier anjetan. Is ja ooch keen Wunda, so 'n alta Fall hat et in sisch inne Rejel. Fellner is ooch drin, der tut wie imma, watta kann. Dabei wär der viel lieba bei seiner kleenen Familie, der is doch jrade erst aus der Elternzeit zurück. Professor Harnack wollte noch uff Ihr Eintreffen warten, und die beeden Damen Lehmann jeben jrade ihre DNA-Proben ab. Frau Storm hält sisch wacka. Wenn Se mir die Bemerkung erlooben: Se würkt ziemlich krank uff mich, und nu hat se ooch noch den janzen Trubel hier am Hals. Juht, det Se jetzt da sind.« Sie zwinkerte ihn an und öffnete ihm die Tür.

Im Flur wurde Glander von Talisker begrüßt. Selbst wenn der große Hund sich vorsah, war es besser, dessen wackelndem Hinterteil aus dem Weg zu gehen, wenn man nicht ins Straucheln geraten wollte. Glander klopfte dem vierbeinigen Freund sanft auf die Flanken und wuschelte ihm durchs Fell, wobei er sich kaum bücken musste. »Hey, Digger, ganz ordentlich was los hier, was?«

Der Hund schaute missmutig zum Wohnzimmer, und Glander konnte sich ein Grinsen nicht verkneifen. Die Lehmann-Schwestern gehörten nicht zu Taliskers Favoriten. Zu stark war ihr blumiges Parfüm, das sie literweise über sich zu versprühen schienen. Vielleicht lag es aber auch daran, dass selbst das kräftige Veilchenodeur nicht den unter allem schwelenden Pferdegeruch übertünchen konnte, der Taliskers Jagdtrieb weckte. Wenn die beiden Frauen in der Nähe waren, war der Hund erheblich nervöser als üblich. Das hieß, er war ein wenig unruhig im Vergleich zu seinem sonst so stoischen Temperament.

»Ich weiß, *T* …«, Glander sprach den Buchstaben englisch aus, er hatte sich sehr schnell an Lea und ihren Hund gewöhnt, »… ich weiß. Pferdesalami ist was Gutes, hat meine Oma Ellie auch immer gesagt. Komm, wir gehen zu Lea!«

Bei der Erwähnung des Namens seines Frauchens spitzte Talisker die Ohren und wedelte erneut mit dem Schwanz, dann trottete er gelassen hinter Glander her.

Als Glander das Wohnzimmer betrat, bot sich ihm ein Bild geschäftigen Treibens. Sieben Menschen waren dort versammelt. Mit einer Größe von über ein Meter neunzig stach die massige Erscheinung seines ehemaligen Kollegen Prinz aus der Gruppe heraus wie der sprichwörtliche Fels in der Brandung. Aber Glander wusste, dass dieser erste Eindruck leider gewaltig täuschte. Prinz lief vor Leas Esstisch auf und ab und kaute auf dem Nagel seines linken kleinen Fingers herum, während sein Assistent Fellner den beiden Damen Lehmann Fragen stellte. Lutz Harnack, Glanders alter Jugendfreund aus Wannsee-Tagen, saß mit Lea im Wintergarten und schaute besorgt zwischen der Szene am Esstisch und Lea hin und her. Eine seiner Kolleginnen war dabei, den beiden Nachbarinnen Speichelproben für die DNA-Analyse abzunehmen.

Sigrun Lehmann hatte ihren Mund geöffnet, sie wirkte sehr gefasst, wohingegen ihre ältere Schwester Gudrun hemmungslos weinte. Vor der lag schon ein Stapel benutzter Taschentücher, und sie zog gerade ein frisches aus einer Spenderbox. Als sie Glander bemerkte, sprang sie auf und warf sich ihm in die Arme. »Martin, ich bin ja so froh, dass Sie da sind! Stellen Sie sich nur vor: Man hat das Skelett unserer Mutter gefunden! Sie hat uns vor all den Jahren gar nicht verlassen! Man hat sie umgebracht ...« Ihre weiteren Ausführungen gingen in einen Weinkrampf über.

Glander war unwohl, hysterisch heulende Frauen

hatten immer diesen Effekt auf ihn. Er tätschelte halbherzig ihren Rücken und murmelte etwas Unverständliches über ihren Kopf hinweg, während er sich aus ihrer Umklammerung löste.

Lea kam herüber und versuchte die Nachbarin zu beruhigen. »Komm, Gudrun, ist ja gut. Setz dich wieder.« Sie warf Glander einen Blick über die Schulter zu. Sein Mund formte ein stummes Danke.

Die Mitarbeiterin der Kriminaltechnik trat zu ihnen. »Frau Lehmann, dürfte ich dann auch Ihre Probe abnehmen?«

Gudrun Lehmann atmete tief durch und nickte tapfer. »Aber natürlich, selbstverständlich. Entschuldigen Sie, ich bin etwas aufgewühlt. Was soll ich denn tun?«

Während ihr die kurze Prozedur erklärt wurde, trat Lea zu Glander. Sie gab ihm einen Kuss auf die Wange und sagte leise in sein Ohr: »Ich hatte mir unser Wiedersehen eigentlich etwas anders vorgestellt ...«

Glander nickte und drückte sie kurz an sich. »Ich mir auch, glaube mir. Wie geht es dir?«

Lea winkte ab. »Grauenvoll. Ich wäre am liebsten oben in meinem Bett, aber es hilft ja nichts. Stell dir vor, letzte Woche meinte Gudrun noch zu mir, dass die neue Nachbarin ihrer Mutter sehr ähnele, zumindest ihrer Erinnerung nach, denn Annie Lehmann habe die Familie verlassen, als sie und ihre Schwester noch sehr klein gewesen seien. Und nun wurden ausgerechnet im Keller der Wallaces die sterblichen Überreste von Gudruns Mutter gefunden, direkt im Nebenhaus! Da hat sich der große Drehbuchautor etwas wirklich Schreckliches ausgedacht. Ich hoffe jedenfalls, der Spuk ist für heute bald vorbei.« Leas Gesicht war gerötet, ihre Augen glänzten fiebrig.

Glander hielt ihr die Hand auf die Stirn und entschied: »Für dich ist jetzt Schluss. Ich kümmere mich um den Rest. Leg du dich mal lieber hin. Du hast Fieber und gehörst ins Bett. Ich drehe nachher noch eine Runde mit Talisker und sehe dann nach dir.«

Lea ließ sich nicht zweimal dazu auffordern. Dankbar seufzend gab sie Glander einen Kuss und stahl sich aus dem Wohnzimmer. In der Küche mixte sie sich einen *Hot Toddy* im größten Kaffeepott, den sie besaß. Whisky, heißes Wasser und Honig – das uralte Grippeantidot ihrer Familie. Als es an der Haustür klingelte, ließ sie noch kurz Merve ein und zog sich anschließend ins obere Geschoss zurück. Talisker schlich hinter ihr die Treppe hinauf.

Lea entledigte sich ihrer Jeans, schlüpfte in ihren alten grauen Jogginganzug und fiel erschöpft ins Bett. Sie zog sich die Kapuze über den Kopf und schlürfte zügig an ihrem Hausmittelchen gegen Erkältungen.

Der große Hund machte es sich im Eingang zum Schlafzimmer bequem, den Kopf auf die Vorderpfoten gelegt. Sein Frauchen würde gleich in Ruhe schlafen. An ihm käme niemand vorbei.

*

Merve hatte sich mit den beiden Lehmann-Schwestern in den Wintergarten zurückgezogen, nachdem die Speichelproben genommen waren und die Kollegin von der Kriminaltechnik gegangen war, und schenkte ihnen gerade von dem kräftigen Glayva Liqueur nach, einem schottischen Whiskylikör, den Lea eigens für ihre beiden Nachbarinnen vorrätig hielt. Feine Aromen von spanischen Orangen, brasilianischen Mandeln, Zimt und Honig machten ihr den Mund wässrig, doch jetzt musste sie sich erst einmal um die beiden Frauen kümmern. Auch wenn das momentan nur das Anreichen weiterer Taschentücher und das Murmeln beruhigender Floskeln bedeutete. Glander war offenbar heilfroh, dass sie da war.

Hauptkommissar Rolf Prinz schaute sich diese Szene kurz an und wandte sich dann schroff an seinen ehemaligen Kollegen Glander. »Sie wird man wohl überhaupt nicht los, was? Ich rate Ihnen gleich eines: Halten Sie sich hier raus, das geht Sie nichts mehr an, das ist Angelegenheit der Kripo! Und Sie haben es ja vorgezogen, der nicht mehr anzugehören. Wenn ich mitbekomme, dass Sie mir hier wieder reinpfuschen, sorge ich dafür, dass Sie dieses Mal beide, Sie und die Celik, wegen Behinderung laufender Ermittlungen belangt werden. Und das nicht zu knapp. Da können Sie Gift drauf nehmen!« Großspurig stocherte er mit dem Zeigefinger in der Luft herum.

Glanders Widerwillen diesem ehemaligen Kollegen gegenüber war ihm selbst reichlich unheimlich, so intensiv war die Abneigung, die er empfand. Allein das Erscheinungsbild des Hauptkommissars war eine Zumutung. Glander wollte sich gar nicht ausmalen, wann der Anzug, den Prinz trug, das letzte Mal eine Reinigung gesehen hatte. Prinz war eigentlich in einem Alter, in dem es geboten war, auf Haare zu achten, die niemand sehen wollte, weil sie an unschönen Stellen wuchsen, doch das schien ihn nicht zu stören. Eine chronische Rhinitis ließ ihn unablässig die Nase hochziehen, wenn er sie nicht unter großem Radau putzte. Er bohrte ungeniert in Nase und Ohren, und es verlangte einem an manchen Tagen alles ab, sich länger als ein paar Minuten im selben Raum mit dem Mann aufzuhalten. Und auch das Zähneputzen schien der Kripoklops eher als Kür denn als tägliche Pflicht anzusehen. Sein ungepflegtes Äußeres stand in krassem Gegensatz zu seinem überaus gepflegten Haarschopf, und Glander rätselte einmal mehr, wie dem Kripobeamten dieser Widerspruch nicht beim Blick in den Spiegel auffallen konnte. Glander selbst kam ohne eine Dusche am Morgen gar nicht in die Gänge. Bei Prinz deutete alles auf eine oberflächliche Katzenwäsche und die anschließende Applikation einer üppigen Menge Aftershave hin, das von der ganz süßen und billigen Sorte, da waren sich alle Kollegen einig, wenn sie auch noch nicht herausbekommen hatten, welche Marke er kaufte. Stil verortete Prinz sicherlich am Ende eines Besens, jedenfalls sahen seine Anzüge danach aus: Sie waren alle aus reinem Polyester und entweder eine Kleidergröße zu eng, sodass sie über seiner Wampe spannten, oder erheblich zu groß und zerknittert, wobei keine seiner Hosen über die Knöchel reichte. Der Mann war ein wahres Erscheinungsguernica. Glander selbst trug eher ungern feinen Zwirn, aber für Anlässe, die das erforderten, besaß er durchaus die richtigen Anzüge nebst passenden, dezent gemusterten Seidenkrawatten einer nicht ganz preiswerten britischen Traditionsmarke.

Auch fachlich hatte die Prinzenrolle, wie man den beleibten Kripobeamten hinter vorgehaltener Hand nannte, eher wenig zu bieten. Dennoch war Prinz bei aller Unfähigkeit ein Meister im Taktieren, die Wendung »Teile und herrsche« hätte auch von ihm stammen können, wenn er zu jener Zeit schon gelebt hätte. Er herrschte jeden an, der ihm in die Quere kam, und teilte nach Möglichkeit niemandem etwas mit, zumal er in der Regel auch nichts mitzuteilen hatte. Merve konnte ein Lied davon singen, und auch Fellner, Prinz' derzeitiger Kollege, hatte bereits den gramgebeugten Blick, der sich nach ein paar Wochen der engen Zusammenarbeit auf den Gesichtern aller Assistenten des Kriminalhauptkommissars zeigte.

Glander verkniff sich die Antwort, die er Prinz am liebsten gegeben hätte, er wollte den Mann möglichst schnell loswerden, um sich um die Damen Lehmann und dann um Lea kümmern zu können. Sachlich entgegnete er: »Herr Prinz, ich kann nun wirklich nichts dafür, dass hier Überreste von Toten gefunden wurden. Es ist das gute Recht der Hinterbliebenen, mir den Auftrag zu erteilen, der Sache nachzugehen, und das ist übrigens mein Beruf, auch wenn Ihnen das nicht passt. Sie können allerdings gewiss sein, dass ich, wenn ich etwas herausfinde, das Sie selbst nicht in der Lage wären herauszufinden, Ihnen dies selbstverständlich mitteilen werde. Und jetzt wäre ich Ihnen sehr verbunden, wenn Sie sich den weiteren Ermittlungen woanders widmen könnten. Der Hund muss raus.«

Der Hund näherte sich mit seiner Lederleine im Maul und blickte Hauptkommissar Prinz vorwurfsvoll an. Dessen Gesicht nahm das unverwechselbare Rot an, das im gesamten Berliner LKA legendär war. Gleich würde es in ein leuchtendes Purpur übergehen. Er erhob seinen Zeigefinger noch ein letztes Mal, bevor er im Hinausgehen zischte: »Sagen Sie nicht, ich hätte Sie nicht gewarnt!«

Fellner folgte ihm auf dem Fuße und drehte sich an der Tür noch einmal grinsend um, bevor er sie leise von außen zuzog.

Glander holte tief Luft und trat dann zu Merve und den beiden Nachbarinnen. »Ich möchte nicht unhöflich sein, aber ich halte es für das Beste, Sie gehen erst einmal nach Hause und versuchen sich zu beruhigen. Es gibt nichts, das Sie oder wir heute noch tun können.«

Gudrun Lehmann sah ihn traurig an. »Ach, Martin, das ist alles so schrecklich! Werden Sie uns helfen?«

Ihre Schwester Sigrun stimmte ein: »Ja, Martin, Sie müssen uns einfach helfen. Unsere Mutter wurde ermordet, Sie müssen den Mörder finden, bitte, Martin!«

Glander wechselte einen Blick mit seiner Kollegin, die ihm unmerklich zunickte. »Lassen Sie uns eine Nacht darüber schlafen, und wenn Sie möchten, dass wir uns der Sache annehmen, dann werden wir das morgen besprechen, okay? Es gibt, wie gesagt, nichts, das wir heute noch unternehmen können.«

Merve begleitete die beiden Frauen zu deren Haustür und versprach, sich am nächsten Tag bei ihnen zu melden. Anschließend ging Glander mit Merve und Talisker im Schlepptau den Dürener Weg bis zu der Zeile, in der Sevgi wohnte, hinunter und verabschiedete sich von ihr.

»Dann machen wir uns wohl mal Gedanken darüber, wie wir zwei Morde aufklären, die vor beinahe fünfzig Jahren begangen wurden.«

»Geht klar, Partner! Eine Zeitreise in die Sixties, das wird sicherlich interessant. Wir sehen uns morgen. Ruf mich an, wenn ihr so weit seid!« Mit einer militärischen Grußgeste drehte sich Merve um und lief zum Haus ihrer Schwester.

Glander schaute Talisker an. »Das wird alles andere als ein leichter Fall. Hoffentlich lösen wir ihn. Na komm, Digger, jetzt drehen wir erst mal eine Runde, und dann kümmern wir uns um dein Frauchen!«

5

Juni 1964

Annie Lehmann zieht ihren Lippenstift nach und richtet die Naht ihrer Nylonstrümpfe aus. Sie streicht ihren Rock glatt und betrachtet sich kurz im Spiegel. Ihre Kleidung ist alt, aber sauber und gebügelt. Annie hat sich angewöhnt, vormittags eine weiße Schürze zu tragen, die sie gegen Schmutz schützt, falls sich einer der Arbeiter verletzt.

Der Polier hatte ihr Angebot, als Krankenschwester vor Ort zur Verfügung zu stehen, dankend angenommen. Für jede Verletzung, die sie sich ansieht und versorgt, erhält sie einen kleinen Obolus. Und die Baufirma bezahlt ihr Mullbinden, Tupfer, Pflaster, Jod und alles, was sie sonst noch benötigt. Sie hat den Baustellenleiter um Diskretion gebeten, denn sie möchte nicht, dass Ernst früher als nötig von ihrem Zubrot erfährt. Sie fürchtet, dass dem diese Tätigkeit ein Dorn im Auge ist. Dem Polier ist es einerlei, er ist froh, eine Erste Hilfe vor Ort zu haben. Meist wird Annie zu einem Bauabschnitt gerufen, um dort kleinere Schnitte oder Verstauchungen zu behandeln, manchmal kommen die Arbeiter auch bei ihr zu Hause vorbei. Bislang musste noch kein Krankenwagen gerufen werden. Bald wird sie genug Geld zusammenhaben, um mit den Kindern fortzugehen, und es ist eine gute Arbeit. Sie wünscht sich sehr, wieder in ihren Beruf zurückzukehren, doch Ernst will davon in seinem falschen Stolz nichts wissen.

Was hatte Ernst sich nur bei dem Kauf dieses Hauses gedacht? Sie gehören nicht hierher. Und wenn sie ehrlich zu sich selbst ist, gehört sie nicht zu Ernst. Sie hätte sich nie auf ihn einlassen dürfen. Doch sie hat sich ihr Bett gemacht, und nun muss sie darin liegen.

Am vergangenen Freitag ist er wieder betrunken heimgekommen, dabei haben sie kaum genug Geld, um den Kühlschrank zu füllen und den Kindern ordentliche Kleidung zu kaufen. Gudrun braucht schon wieder ein Paar neue Schuhe, und Sigruns Mantel, den bereits ihre Schwester trug, ist für den Herbst nicht mehr zu flicken. Annie Lehmann ist sich der abschätzigen Blicke der Nachbarn wohl bewusst. Die anderen Kinder halten sich fern von ihren beiden Mädchen. Es ist nur eine Frage der Zeit, bis ihnen das auffällt. Was soll sie ihnen dann sagen? Holger gluckst in seinem Laufstall fröhlich vor sich hin. Sie betrachtet ihr drittes Kind, das seinem Vater so ähnlich sieht und das sie erst nicht haben wollte. Er darf auf keinen Fall werden wie Ernst: verschlossen, aufbrausend und ein Säufer. Auch wenn sie versteht, dass ihr Schwiegervater dafür verantwortlich ist, stößt es sie immer mehr von ihrem Mann ab. Das Trinken macht ihn bösartig. Sie sieht es kommen: Bald wird auch er ihr wehtun.

Annie Lehmann hat keinen ordentlichen Schulabschluss, die Möglichkeit dazu hatte sich für sie nicht ergeben. Ihr Vater war im Krieg geblieben, und ihre Mutter war kurz nach ihrer Geburt gestorben. Annie ist in einem Heim aufgewachsen, das sie früh verlassen musste. Niemand hatte ihre weitere Schulbildung finanziert, deshalb nahm sie eine Arbeit im Krankenhaus an und machte dank der Unterstützung der ihr wohlgesonnenen Oberschwester eine Schwesternausbildung.

Im Krankenhaus lernte sie dann auch Ernst kennen. Er kam mit einer Schnittverletzung aus der Fabrik, und sie kümmerte sich um seinen Verband, nachdem er mit zwanzig Stichen genäht worden war. Er konnte die Augen nicht von ihr lassen und stand zwei Tage später mit Blumen vor dem Krankenhaus. Er schaute sie an, wie sie noch keiner zuvor angeschaut hatte. Bei ihrer ersten Verabredung roch er nach Alkohol, doch sie ignorierte ihre Bedenken. Wer würde sie denn sonst wollen? Sie heirateten, als Gudrun drei Monate später unterwegs war. Ihr Schwiegervater war außer sich, trieb aber die Hochzeit voran – kein Enkel von ihm sollte als Bastard zur Welt kommen. Ein Mann musste zu seinen Fehlern stehen und die Konsequenzen tragen. Die Verwandtschaft dachte sich ihren Teil, als sieben Monate später das erste Kind geboren wurde. Es lief von Anfang an nicht gut. Ernst steht unter der Fuchtel seines Vaters, und der regiert seine Familie mit reichlich Peitsche und ganz ohne Zuckerbrot. Den Druck kann Ernst nur ertragen, indem er trinkt.

Es klingelt an ihrer Haustür. Als Annie öffnet, steht ein ihr unbekannter Mann vor ihr. Er hat schwarzes volles Haar, eine Locke fällt ihm in die Stirn. Seine Augen sind strahlend blau. Annie ist sofort fasziniert von diesem Gegensatz. Der Mann blutet aus einer Wunde über dem linken Auge. Er sieht sie entschuldigend an.

»Verzeihung – Signora Lehmann? Können Sie mir helfen? Ich bin gefallen. Man sagte mir, Sie seien Krankenschwester.«

Er hat einen Akzent, der sie an den Sommerwind erinnert, der leicht durch die Baumwipfel streicht. Vermutlich ist der Herr einer der italienischen Gastarbeiter auf der letzten Baustelle im Dürener Weg. Wenn er tatsächlich gestürzt ist, denkt Annie, ist Ernst der Regierende Bürgermeister. Nichtsdestotrotz muss seine blutende Wunde versorgt werden, das erkennt sie sofort. Sie bittet ihn herein. »Kommen Sie mit in die Küche! Ich hole kurz mein Verbandszeug und etwas, um die Wunde zu desinfizieren.« Sie drückt ihm eines ihrer Taschentücher in die Hand, die sie immer in ihrer Schürze bei sich trägt. »Hier, halten Sie das unter die Wunde, damit Sie keine Flecke machen!«

Ein paar Minuten später sitzt der Fremde auf ihrem Küchenhocker. Während sie seine Wunde abtupft, zuckt er leicht zusammen. »Ich bin gleich fertig, es ist nicht ganz so schlimm. Wollen Sie mir sagen, was passiert ist? Wie heißen Sie denn?«

»Vieri, Gennaro Vieri. Ich bin gefallen. Ich danke Ihnen sehr für Ihre Hilfe.«

»Herr Vieri, Ihr Auge schwillt an. Das wird ein ganz schönes Veilchen, aber die Wunde muss nicht genäht werden. Ich nehme an, Ihr Kollege hält gerade seine Hand unter kaltes Wasser. Gab es Streit?«

»Ich bin gefallen.« Vieri seufzt. »Es gibt immer Streit. Sie mögen uns nicht.« Er zögert und sieht zu ihr auf, er hat lange dunkle Wimpern. »Obwohl sie uns gar nicht kennen.«

Annie Lehmann hat es oft genug gehört. Ihr Schwiegervater nimmt kein Blatt vor den Mund, wenn es um die Gastarbeiter geht, die seit einigen Jahren nach Deutschland kommen. Sie nähmen den Deutschen die Arbeitsplätze weg, und keine deutsche Frau sei sicher vor ihnen – das sind seine ewigen Tiraden. Er nennt sie die Itacker und die Kanaken, das Kroppzeug. Laut seien sie alle, sie stänken nach Knoblauch, und Manieren habe keiner von denen. Annie denkt nicht oft über die Situation der Gastarbeiter nach, aber sie hat stets den Eindruck, dass sie genau diejenigen Tätigkeiten ausüben, die die meisten deutschen Arbeiter gar nicht machen wollen. Hatte nicht auch der Kanzler erklärt, dass das Land dringend Arbeitskräfte aus dem Ausland brauche? In Westdeutschland arbeiten sie im Bergbau, und hier in Berlin sind sie in den Fabriken von Siemens, Telefunken oder AEG am Fließband tätig, bei der Müllabfuhr oder auf dem Bau beschäftigt, wie dieser Mann vor ihr. Allerdings wirkt Gennaro Vieri nicht so ungebildet wie die Mehrzahl der Arbeiter, die in der Siedlung eingesetzt werden.

»Woher kommen Sie denn?«, fragt sie ihn, als sie Jod auf die Wunde tupft und ein Pflaster darüber klebt.

»Aus Neapel. Das liegt direkt am Mittelmeer.«

»Und woher können Sie so gut Deutsch?«

Er lächelt sie an und verneigt sich leicht. »*Ma grazie*, Signora Lehmann, vielen Dank. Ich habe es in Neapel gelernt. Die Arbeit ist knapp in meinem Land, hier gibt es viel zu tun. Als die neuen Verträge zwischen unseren Ländern geschlossen wurden, hielt ich es für eine gute Idee, Ihre Sprache zu lernen und hierherzukommen, um zu arbeiten.« Er schüttelt den Kopf. »Ich habe nicht damit gerechnet, dass sie uns so ablehnen.«

Annie ist unsicher, was sie dazu sagen soll. Es geht sie ja auch gar nichts an. »Man muss sich eben anpassen ...«

Vieri sieht sie voller Empörung an. Annie wird rot.

»Meinen Sie das wirklich? Und wie, denken Sie, muss ich das tun? Ich spreche Ihre Sprache, ich arbeite jeden Tag zehn Stunden, ich bin pünktlich, ich mache meine Arbeit, ich trinke nicht. Es reicht trotzdem nicht aus. Es wird nie ausreichen.« Er blickt zu Boden.

»Herr Vieri, es tut mir sehr leid, ich weiß nicht, was ich dazu sagen soll. Jeder hat doch Sorgen.«

Vieri erhebt sich. »Ja, Sie haben recht, Signora Lehmann. Bitte verzeihen Sie. Es ist nicht Ihr Problem. Was bin ich Ihnen schuldig?«

»Nichts, Herr Vieri. Es ist schon gut. Wir sind nicht alle so, wie Sie denken.«

Wieder bohrt sich sein Blick direkt in ihr Innerstes, so fühlt es sich zumindest an. Seine Stimme ist warm und weich, sie lässt Annie an Olivenhaine und Lavendelfelder denken, an das blaue Meer, das sie nur aus Magazinen kennt. Sie möchte, dass er weiterspricht. Doch er nickt ihr nur noch kurz zu und geht hinaus. Annie Lehmann tritt ans Küchenfenster und sieht ihm nach. Er ist mittelgroß und kräftig und läuft aufrecht und zügig. Sie ist beunruhigt und weiß nicht genau, warum. Annie Lehmann räumt das Desinfektionsfläschchen und die verbrauchten Tupfer weg und macht sich daran, das Mittagessen für ihre Kinder vorzubereiten.

6

Advent 2012

Sigrun und Gudrun Lehmann saßen nebeneinander auf dem Dreiersofa ihrer dunkelgrünen kunstledernen Sitzgruppe und blätterten durch ein altes Familienalbum, das auf dem höhenverstellbaren Mahagoni-Couchtisch lag. Der Sitzgruppe gegenüber befand sich ein übergroßer Flachbildfernseher in einer passenden Mahagoni-Schrankwand. Sie hatten die Jalousien hochgezogen, doch draußen herrschte noch das Dunkel der Winternacht. In der Scheibe des Fensters spiegelten sich die beiden Schwestern in ihren auftragenden Morgenmänteln unter dem gebogten, mit Blumenmuster verzierten weißen Store zwischen den Keramiktöpfen der Schamblume, des Safranwurzes, der Glückskastanie und des großen roten Weihnachtssterns wider. Ihre Augen waren mit tiefen Schatten unterlegt, sie hatten in der Nacht keine Sekunde geschlafen und endlos miteinander geredet. Erst früh an diesem Samstagmorgen hatten sie ein paar Stunden unruhigen Schlaf gefunden.

Das Album, gebunden in braunes, abgegriffenes Leder und mit Seiten aus schwarzem Karton, zwischen denen Spinnenpapier die alten Aufnahmen schützte, enthielt Fotos von ihren Eltern und ihnen beiden. Ihre Mutter lächelte auf keinem einzigen Bild, ihr Vater hingegen sah auf jedem Foto aus, als platze er beinahe vor Stolz. Auf den hinteren Seiten klebten Babybilder ihres kleinen Bruders Holger. Das letzte Foto im Album zeigte ihre Mutter vor einem Teller dampfender Spaghetti. Sie lachte in die Kamera. Auch auf der vergilbten Schwarz-Weiß-Aufnahme war zu erkennen, was für eine schöne Frau sie gewesen war, ganz der Typ Grace Kelly. Beide Schwestern konnten sich gut an jenes Mittagessen erinnern, es war das erste Mal gewesen, dass ihre Mutter etwas so Exotisches gekocht hatte. Sie hatten köstlichen Spaß daran gefunden, die langen Nudeln in den Mund zu schlürfen, und sie alle hatten viel dabei gelacht.

Das Album war das einzige, das sie besaßen. Ihr Vater hatte nach dem Verschwinden ihrer Mutter keine Fotos mehr von ihnen gemacht. Es war, als wäre auch er in jenem kalten Winter fortgegangen. Er hatte das Haus noch im Sommer 1965 verkauft, und sie waren in eine Wohnung in einem der Hochhäuser am Ostpreußendamm gezogen. Der Traum vom Häuschen mit Garten hatte nicht einmal ein Jahr gewährt. Nach ihrem Umzug hatten sie auch ihren Großvater nicht mehr gesehen. Ihr Vater hatte den Kontakt zu ihm abgebrochen. Sie konnten sich nur noch vage an den rotgesichtigen älteren Mann erinnern, der immer sonntags zum Mittagessen bei ihnen gewesen war. Das Jugendamt hatte im Sommer 1965 bestimmt, dass der kleine Bruder bei der Tante leben sollte. Die wollte aber die Mädchen nicht aufnehmen. Als die zuständige Sachbearbeiterin des Jugendamts kurz darauf in Rente ging, wurde der Familie kein Interesse mehr entgegengebracht, und Sigrun und Gudrun Lehmann mussten zusehen, wie sie alleine über die Runden kamen. Gudrun übernahm den Haushalt und kümmerte sich, so gut es ging, um ihre kleine Schwester. Gudruns Klassenlehrerin, Fräulein Wolke, griff ihnen unter die Arme und sorgte dafür, dass der Vater die notwendigen Papiere unterzeichnete. Sie holte eine Nachbarin der Lehmanns, eine alleinstehende ältere Dame, ins Boot, die ebenfalls regelmäßig nach den beiden Mädchen schaute.

Ihr Vater trank immer mehr. Ende der Sechziger verlor er seine Arbeit, und für eine Weile war das Geld sehr knapp. Dann starb der Großvater und hinterließ ihnen ein kleines Vermögen. Durch die Unterstützung der älteren Dame von nebenan blieb die Familie zusammen, bis Ernst Lehmann 1976 an Leberzirrhose starb. Nach dem Tod des Vaters kehrte Holger zu den beiden Schwestern zurück. Er war der Tante zu anstrengend geworden. Gudrun war mit beinahe zwanzig mündig – das Gesetz zur Neuregelung des Volljährigkeitsalters war Anfang 1975 in Kraft getreten –, und so stand der mittlerweile vierzehnjährige Bruder eines Tages vor ihrer Tür. Die Geschwister kamen nicht gut miteinander aus, Holger schwänzte die Schule und hatte die falschen Freunde. Er geriet ins Visier der Polizei. Einen Sommer lang klaute und dealte er. Als Gudrun davon erfuhr, drohte sie ihm, ihn rauszuschmeißen. Der damals Fünfzehnjährige lachte sie aus, packte seine Tasche und verschwand. Seitdem hatten die beiden Schwestern nie wieder etwas von ihm gehört.

»Wir müssen ihn unbedingt finden. Martin muss nach ihm suchen, er hat doch sicherlich Möglichkeiten, die wir nie hätten. Unsere Annonce blieb ja leider erfolglos. Holger muss doch auch erfahren, dass Mama uns nicht einfach verlassen hat. Er muss die Chance bekommen, seinen Frieden mit ihr zu schließen. Gudrun, wenn ich überlege, wie oft ich sie zum Teufel gewünscht habe ... Ich schäme mich so dafür.« Sigrun weinte leise.

Gudrun nahm die Hand ihrer kleinen Schwester und drückte sie. Sie hatte es immer gewusst. Die Erinnerung an ihre Mutter war verschwommen, doch das Gefühl von Sicherheit, von Wärme und Liebe war tief in ihr Unterbewusstsein eingebrannt. Niemals hätte die Mutter ihre Kinder verlassen. Sigruns Wut war im Laufe der Jahrzehnte in ein schweigendes Verdrängen der Vergangenheit übergegangen, sie hatte jedes Gespräch über die Mutter abgeblockt. Deshalb hatte Gudrun niemals mit ihr über dieses Gefühl geredet.

Ihr Blick fiel auf das letzte Foto im Album. Zum ersten Mal sah sie es deutlich im Gesicht ihrer Mutter, sie erkannte es an deren offenem Blick und ihrem strahlenden Lächeln: Annie Lehmann war verliebt gewesen in den Fotografen dieser Aufnahme.

*

Zwei Häuser weiter hatte sich Lea über Nacht von ihrem grippalen Infekt erholt. Ihre Wunderwaffe hatte die übliche Wirkung gezeigt. Das Fieber war verschwunden, ihr tat nichts mehr weh, und das bisschen Schnupfen machte ihr nicht viel aus. Sie fühlte sich noch etwas schlapp, aber die Aufregung über die Ereignisse des Vortags ließ sie ihre Puddingbeine ignorieren. Martin hatte einen neuen Fall, und dieses Mal würde sie richtig mit einsteigen. Sie stand vor Glander und Merve und hatte ein Glas frisch gepressten Orangensaft in einem Zug geleert.

»Jeder findet die beiden anstrengend und irgendwie seltsam, aber jetzt ist doch auch klar, warum sie so sind. Wir müssen ihnen helfen! Was meint ihr? Martin? Merve?«

Die Angesprochenen saßen mit ihren Kaffeebechern an Leas massivem Esstisch. Merve hielt Lea eine Taschentuchbox entgegen, mit der anderen Hand schob sie den Zucker hinüber zu Glander. Der schaufelte sich drei gehäufte Löffel in seinen dreifachen Espresso.

Lea zog ein Tuch aus der Box und schnäuzte sich laut. »Ach, kommt! Ich weiß doch, dass es euch in den Fingern juckt. Ich werde Margot fragen, ob sie weiß, was damals passiert ist.« Sie hielt inne, musste aber doch nicht niesen. »Noch besser: Ich rede mit dem alten Kowalski, der weiß bestimmt was, denn der war ein Nachbar von der Familie Lehmann. Ich bin sicher, der hat damals viel mitbekommen. Und ich glaube, Hardy Michalke ist hier aufgewachsen, bei dem kann ich auch mal nachfragen.«

Margot Wieland würde sich sicherlich noch gut an das Verschwinden der jungen Mutter erinnern. Sie war Mitte siebzig und sowohl körperlich als auch geistig erheblich fitter als eine Reihe jüngerer Nachbarn. Sie und ihr Mann waren eines der ersten Ehepaare, die ein Haus in der Neubausiedlung Monschauer Weg, so hieß das Eifelviertel offiziell, bezogen hatten.

Merve schüttelte lächelnd den Kopf und sah Glander dabei an. Auch sie hatte die allgemein als kauzig betrachteten Lehmann-Schwestern in ihr Herz geschlossen, seit die ihre beiden Nichten regelmäßig an den Wochenenden mit auf den Reiterhof nahmen. Dieser Fall, bei dem alle Spuren schon kalt waren, wäre keine leichte Aufgabe, aber genau das war es, was sie und Glander daran reizte, das wusste Lea. Der Hilfe von Lutz Harnack konnten sie sich gewiss sein. Er würde auch dieses Mal die Vorschriften ignorieren und Glander die Ergebnisse seiner Tests mitteilen, wenn sie vorlägen. Glander hatte ihr erzählt, dass er den alten Freund in der gemeinsamen Schulzeit einmal aus dem Wannsee gezogen hatte, nachdem die Klassenrowdys ihn mitsamt seinem schweren Ranzen hineingestoßen hatten. Glander war damals schon wie ein Fisch geschwommen und hatte gewusst, dass der Brille tragende Klassenkamerad nicht schwimmen konnte und untergehen würde wie ein Stein, also war er hinterhergehechtet und hatte den prustenden Lutz aus dem Wasser gezogen. Danach hatte es Senge für den Anführer dieses gefährlichen Streichs gegeben, und Lutz hatte fortan Ruhe. Er war seitdem Glanders ergebenster Freund und scherte sich nicht um die innerbehördlichen Regeln, wenn es um Glander ging. Erachtete er es für nötig, fanden seine Ergebnisse den Weg zu seinem alten Jugendfreund und Lebensretter.

Glander öffnete seinen Laptop. »Okay, dann wäre das entschieden, wir helfen den beiden. Lea, du befragst die Nachbarn. Sie sollen dir alles erzählen, an das sie sich erinnern können – vom Verschwinden von Annie Lehmann und von ihrem Eindruck von der Familie. Frag sie auch, ob ihnen irgendwelche Fremde in der Gegend aufgefallen sind. Es ist lange her, aber die Leute waren damals alle relativ frisch hierhergezogen, ich kann mir vorstellen, dass sie sich an diese Anfangszeiten noch gut erinnern. Merve, du durchforstest bitte die Zeitungsarchive und bringst in Erfahrung, ob in der Zeit um das Verschwinden von Annie Lehmann irgendetwas Interessantes vorgefallen ist. Und du suchst den kleinen Bruder. Der war zwar noch keine drei Jahre alt, als seine Mutter verschwand, aber ich möchte ihm trotzdem ein paar Fragen stellen, und die Runen haben uns ja gebeten, ihn ausfindig zu machen. Sie sagten, sie wüssten nicht, wo er sich jetzt aufhält. Der Kontakt sei abgebrochen, nachdem er als Teenager in die falschen Kreise geraten sei. Vielleicht lebt der Kollege noch, der damals die Ermittlungen in der Vermisstensache Annie Lehmann führte, und kann uns seine Eindrücke schildern. Merve, kannst du deine Bekannte aus der Personalabteilung bitten nachzuschauen, ob sich etwas findet? Ich werde mich dann, sobald es geht, mit dem Kollegen treffen. Wie wollen wir den Fall nennen? Merve, du bist an der Reihe, einen Namen auszusuchen.«

Glander und Merve hatten sich dafür entscheiden, ihren Fällen Namen zu verleihen. Fallnummern waren schön und gut, und sie mussten solche auch vergeben – ihre Steuerberaterin bestand darauf –, aber jede Sonderermittlung beim LKA oder BKA bekam einen Namen, und sie gaben nun ihren Fällen auch welche.

Merve überlegte nicht lange. »Rabenmutter. Das ist eines der gemeinsten Wörter der deutschen Sprache. Gudrun Lehmann hat den Begriff gestern mehrfach verwendet, angeblich haben die Nachbarn ihre Mutter damals so genannt. Eine Frau, die ihre drei Kinder einfach so zurücklässt, war ein gefundenes Fressen für die Geier. Gudrun Lehmann sagte mir auch, es hätte ihr jedes Mal wehgetan, wenn sie dieses Wort hörte, denn sie habe nur gute Erinnerungen an ihre Mutter. Sie sei sehr liebevoll gewesen. Genau genommen ist dieses Wort in solch einem Zusammenhang total unpassend. Weibliche Raben sind sehr vorbildlich in der Aufzucht ihres Nachwuchses. Und generell sind diese Tiere sehr erfindungsreich und intelligent. Deshalb müsste die Bezeichnung Rabenmutter eigentlich ein Kompliment sein. Bedenkt man dies, wäre der Begriff wiederum sehr passend, denn Annie Lehmann hat ihre Kinder ja nicht im Stich gelassen.« Mit einem düsteren Blick in die Runde fügte sie sotto voce hinzu: »Sie wurde ihnen genommen ...«

Glander nickte bekräftigend. »Also dann: Wir ermitteln im Fall Rabenmutter. Ab jetzt läuft die Uhr, und es werden Belege gesammelt.« Als er Leas zweifelnden Blick bemerkte, zwinkerte er ihr zu. »Keine Sorge, die beiden bekommen Vorzugskonditionen. Wir möchten sie ja noch möglichst lange als Nachbarinnen behalten. Dennoch mache ich gerne alles beim Fiskus geltend, was möglich ist.«

Glander fuhr kurz darauf in seine Agenturräume in Schöneberg und Merve in ihre Wohnung in Kreuzberg. Da Lea zunächst nicht so recht wusste, was sie mit sich anfangen sollte, backte sie Zucchinimuffins. Die ließen sich schnell zubereiten, und das Hantieren in der Küche lenkte sie ab, sodass sie ihre Gedanken sortieren konnte.

Die Nachbarinnen waren wohl bei ihren Pferden, denn als sie ihnen Bescheid geben wollte, dass sich Martin und Merve des Falles annehmen würden, reagierte niemand auf ihr Klingeln. Lea hinterließ ihnen eine kurze Notiz. Anschließend schaute sie im Grundbuchauszug nach, der dem alten Kaufvertrag ihres Hauses beilag, und fand die Namen der Erstbesitzer, die das Haus Mitte der Siebziger an Erwin Bäcker verkauft hatten. An einem Sonntag wollte sie den für ihre kleine Siedlung zuständigen Verwalter nicht mit einem Telefonat belästigen, deshalb schickte sie ihm eine SMS mit der Bitte, sie möglichst zeitnah wissen zu lassen, ob und, wenn ja, wie die Erstbesitzer zu kontaktieren seien. Die müssten weit über achtzig sein, wenn sie noch lebten.

Lea holte die Zucchinimuffins aus dem Ofen, stellte sie zum Abkühlen auf die Arbeitsplatte und brach dann zu ihrer üblichen Mittagsrunde mit Talisker auf. Auf dem Rückweg traf sie auf eine kleine Gruppe von Nachbarn.

In Reihenhaussiedlungen neigen die Bewohner zur Clusterbildung, wenn etwas den Alltag unterbricht, und das Eifelviertel stellte da keine Ausnahme dar. Die Nachbarn standen einmal mehr dicht zusammen, und alle waren sie in warme Mäntel oder Jacken gekleidet. Lea wunderte sich wie jeden Winter darüber, dass fast keiner von ihnen eine Mütze trug. Es war kalt, und der Wind war unangenehm. Ab November war die Beanie ein unverzichtbarer Bestandteil ihrer Garderobe, je nach Winterwetterlage sogar bis in den März hinein. Die älteren Nachbarn schienen für Wind und Kälte am Haupt unempfindlich zu sein.

Zu den Hundebesitzern, denen Lea regelmäßig begegnete, hatten sich auch einige andere Eigenheimbesitzer gesellt. Und Lea war klar, dass sie nicht einfach so an ihnen vorbeigehen konnte.

Zu ihrer Erleichterung entdeckte sie ihre Freundin Kati Keller in der Menschentraube. Der Tratsch würde deshalb nicht allzu lange dauern. Sie waren beide geübt darin, sich gegenseitig aus derartigen Situationen herauszuhelfen. Madame Bovary, Bo, Katis Irish-Setter-Hündin, schmachtete Talisker an, der zielsicher ihr Hinterteil unter die Lupe nahm. Doch dieses Mal war das nur eine freundschaftliche Begrüßung, wie sie unter Hunden so üblich war. Und da die beiden großen Tiere schon viel Bewegung hinter sich hatten, legten sie sich kurz darauf entspannt nebeneinander aufs Straßenpflaster.

Hartmut, Hardy, Michalke war wie üblich nicht zu überhören. Seine Statur verlieh seiner herrlichen Berliner Schnauze eine kräftige Lautstärke. Er trug einen ordentlichen Kessel vor sich her. Und so mancher Opernsänger hätte nicht wenig für seinen Klangkörper gegeben. »Det muss man sich ma vorstelln! Da lebste jahrzehntelang mit so 'ne Leichen im Kella. Det dit keena jemerkt hat! Det muss man doch jerochen ham! Jenfalls ann Anfang. Ick kann det jar nich jloom. Bei uns inne Siedlung! Det is doch wie auss 'n Fernsehn. Kohl Käs Eifelviertel, oda? Frau Storm, wat sagen Sie denn dazu? Det is doch allet in Ihre Zeile passiat.«

Frau Storm hatte dazu keine Meinung, die sie in dieser Runde hätte mitteilen wollen. *Cold Case Eifelviertel* traf es allerdings gut. Seit sie ihrem fiebrigen Infekt mit dem schottischen Wasser des Lebens am Vorabend hatte Einhalt gebieten können und wieder erheblich besser beieinander war, hatte sie an wenig anderes als an den grausigen Fund, der zwei Häuser weiter gemacht worden war, denken können. Sie zwang sich zu einer gelassenen Antwort. »Offensichtlich sind manche Häuser solider gebaut worden als andere, Herr Michalke ...« Den Rest des Gedankens ließ sie bewusst in der Schwebe. Die Häuser im kleinen Eifelviertel waren zwar in zwei verschiedenen Bautypen baugleich, dennoch gab es große Unterschiede in der Lärmdurchlässigkeit. Lea hatte einmal mit Margot Wieland über dieses Phänomen gesprochen, und die hatte nur gelacht und trocken gemeint, dass man beim Innenausbau in vielen Bauabschnitten offensichtlich nicht immer das gleiche Maß an Genauigkeit an den Tag gelegt habe. Die Pläne der Architekten hatten selbstverständlich Luftschichten zwischen den Brandmauern vorgesehen. Wenn aber, aus welchem Grund auch immer, ein Mauerstein aus dem oberen Stockwerk heruntergefallen und auf halbem Weg zwischen den Mauern stecken geblieben war, hatte man damals kein Aufheben darum gemacht, sondern unbeeindruckt weitergebaut. Die durch diese Nachlässigkeit erzeugten Lärmbrücken sorgten nun dafür, dass man in manchen der Häuser die Nachbarn husten hören konnte, während man in anderen dazu geneigt war, regelmäßig nachzuschauen, ob nebenan alles in Ordnung war, weil man so gar keine Lebenszeichen von drüben vernahm. Lea hatte Glück, ihre Zeile war solide gebaut. Überdies waren die Nachbarinnen Lehmann selten daheim und gingen generell zeitig zu Bett, sodass es auch abends sehr ruhig im Haus nebenan zuging.

Lea liebte diese Ruhe am Rande der bundesdeutschen Metropole und ganz speziell in ihrer abseits liegenden Ecke der Siedlung. Sie selbst fand es charmant, dass kaum eine der noch vorhandenen Wände im ursprünglichen Teil ihres Hauses ganz gerade war. Aber ihr verstorbener Mann Mark und sie hatten auch viel an dem Haus verändert. Es erinnerte nur noch vage an das Reihenendhaus, das im Frühjahr 1965 fertiggestellt worden war. Sie hatten einen Anbau von der Größe des Hauses und einen L-förmigen Wintergarten an den Süd- und Westseiten hinzugefügt. Mark hatte stützende Mauern durch Stahlträger ersetzen lassen und ihrem Heim dadurch ein offenes, lichtes und weitläufiges Flair verliehen, um das Lea nicht von wenigen Nachbarn beneidet wurde.

Duncans Studium hatte begonnen, als sein Vater im Sterben gelegen hatte, und seitdem lebte er in Kassel. Lea hatte eine Menge Platz für sich – zu viel für nur eine Person, dessen war sie sich durchaus bewusst. Berlin wuchs rasant, und preiswerter Wohnraum wurde immer knapper. Ihre Ausgaben für das Haus waren glücklicherweise niedrig, Solarzellen auf dem Dach sorgten für Strom, ein Brunnen im Garten lieferte das Wasser, eine moderne Heizanlage erzeugte Wärme. Keinesfalls würde sie eine vergleichbar günstige Wohnung finden, die noch dazu so eine gute Lage hatte und ihr *the best of both worlds*, die Vorteile von Stadtrandwohnlage und der guten Verbindung zur City, bot. Mit der S-Bahn war sie in einer halben Stunde am Potsdamer Platz, zehn Minuten später in der Friedrichstraße, an den S-Bahn-Ring gelangte sie noch zügiger.

Seit dem Sommer hatte Lea die Abendessen mit Kati und ihrem Mann Jens wieder aufleben lassen, und Merves Nichten Günay und Gülsen kamen häufig zu ihr herüber. Die beiden waren ganz vernarrt in Talisker, und Lea las ihnen vor, tuschte oder spielte Brettspiele mit ihnen. Ihr Haus war endlich wieder mit Leben gefüllt, das hatte ihr gefehlt. Und dann war Martin bei ihr eingezogen. In dieser dunklen, beinahe unwirtlichen Jahreszeit strahlte ihr Zuhause wieder Wärme aus, und sie dankte den obskuren Kräften zwischen Himmel und Erde für die lieben Menschen, die sie umgaben. Sie hatte dieses Gefühl von Geborgenheit zu oft in ihrem Leben vermissen müssen.

So in Gedanken versunken, hätte Lea beinahe die Antwort von Frau Michalke überhört. Pudeldame Fifi stand wie immer zitternd zwischen den Eheleuten Michalke. Nervöse Hunde wie Fifi sagten Lea gar nicht zu. Kati offenbar auch nicht – zumindest ihrem missbilligenden Blick nach zu urteilen.

»Ja, da ham Se escht rescht, Frau Storm«, sagte Frau Michalke. »Ick kann ma noch an die Wörter von unsre Nachbarin, die Frau Heinemann, ainnan, die hat det damals schon jesacht, als wir die Bude inne Achzija jekooft jehabt ham. Wundan Se sisch nisch, hat se jesacht, in mansche Häuser isset lauta als in andere. Aba wir ham ja ooch Jlück, musste doch ooch zujehm, Hardy.«

Hardy Michalke nickte det ab, aber hakte weiter nach. »Nee, det stümmt. Aba ick sag mal so, sach ick, Frau Storm, wenn icke jetzt so 'n Privatdetektiv als Nachban hätt, ick würd den, sach ick ma so, vülleisch ja beufftragn, der Sache nachzujehn. Is da fleisch so wat anjedacht bei dem Herrn Jlanda?«

Bevor Lea etwas erwidern konnte, kam ihr Kati zur Hilfe. »Nee, Herr Michalke, lassen Se dit mal nich Ihre Sorje sein. Ick nehm jetz ma die Frau Storm mit, denn ick hab mit der ooch noch wat zu belatschern. Allet klar, wa? Allen noch 'n escht schönn Tach!«

Erst nachdem die beiden Frauen mit ihren Hunden um die Ecke in den Stolberger Ring gebogen und somit außer Sichtweite des Pulks waren, schubste Lea Kati. Aber nur ganz leicht. »Kati, das ist doch keine Fremdsprache! Wir hätten uns auch so verabschieden können.«

»Ach, komm, hör doch auf, du weißt selbst, wie die beiden drauf sind, die finden nie ein Ende. Ich kann auch gar nichts dafür – wenn ich die eine Weile reden höre, dann kommen meine Moabiter Wurzeln durch.«

Lea legte den Kopf schief und zog ihre Augenbrauen zusammen. »Jetzt halt mal die Luft an, du bist doch hier groß geworden! Moabiter Wurzeln, dass ich nicht lache! Da bist du doch erst mit neunzehn hingezogen, du Angeberin. Von wegen Innenstadt-Hinterhof-Kind! Das ringt mir ja nur ein müdes LOL ab ...«

Jetzt musste Kati laut lachen, in erster Linie wohl über die Abkürzung aus der Chatsprache, die für *laughing out loud,* laut auflachen, stand und mittlerweile ein fester Bestandteil des Jugendjargons geworden war.

»OMG!«, rief sie mit gespielter Theatralik aus, was *O my God!* bedeutete. »Aber es waren prägende Zeiten für mich. Komm, ich hatte lange noch Ofenheizung! Aber sag mir mal lieber, wie es deinen Nachbarinnen geht. Die müssen doch völlig fertig sein.«

»Die beiden stehen total neben sich. Sie wollten sofort, dass Martin sich um die Sache kümmert und dass er ihren kleinen Bruder findet, zu dem sie seit über dreißig Jahren keinen Kontakt mehr haben. Natürlich helfen wir ihnen, das ist gar keine Frage ...«

Kati sah ihre Freundin an. Lea hatte ihre eigenen Eltern früh verloren, sie waren bei einem Autounfall ums Leben gekommen, als sie keine dreizehn Jahre alt war. Sie wusste also sehr genau, was es bedeutete, ohne die eigene Mutter aufzuwachsen. Kati nahm Leas Hand. »Das weckt Erinnerungen, oder? Kommst du klar damit?«

Lea drückte Katis Hand. »Ich komme klar, danke. Das ist doch etwas ganz anderes. Der Tod meiner Eltern wurde durch einen miserablen Autofahrer verursacht, und auch wenn der nie gefasst wurde, wusste ich immer, dass die beiden mich nicht verlassen haben. Die Lehmann-Schwestern aber haben ihr halbes Leben lang geglaubt, dass ihre Mutter sie im Stich gelassen hat. Das stelle ich mir tatsächlich noch viel furchtbarer vor. Aufzuwachsen mit dem Gefühl, dass deine eigene Mutter dich verlassen hat, dich nicht wollte, muss beinahe nicht zu verkraften sein. Und dann erfährst du auf einmal, dass sie dich doch geliebt hat und ermordet wurde. Wir müssen so schnell wie möglich herausfinden, was genau im März 1965 passierte, als Annie Lehmann verschwand.«

Kati blickte bestürzt. »Bitte sag ihnen einen lieben Gruß und wie leid es mir tut. Du, ich kann gar nicht mehr in unseren Keller gehen, ohne daran denken zu müssen. Wir haben diese Mauer im Wirtschaftskeller wieder eingerissen, nachdem wir das Haus von meinen Eltern übernahmen. Bei uns war sie nämlich auch zugemauert. Wir lagern jetzt Wein in dieser Nische. Boah, ist das gruselig!«

Lea wurde hellhörig, sie hatte eine Idee. »Hast du zufällig noch alte Aufnahmen von dem Keller? Der Grundriss des Hauses deiner Eltern ist doch identisch mit dem von dem Haus der Wallaces, und ich erinnere mich, dass dein Vater oft davon erzählt hat, dass er den Bau und die Veränderungen im Viertel fotografiert habe. Wenn du Bilder hast, könntest du mir sie einscannen und mailen? Ich habe da so eine Idee – ich würde gerne meinem Prof an der Uni Fotos vom Tatort zeigen. Ich hab morgen wieder eine Vorlesung, da könnte ich ihn vielleicht fragen, was er von dieser Art Tatort hält und was diese Vorgehensweise über den Täter aussagt.«

Kati schaute sie anerkennend an. »Du klingst schon wie ein Profi – Vorgehensweise, Tatort. Der Herr Glander beeindruckt dich wirklich sehr, was? Ich müsste tatsächlich noch Aufnahmen aus der Rohbauphase haben. Mein Vater hat damals alles sehr ausführlich dokumentiert. Ich schaue gleich mal nach, und dann maile ich dir, was ich habe. Aber sag mal noch eben, wie dein Kurs an der Uni läuft. Wie ist dein Prof denn so?«

Lea musste niesen und putzte sich die Nase, bevor sie antwortete: »Kompetent, glaube ich. Er hat einiges veröffentlicht, und seine Vorlesungen sind unterhaltsam gestaltet, wenn du mich fragst. Es ist allerdings sehr gewöhnungsbedürftig, mit so jungen Leuten, die alle meine Kinder sein könnten, zusammenzusitzen. Unter ihnen fühle ich mich mächtig alt, in der Gegenwart von *Herrn Glander* dagegen eher wie ein Teenie.«

Kati kicherte. »Ja, das glaube ich dir. Beides. Ich kann mich auch nicht daran gewöhnen, dass mich so viele Jugendliche und Kinder siezen. Ich fühle mich nicht mal halb so respektabel, wie ich anscheinend auf sie wirke. Denk dran: Wir wollten uns demnächst mal wieder zum Essen treffen. Wie wäre es mit selbst gemachtem Flammkuchen bei uns?«

»Das klingt prima. Perfekt für dieses garstige Wetter. Ich bringe Feldsalat mit.«

»Na, dann ist das ja geklärt. Lass uns wegen des genauen Termins noch mal telefonieren, aber nächstes Wochenende passt bei uns sehr gut.« Dann hielt sie inne. »Vielleicht bitten wir die beiden Lehmann-Schwestern dazu? So eine Abwechslung täte ihnen doch sicher gut, oder?«

Lea strahlte ihre Freundin an. Kati war eine gute Seele, das war eine schöne Idee. »Das ist lieb von dir, ich werde sie fragen. Wir telefonieren noch mal!«

Kati winkte von der Straßenecke, Bo trottete unverdrossen weiter in Richtung ihres Zuhauses. Lea drehte sich um und lief den Dürener Weg entlang zu ihrer Zeile. In Gedanken versunken grüßte sie kurz einen Nachbarn, der ihr auf der anderen Straßenseite entgegenkam. Sie war sich nicht sicher, ob sie noch genug Butter im Kühlschrank für den *Banoffee Pie* hatte, einen Bananen-Toffeecreme-Biskuit, den sie Margot zum

Nachtisch anbieten wollte. Im Zweifel würde sie Sevgi um etwas Butter bitten, oder sie würde einfach eine Schokoladenmousse zubereiten. Und sie würde von allem etwas mehr machen und es den Nachbarinnen vorbeibringen, bei dieser Gelegenheit konnte sie die zwei auch gleich für das kommende Wochenende einladen.

*

Unterdessen hatte Merve ihr Wochenende neben das von Glander an den Nagel gehängt und bereits die Vermisstenanzeige recherchiert, die damals in einigen Berliner Zeitungen geschaltet worden war. Sie hatte noch einige Sachen aus ihrer Wohnung zusammengepackt und war dann zu Glander in die Agentur gefahren.

»Der *Telegraf* wurde 1972 eingestellt, ich müsste nachschauen, wer das Archiv pflegt. Eventuell die Parteizentrale der SPD oder die Friedrich-Ebert-Stiftung. Aber ich habe einen guten Draht zu den Leitern der Archive der *Berliner Morgenpost* und des *Tagesspiegel*. Die beiden haben mir vor geraumer Zeit mal einen Zugang zu ihren Online-Archiven eingerichtet, ebenso zu den auf Mikrofilm gespeicherten ganz alten Ausgaben. Hier, das erschien damals in der *Morgenpost*.« Merve schob Glander den Ausdruck einer PDF-Datei hin. »Die wurde in der Gegend auch am meisten gelesen, Springer hatte die Ecke fest in seiner Hand.«

Die Polizei hatte den Aufruf fünf Tage nach dem Verschwinden von Annie Lehmann an die Berliner Tageszeitungen gegeben:

Gesucht wird die 28-jährige Annie Lehmann aus Berlin 45, Lichterfelde Süd. Die Mutter von drei Kindern wird seit dem vorvergangenen Donnerstag vermisst, als sie im Stolberger Ring einen abendlichen Spaziergang mit ihrem Hund machen wollte. Annie Lehmann trug einen schwarz-weißen Wintermantel mit Hahnentrittmuster und eine rote Wollmütze. Sie ist 1,70 m groß, hat blondes Haar, welches bis über die Schultern reicht, und blaue Augen. Sachdienliche Hinweise nimmt die Kripo Berlin unter der Telefonnummer 64611 entgegen.

Glander betrachtete die daneben abgebildete schwarzweiße Passbildaufnahme einer sehr jungen und sehr hübschen Frau. Sie trug die Haare hochgesteckt, wie es in den Sechzigern üblich war, ihr Gesicht hatte feine Züge. Alfred Hitchcock hätte ihr zu Füßen gelegen, so ernst und unnahbar schaute sie in die Kamera. Das Bild hielt den Betrachter dadurch allerdings auf Distanz und weckte wenig Mitgefühl für das Opfer.

Merve kommentierte trocken: »Das kann man sich heute gar nicht mehr vorstellen, was? Heute würdest du das direkt auf Facebook einstellen und alle bitten, es viral gehen zu lassen. Du hättest ein viel besseres Foto von ihr, eines in einer Alltagssituation, am besten mit ihren Kindern, damit sie möglichst real wirkt. Die Polizei bekäme umgehend eine Vielzahl an Hinweisen. Ob das dann so viel besser wäre, weiß ich allerdings nicht. Unter den Hinweisgebern befinden sich immer eine Menge Spinner oder Wichtigtuer, die dann die Ermittlungen eher behindern, als sie voranzubringen. Aber die Verbreitung eines solchen Fotos ist heute einfacher.«

Glander nickte. »Da fehlt natürlich die Manpower, um dann jedem Hinweis nachzugehen. Ich kann mich noch gut an den Fall des vor ein paar Jahren in Wilmersdorf vermissten Teenagers erinnern. Krethi und Plethi meldeten sich. Selbst im Saarland wollte man das Mädchen gesehen haben. Was für ein Chaos!«

Merve schaute auf ihren Ausdruck. Ihr Blick fiel auf den Anhänger, den Annie Lehmann an einer dünnen Kette trug. Ob beides aus Silber oder aus Gold war, ließ sich auf der Schwarz-Weiß-Aufnahme nicht erkennen. Die Medaille bildete wohl einen Heiligen ab, der eine Kutte und eine Mitra trug. Merve machte eine mentale Notiz, eine der Damen Lehmann zu fragen, ob sie katholisch seien.

Glander erzählte weiter: »Und dann fand man sie zum Glück bei ihrem neuen Freund in dieser Kifferbude in Kreuzberg. Mehr Klischee ging nicht, aber die Beamten, die eine Woche lang Überstunden geschoben hatten, um möglichst vielen Hinweisen nachzugehen, waren verständlicherweise bedient. Doch da wir wissen, dass in so einem Fall jede Stunde zählt, ist es schon gut, wenn das Bild einer vermissten Person möglichst schnell verbreitet wird.«

»Absolut. Von den im Jahr 1965 ermittelnden Beamten sind übrigens nur noch zwei am Leben. Ich habe die Schuricke erreichen können, du weißt schon, die Uraltkollegin aus der Personalabteilung, die letztes Jahr in Rente ging. Hab sie beim Walken im Tiergarten erwischt. Sie sagte, dabei zu telefonieren helfe ihr, in der aeroben Phase zu bleiben. Glaubt man das? Sie erinnere sich bestens an die Zeit damals, da sei ja alles noch so überschaubar gewesen. Der Leiter der Mordkommission befindet sich in einem Hospiz, da werden wir kein Glück haben. Aber ein damals noch junger Kollege der Kripo erfreut sich bester Gesundheit und wohnt in Tempelhof. Egbert Kolbe heißt er, war damals ein Frischling, es war einer seiner ersten Fälle. Hat leider eine der nicht so unüblichen Entwicklungen in unserem Kollegenkreis genommen – er soll ein Alkoholproblem gehabt haben und wurde früh in Pension geschickt. Hier.« Sie reichte Glander einen Ausdruck von Kolbes Vita und aktuellen Kontaktdaten. »Ich habe ihn angerufen – er war leicht im Netz zu finden –, er ist uns gerne behilflich. Er trifft sich heute Abend mit dir im ›Balkan-Grill‹ in der Dudenstraße. Das ist auf der großen Kreuzung am Platz der Luftbrücke. Neunzehn Uhr, er sitze am Tresen, meinte er. Ihr würdet euch schon nicht verfehlen.«

Glander schenkte ihr ein schiefes Grinsen. »›Balkan-Grill‹? Ist das dein Ernst?«

Merve zuckte mit den Schultern. »Er wohnt im selben Haus, scheint sein Stammlokal zu sein. Ich dachte, es ist gut, wenn er sich so entspannt wie möglich fühlt, damit er so viel wie möglich erzählt.«

»Ich weiß gar nicht mehr, wann ich das letzte Mal in einem jugoslawischen Restaurant war, das muss über zehn Jahre her sein.«

Glander erinnerte sich an die unzähligen Besuche beim »Jugo« mit seinen Eltern. Ihrer hatte an der Königsstraße gelegen, dort waren sie alle paar Wochen essen gegangen. Die Gerichte waren preiswert und üppig, und meist hatte es nicht nur einen Slivovic aufs Haus gegeben. Sein Vater war dort auch häufig freitags eingekehrt und hatte das Mittagessen bis in den Abend dauern lassen, zum großen Missfallen seiner Mutter.

Nachdem Glander sich seinem Rechner zugewandt hatte, widmete sich Merve wieder ihrem Bildschirm. Sie hatte eine ganze Menge an Informationen zu sammeln und aufzubereiten. Je schneller sie damit begann, desto schneller hätte sie, so hoffte sie, ein paar brauchbare Ergebnisse.

7

Juli 1964

Annie Lehmann ist dabei, die Einkäufe einzuräumen. Der kleine Lebensmittelmarkt am Ende der Dorstener Straße genügt für den täglichen Bedarf. Das meiste holt sie ohnehin vom Markt am Kranoldplatz. Als sie die Butter in den Eisschrank gestellt hat, bemerkt sie aus dem Augenwinkel eine Bewegung am Küchenfenster. Es klingelt an der Tür. Annie Lehmann trocknet sich die Hände ab und öffnet die Haustür. Es ist der italienische Gastarbeiter, dem sie in der Vorwoche geholfen hat. Sie erkennt ihn beinahe nicht wieder. Er trägt einen sauberen, leichten hellgrauen Anzug. Sie sieht ihn fragend an. Er senkt den Blick. In der einen Hand hält er seinen Hut und ihr Taschentuch, in der anderen etwas, das sie nicht erkennen kann. Dann schaut er sie wieder an, er hat unglaublich schöne Augen.

»Ich möchte Ihnen Ihr Taschentuch zurückgeben. Bitte, und das ist für Sie!« Etwas unbeholfen hält er ihr eine eingepackte Flasche entgegen. »Als Dank.«

Sie wickelt sie aus, da steht etwas in Italienisch neben einer Abbildung von Zitronen.

Er räuspert sich. »Das ist ein Limoncello.«

Die Art, wie er das sagt, bereitet ihr eine Gänsehaut.

»Ein Zitronenlikör. Meine *Mamma* hat ihn mir geschickt, und ich wollte ... mich ... Ich wollte Sie ...« Er lässt den Satz ausklingen, denn ihre Blicke treffen sich.

Annie fühlt, wie sich die Wärme von der Mitte ihres Körpers aus in ihr ausbreitet. »Das wäre aber nicht nötig gewesen. Wie trinkt man den denn?«

»Am besten gut gekühlt, aber nicht zu kalt, sonst verliert er den Geschmack. *Mio babbo,* mein Vater, macht ihn selbst.«

Die Flasche in Annies Hand *ist* gut gekühlt, ihre Hände werden vom Kondenswasser ein wenig nass. Sie lächelt kurz und bittet den italienischen Gastarbeiter ins Haus. »Kommen Sie doch herein, Herr Vieri. Dann kann ich mir Ihre Platzwunde noch einmal anschauen.«

Gennaro Vieri deutet eine kurze und, wie Annie findet, galante Verbeugung an und tritt sich die Schuhe ordentlich ab. Sie führt ihn in die kleine Küche, wo er wieder auf dem Hocker Platz nimmt.

Er lässt seine Augen nicht von ihr, während sie sich nach dem kleinen Erste-Hilfe-Kästchen reckt, das sich in einem der oberen Fächer der Einbauküche befindet. *Una donna così bella!* Er kann nachts nicht mehr gut schlafen – so eine schöne Frau!

Annie tritt zu ihm und streicht sein Haar aus dem Gesicht, um sich die Wunde anzusehen.

Er schließt die Augen und schluckt, fast raubt ihre Nähe ihm den Atem.

»Es sieht alles gut aus, Herr Vieri. Ich denke, es wird nur eine kleine Narbe bleiben. Hat sich die Situation mit dem Kollegen denn wieder beruhigt?« Annie bemerkt überrascht, dass ihre Hand leicht zittert. Wieder ist da dieses warme Gefühl tief in ihrem Innern.

»Ich halte mich fern von ihm. Der Vorarbeiter hat mich einem anderen Bautrupp zugeteilt. Die Männer, mit denen ich jetzt zusammenarbeite, sind sehr nett. Einer, Günther, hat mich zu sich und seiner Familie nach Hause zum Essen eingeladen. Er wohnt nicht weit entfernt von hier, unten am Ostpreußendamm.«

Sein Deutsch ist exzellent, aber er betont auch das weiche S scharf und hängt an einige Konsonanten ein E, so wird aus Damm Damme, aus Michael macht er Mikaele. Annie möchte nicht, dass er aufhört zu reden. »Das klingt ja sehr nett. Vertragen Sie denn die deutsche Küche?«

Er lacht. Auch der Klang seines Lachens gefällt ihr. »Es gibt immer Kartoffeln. Die Deutschen essen immer Kartoffeln. Warum gibt es keine Pasta? Und warum keine ... *Come se dice melanzane?* Einen Moment bitte ...« Er zieht ein Wörterbuch aus seiner Anzugtasche und blättert darin. »O-ber-dschienen ... oder Zucchini ... Hier gibt es Kohl, immer nur Kohl. Und Karotten. Die Küche ist wie die Menschen hier, sie ist so hart, so ohne Leidenschaft.« Vieri hält inne und schaut Annie erschrocken an. »*Me scusa, per favore.* Bitte entschuldigen Sie, ich wollte nicht unhöflich sein.«

Annie lacht. Sie findet den jungen Italiener alles andere als unhöflich. Er ist faszinierend. Wie gerne würde sie diese Dinge einmal essen, von denen er spricht.

»Herr Vieri, Sie müssen sich nicht entschuldigen. Unsere deutsche Küche ist ja auch recht einfach. Für jemanden wie Sie muss sie furchtbar sein. Ich habe noch nie Auberginen gegessen, ich weiß gar nicht, ob es sie hier überhaupt gibt.«

Jetzt schüttelt er den Kopf. »Auf dem Markt habe ich noch keine gesehen, dafür aber sehr viele Rüben. Mohrrüben, Steckrüben, Schwarzwurzeln – so viele Rübengemüse. Und immer diese schweren Soßen – niemand nimmt Olivenöl.« Er lacht wieder leise.

Es ist ein warmes, fröhliches Lachen. Ernst lacht laut und derb. Ernst ist ein Kohlkopf im Vergleich zu diesem Mann, der ihr trotz seiner einfachen Tätigkeit so fein und so wohlgefällig erscheint, wie er hier vor ihr sitzt. Sie betrachtet seine Hände, mit denen er beim Reden gestikuliert. Er versucht sich dabei zurückzunehmen, das fällt ihr auf, so wie er auch betont langsam spricht, um keine Fehler zu machen. Sie müssen einmal sehr zart gewesen sein, seine Hände. Von der Arbeit auf dem Bau sind sie arg in Mitleidenschaft gezogen.

Annie öffnet eine Schublade und holt einen kleinen Tiegel Salbe heraus. Sie verteilt einen Klecks davon auf ihrer Hand und nimmt Vieris Rechte. Sie beginnt, die Salbe in seine Haut einzumassieren. »Sie müssen Ihre Hände pflegen, sonst bleiben sie rau. Das ist Ringelblumensalbe, ich mache sie selbst. Sie müssen Ihre Hände jeden Abend vor dem Einschlafen eincremen. Tragen Sie denn keine Handschuhe?«

Er schüttelt den Kopf. »Sie sind im letzten Monat zerrissen, und ich habe kein Geld für neue.«

Annie seufzt. »Das Geld ist immer knapp, ich weiß nur zu gut, wovon Sie reden.« Dann massiert sie Ringelblumensalbe in seine linke Hand.

Als Annie Lehmann sich eine halbe Stunde später von dem Gastarbeiter aus Italien verabschiedet, bemerkt sie die vier Nachbarsjungen auf der gegenüberliegenden Straßenseite nicht. Sie bückt sich nach etwas Unkraut in dem Beet vor ihrem Haus. Die vier jungen Männer starren die schöne Frau bewundernd an, dann sehen sie dem italienischen Bauarbeiter hinterher. In ihren Blicken liegen Abscheu und Empörung.

8

Advent 2012

Lea begrüßte ihre Nachbarin herzlich, als diese wie geplant am Abend zum Essen kam. In den vergangenen Monaten war Margot Wieland für Lea eine Art mütterliche Freundin geworden. Die beiden trafen sich regelmäßig, und Lea hatte Margot auf den Geschmack gebracht: Sie kostete sich gerne munter durch Leas beeindruckende Sammlung von Malt Whiskys.

Lea war eigen, was Getränke anging. Wein, Schnäpse, Bier und Softdrinks sagten ihr überhaupt nicht zu, sie trank fast nur Wasser. Und wenn sie einmal Alkohol zu sich nahm, dann nur Whisky aus der Region Speyside im Osten Schottlands, unterhalb des Moray Firth, der Förde vor Inverness. Diese Region war kein klassischer Verwaltungsbezirk. Speyside beschrieb einzig das Gebiet entlang der Spey, die sich durch die traditionellen Grafschaften Morayshire und Banffshire zog. Die Gegend war berühmt für ihre wenig torfigen und vollmundigen Malt Whiskys, auch der für seine Brennereien bekannte Ort Dufftown gehörte dazu.

Lea freute sich über die noch recht neue Freundschaft mit Margot Wieland. Und auch Talisker hatte die ältere Dame in sein Hundeherz geschlossen, nachdem sie im Sommer ein paar Tage auf ihn aufgepasst hatte, während Lea im Krankenhaus gelegen hatte.

»Hallo, Margot, komm doch herein!«

»Gerne, das Wetter ist wirklich scheußlich. Aber auch perfekt, um zu Hause Ordnung zu machen. Über die Jahrzehnte sammelt sich so viel Kram an, es ist höchste Zeit, einmal Tabula rasa zu machen. Ich habe schon zwei Kartons für den Rumpelbasar hier im Kiez gepackt, du weißt doch, dieses Sozialkaufhaus, bei dem du alles abgeben kannst, was du nicht mehr brauchst. Die verkaufen es dann wieder für ganz kleines Geld. Das finde ich eine schöne Einrichtung. Ich gebe gerne Sachen dorthin. Hey, Talisker! Na, mein Guter, dir ist das Wetter völlig egal, was?« Margot Wieland begrüßte den großen Jagdhund, indem sie ihn überschwänglich knuddelte.

Der wedelte sie erwartungsfroh an. Margot brachte ihm regelmäßig in Leas Augen überflüssige und überteuerte Schmankerl einer Hundenahrungsmarke mit Schottenkarohintergrund auf der Verpackung mit. Dieses Mal hatte die Nachbarin getrocknetes Rindfleisch mit Majoran dabei, sodass Lea einmal mehr grinsend mit ihren Augen rollte. Als interessiere ihren Hund irgendein Gewürz! Aber die Neunzig-Gramm-Packung wäre ohnehin nicht einmal ein Snack für Talisker, also ließ sie ihre Nachbarin auch dieses Mal gewähren.

Margot Wieland sah auf und fragte: »Ist Martin heute Abend auch dabei? Lea, es riecht schon wieder ganz fantastisch aus deiner Küche. Was gibt es denn?«

Lea winkte ab. »Nein, Martin ist unterwegs. Ich habe nichts Besonderes zubereitet, nur einen *Cottage Pie.* Der ist wie der *Shepherd's Pie,* er wird nur statt mit Lammfleisch mit Rinderhack gemacht. Bei Lamm wie bei Kalb stößt mein Carnivorendasein nämlich an seine Grenze. Und das Schöne bei diesem Gericht ist, dass ich es immer auf Vorrat oder auch für viele Abnehmer zubereiten kann. Ich gebe dir also gerne etwas mit nach Hause, sofern es dir schmeckt, und trotzdem bleibt genug für Martin übrig, falls der noch Appetit hat, wenn er kommt. Ich fülle immer zwei große, tiefe Backbleche. Die Reste lassen sich prima einfrieren.«

Margot Wieland nickte in Richtung der Flasche Rotwein, die auf dem Esstisch stand. »Wie ich sehe, hast du an alles gedacht.«

»Bedien dich ruhig! Er hat lange genug geatmet. Mach es dir bequem, ich bin gleich mit dem Auflauf da.«

Margot Wieland nahm an dem großen Tisch in Leas Wohn- und Essbereich Platz und schenkte sich Rotwein in eines der großen, bauchigen Gläser ein. Sie schwenkte ihr Glas und betrachtete für einen Moment die öligen Schlieren, die der Wein beim Herabfließen im Innern des Glases hinterließ. Sie atmete das üppige Bouquet des Rotweins ein und schaute dann auf das Etikett der Flasche: Sie trank einen 2011er Château Les Pins, einen Roussillon aus dem Languedoc, wie sie dem französischen Text auf der Rückseite entnahm. Sie schmunzelte in sich hinein, denn das sagte ihr rein gar nichts, aber sie war sich ganz sicher, dass ihre Gastgeberin sich größte Mühe bei der Auswahl dieses guten Tropfens gegeben hatte.

Lea trat an den Tisch, bewaffnet mit dicken Topfhandschuhen, und stellte das Backblech mit dem Auflauf auf das bereitliegende Marmorbrett. »Der Wein dürfte noch ein paar Jährchen liegen, aber er schmeckt auch jetzt schon – oder? Ich bin noch erkältet, aber ich dachte, dazu passt etwas Kräftigeres heute Abend. Das Lakritzige mag nicht jeder, falls er dir nicht schmeckt, hab ich noch einen Prestige für dich, auch aus dem Roussillon, vom Weingut Château Puech-Haut, und nicht so kräftig wie der hier. Der Prestige ist beeriger ...«

Margot lachte laut. »Du wirst es nicht müde, was? Ich wette, mir schmecken beide, aber ich nehme den offenen hier. Du musst dir wirklich nicht solche Mühe für mich machen, wo du doch selbst gar keinen Wein magst.«

Lea setzte sich ihrer Nachbarin gegenüber. »Es macht mir doch Spaß. Kochen erdet mich, und auch wenn ich selbst keinen Wein trinke, probiere ich ihn fürs Essen. Und ich freue mich, wenn ich glaube, den passenden gefunden zu haben. Du weißt ja, ich liebe diese großen Dinner hier bei mir.« Sie wurde ein wenig nachdenklich. »Das Haus voller Menschen zu haben weckt schöne Erinnerungen an meine Eltern ... und an Mark.«

Margot legte ihre Hand auf Leas Arm. »Ich weiß, Lea, ich weiß. Ich finde es herrlich, so verwöhnt zu werden.«

Lea tat ihnen beiden Essen auf, dann stieß sie mit ihrem Wasser mit der Nachbarin an. »Auf dein Wohl! Sind deine Rückenschmerzen wieder weg?«

Margot Wieland nickte. »Ja, zum Glück. Wie ich

sehe, ist deine Erkältung viel besser geworden. Das freut mich. Aber nun erzähl mir doch mal, was hier los war. Die Gerüchteküche überschlägt sich förmlich. Leichen in einem Keller?«

»Zwei Skelette im Keller der Wallaces. Sie müssen all die Jahre dort gelegen haben, während die Vorbesitzer im Haus wohnten, ohne dass die etwas davon ahnten. Und ein Ring, den man bei einer Leiche gefunden hat, deutet darauf hin, dass es sich bei ihr um die Mutter der Lehmann-Schwestern handelt. Kannst du dich noch daran erinnern, dass eine Frau aus der Siedlung verschwand?«

Margot Wieland nickte bedächtig. »Ich erinnere mich nur zu gut an die Sache. Annie Lehmann verschwand im Winter, Anfang 1965. Das war ein bitterkalter Winter, ganz Berlin war lahmgelegt. Ihr Mann Ernst sagte, sie sei an jenem Abend wie immer mit dem Hund rausgegangen, aber nicht nach Hause zurückgekehrt. Mein Mann hat damals noch an der Suche nach Annie teilgenommen. Sogar das Bahngelände wurde von einigen Männern aus der Nachbarschaft durchkämmt, obwohl das eigentlich verboten war. Das Gebiet gehörte damals noch zur DDR. Das hätte ganz schön heikel werden können, das war aber allen egal. Gefunden wurde Annie Lehmann nicht. Und dann gingen die Gerüchte los.«

»Was denn für Gerüchte?«

»Annie Lehmann war eine auffallend gutaussehende Frau, die sehr früh Kinder bekommen hatte. Das war damals nicht unüblich, aber ich hatte immer das Gefühl, dass sie sich ihr Leben anders vorgestellt hatte.

Ich traf sie häufig, wenn sie mit dem kleinen Holger unterwegs war. Er war ihr drittes Kind – und ihr letztes, wie sie betonte. Manchmal begegnete ich ihr auf dem Markt, und wir unterhielten uns kurz. Versteh mich nicht falsch, Lea, sie liebte ihre Kinder, sie gingen ihr über alles. Daran hatte ich nie Zweifel, deshalb hab ich auch nie glauben können, dass sie ihre Kinder jemals mit dem Vater hätte sitzenlassen. Und schon gar nicht mit dem Großvater. Jedenfalls gab es das Gerücht, dass sie mit einem Liebhaber durchgebrannt sei. Ich sage ja, ich hab das nie geglaubt, aber es war, als wäre sie wie vom Erdboden verschluckt. Und du weißt doch, wie die Leute sind.«

Das wusste Lea zur Genüge. Meist lächelte sie nur sibyllinisch, wenn ihr wieder einmal ein »Sie ahnen ja nicht, was in der Nummer xy los war!« zugetragen wurde. Ab und zu obsiegte aber doch ihre Neugier und ließ sie nach Details fragen. Diese verrieten vor allem etwas über den Grad der Boshaftigkeit der erzählenden Person sowie deren Verhältnis zum Objekt des Tratschs. Häufig ging es um die Trinkgewohnheiten von Nachbarn und die Lautstärke der ebenso häufig daraus resultierenden Streitereien oder um das Scheitern der Ehe eines der Nachbarskinder.

Leas Lieblingstratsch aus den letzten Jahren war der um den Blumenzwiebelklau. Eine ältere Nachbarin, die ihr Grundstück in einen englischen Garten verwandelt hatte und ihn aufwendig hegte und pflegte, hatte in ihren Beeten teure ausländische Blumenzwiebeln verteilt. Einige davon hatte sie eines Tages in handgearbeitete Blumentöpfe gepflanzt, die vor ihrem Wintergarten standen. Als sie am folgenden Morgen dort ihren Kaffee trank, dachte sie, sie sähe nicht recht – fast alle frisch gesetzten Blumenzwiebeln waren ausgegraben worden. Tiere konnten das nicht gewesen sein, dafür waren die hinterlassenen Spuren zu ordentlich. Die Nachbarin war zu Recht empört, und ihr war gar nicht wohl bei dem Gedanken an die Gemeinheit, die dem Ganzen zugrunde liegen musste. Einige Wochen lang hatte sich die Gerüchteküche überschlagen – eine Nachbarin wurde verdächtigt (der Lea so etwas durchaus zutraute), ebenso wie ungezogene Nachbarskinder (bei denen Lea keineswegs so viel Geduld und Einsatzwillen vermutete) und nicht zuletzt die erste Ehefrau des Nachbarn (was Lea für absurd hielt, denn die Nachbarin war nun seit fünfzehn Jahren mit ihrem Mann verheiratet, es war für beide die zweite Ehe). Es gab in ihrem kleinen Kiez Anwohner und Anwohnerinnen, die Zeit im Überfluss hatten und ihre Nasen gerne in die Angelegenheiten anderer steckten.

Auch Lea selbst hatte reichlich Muße, denn das Haus war abbezahlt, und durch ihre gut angelegten Gelder war sie nicht gezwungen, ihre alte Tätigkeit als Simultandolmetscherin wieder aufzunehmen. Im Jahr nach Marks Tod war sie täglich stundenlang mit Talisker gelaufen, hatte Stapel von Büchern gelesen und möglichst ausgefallene Kochrezepte ausprobiert. Sie hatte alle Register gezogen, um ihrer Trauer Herrin zu werden. In diesem Moment wurde ihr mit einem kleinen Schrecken klar, dass sie, seit Martin in ihr Leben getreten war, keine Ablenkung mehr gebraucht und kaum noch Trauer verspürt hatte.

Sie hatte ihren Mann zwanzig Jahre lang geliebt. Gemeinsam hatten sie Duncan großgezogen, das Haus umgebaut und den Garten angelegt. Sie waren viel gereist und hatten viel miteinander erlebt. Dann hatte Lea Mark gepflegt und es ihm ermöglicht, zu Hause zu sterben. Immer öfter ertappte sie sich nun dabei, über ganze Tage nicht an ihn zu denken. Tat sie das Richtige? War es zu früh dafür? Würde es halten? Verriet sie nicht ihren ersten Mann mit dieser neuen Beziehung? Lea atmete tief durch und konzentrierte sich wieder auf Margot Wieland. »Gab es denn Anzeichen für einen Liebhaber?«

Margot Wieland zuckte mit den Schultern. »Wer braucht schon Beweise, wenn es doch ein ergiebiges Thema für Klatsch und Tratsch ist? Hinter vorgehaltener Hand wurde ein besonders böses Gerücht verbreitet: Sie habe den Bauarbeitern für Geld gewisse Gefallen getan – wenn du verstehst, was ich meine.«

»Du meinst, sie soll sich prostituiert haben?« Lea schaute ihre Nachbarin ungläubig an, dann überlegte sie laut: »Es ist merkwürdig, so etwas würde ich nicht mit den Sechzigern in Verbindung bringen. Aber natürlich kauften sich Männer auch damals Sex. Die Prostitution gilt nicht umsonst als das älteste Gewerbe der Welt. Eine furchtbare Redewendung und Betrachtungsweise, wenn du mich fragst. Ich wette, der Sklavenhandel ist viel älter. Ich ärgere mich jedes Mal, wenn ich das höre, weil diese Wendung die menschenverachtenden Hintergründe der Prostitution zu legitimieren versucht. Aber käuflicher Sex hier draußen? In dieser Spießeridylle? Wer hat denn so etwas behauptet?«

Margot Wieland winkte ab. »Ach, du weißt doch, wie das ist, am Ende will es keiner gesagt haben, und niemand hat von irgendetwas gewusst. Eine von Annie Lehmanns Nachbarinnen, Frau Dietrich aus der Zeile hinter der der Lehmanns, war ziemlich giftig, das weiß ich noch. Die Polizei hat damals auch nicht viel unternommen, um Annie Lehmann zu finden. Für die war alles sehr schnell glasklar: Die Frau hat ihren Mann und ihre Kinder sitzenlassen und ist mit einem Liebhaber durchgebrannt. Ernst Lehmann ist nie darüber hinweggekommen. Er hatte vorher schon Probleme mit Alkohol gehabt, danach versuchte er nicht einmal mehr, seine Sucht in den Griff zu bekommen. Er hat im Sommer, nachdem seine Frau verschwunden war, das Haus verkauft und ist mit den Mädchen in eine Wohnung am Ostpreußendamm gezogen. Es muss schlimm für die Kinder gewesen sein: Ihre Mutter galt als kaltherzige Dirne, der Vater war ein Trinker, und dann war da noch der kleine Bruder. Der kam zur Tante, der Schwester von Ernst Lehmann. Um die Mädchen kümmerte man sich nicht weiter.« Sie nahm einen kräftigen Schluck Rotwein. »Ich habe mich damals auch nicht mit Ruhm bekleckert, fürchte ich. Man hätte den Kindern viel mehr Fürsorge angedeihen lassen und Ernst Lehmann unter die Arme greifen müssen. Aber dafür wohnten sie für unsere Verhältnisse zu weit weg, und dann stellte ich fest, dass ich selbst schwanger war ...«

Margot Wieland hatte eine Tochter bekommen, das wusste Lea. Wäre diese heute noch am Leben, wäre sie nur ein paar Jahre älter als Lea. Petra Wieland war mit vier Jahren an einer Hirnhautentzündung gestorben. Margot Wieland ging auch vier Jahrzehnte später noch regelmäßig zu ihrem Grab auf dem Parkfriedhof am Thuner Platz. Da dort auch Mark begraben lag, begleitete Lea sie seit dem vergangenen Sommer oft zum Friedhof. Meistens kehrten sie im Anschluss daran in dem thailändischen Restaurant um die Ecke ein.

Lea erhob sich und trat an ihr Sideboard, auf dem ihre Whiskys standen. Sie schaute Margot an, und als die ihr aufmunternd zunickte, schenkte sie ihrer Nachbarin deren Lieblingstropfen ein, einen Dalwhinnie. Für sich selbst wählte Lea einen Aberlour A'bunadh aus. Mit 61 Alkohol-Volumenprozent für Nichtkenner wohl nur zum Tapetenentfernen geeignet, war dieser exquisite, im Oloroso-Sherryfass gereifte Malt der feinste, den Lea auf ihrem Sideboard bereithielt.

Nein, Alkohol war sicher keine Lösung, aber dieser edle Malt bedeutete Heimat für Lea. Er erinnerte sie an glückliche Zeiten und durchströmte sie mit einem warmen, wohligen Gefühl, das ihr half, die Melancholie abzuschütteln, die sie im Laufe des Gesprächs überkommen hatte. So viele traurige Schicksale, die eindrucksvoll demonstrierten, wie wichtig es war, das Leben zu genießen und jeden Tag zu schätzen!

Lea lächelte Margot Wieland an und prostete ihr augenzwinkernd zu. *»Sugar in the morning!«* Silvester war nicht mehr lange hin, und Lea wusste, dass auch Margot Wieland zu den Fans des Theaterstücks *Dinner for One* gehörte, das zum Jahresende stets im Fernsehen gezeigt wurde.

Die prostete prompt zurück: *»Cheerio, Miss Sophie!«*

Jede in ihre Gedanken versunken, leerten sie mit

Muße ihre Gläser. Ein Ehemann, der wähnte, seine Frau führe ein zwielichtiges Doppelleben – Lea wusste, dass es schwächere Mordmotive gab. Bei dem Gedanken daran, wie sie das ihren Nachbarinnen erklären sollte, war ihr alles andere als wohl.

*

Auch Glander sah sich in die Vergangenheit zurückkatapultiert. Im »Balkan-Grill« war die Zeit stehengeblieben. Glander schüttelte innerlich den Kopf über das Dekor des kroatischen Restaurants: billigholzfurnierte Paneele um Sitzecken herum, deren Polster ramponiert, die Gardinen angegilbt durch die Fettdünste und den Zigarettenrauch mehrerer Jahrzehnte. Er erinnerte sich, dass in den Siebzigern alle Balkanrestaurants gleich eingerichtet schienen. Im Radio lief, wie vermutlich ebenfalls seit den Siebzigerjahren, Radio RS2, das damals noch der Rundfunk im amerikanischen Sektor, der RIAS, gewesen war. »Super-Oldies und das Beste von heute!«, lautete der aktuelle Claim des Senders, der nach Glanders Erfahrung nie eingelöst wurde. Aber Glander war weder am Ambiente interessiert noch auf einen Gourmetabend aus. Er wollte Informationen von dem ehemaligen Kollegen des Berliner Landeskriminalamtes, das zu dessen Zeit schon seinen Sitz am Tempelhofer Damm, nicht weit entfernt von dieser stark frequentierten Kreuzung am ehemaligen Flughafen Tempelhof, gehabt hatte. Egbert Kolbe saß wie angekündigt am Tresen, vor ihm standen ein halbleeres Bier- und ein leeres Schnapsglas. Als Glander zu ihm trat, reichte der Kellner Kolbe ein weiteres großes Pils und einen eisgekühlten Slivovic.

»Herr Kolbe? Ich bin Martin Glander. Sie haben mit meiner Kollegin Merve Celik telefoniert.«

Kolbe drehte sich zu ihm. Seine Gesichtshaut war von einem Grauschleier überzogen, das Weiß seiner Augen tendierte ins Gelb, und sie waren rot unterlaufen. Glander mochte sich die dazu passenden Leberwerte nicht ausmalen. Kolbe hustete, während er seine selbstgedrehte Kippe ausdrückte. Daumen, Zeige- und Mittelfinger seiner linken Hand waren nikotinverfärbt. Der Wirt hielt es wohl nicht so genau mit dem Rauchverbot. Wo keine Kläger ..., dachte Glander und schüttelte die Hand, die Kolbe ihm entgegenstreckte. Sie war kalt, die Haut war papieren.

Kolbes Stimme klang überraschend klar, als er Glander begrüßte. »Hauptkommissar Glander, schön, Sie kennenzulernen! Ihnen eilt ein ganz ordentlicher Ruf voraus. Setzen Sie sich. Möchten Sie auch ein Bier?« Ohne dessen Reaktion abzuwarten, bestellte er, zum Kellner gewandt, für Glander ein Set, bestehend aus einem Pils und einem Slivovic. »Das is ja 'n Ding, dass dieser Fall wieder aufgerollt wird. Das war aber auch kein zufriedenstellender Ausgang damals.« Er reichte Glander das Bier weiter, das der Kellner ihm entgegenhielt. »Prost! Und nu erzählen Sie mal genau, was jetzt, so viele Jahre später, passiert ist.«

Glander nahm einen kräftigen Schluck des kalten Gerstensaftes und setzte Kolbe kurz ins Bild. Am Ende seiner Schilderung schaute er den ehemaligen Beamten fragend an. »Es wäre sehr hilfreich zu erfahren, an welche Einzelheiten der damaligen Ermittlungen Sie sich noch erinnern können. Wie nahm der Ehemann die Nachricht vom Verschwinden seiner Frau auf? Gab es irgendwelche Hinweise aus der Nachbarschaft? Meine Kollegin wird versuchen, an die alte Akte heranzukommen, aber das wird dauern, Sie kennen ja das Tempo der Verwaltung.«

Kolbe hielt ihm seine Blättchen und den Tabak hin. Als Glander ablehnend den Kopf schüttelte, steckte er die Sachen in seine Jackentasche. »Ich rauche ohnehin zu viel, kann nicht schaden, mal ein paar auszulassen. Mirko drückt bei mir ein Auge zu, aber er hat es nicht gerne, dass ich rauche, wenn andere Gäste im Raum sind. Nun zum Fall: Der Ehemann, Ernst Lehmann, war ein Trinker. Die Zeichen waren nicht zu übersehen. Was wir nie herausfanden, war, ob er seine Frau und Kinder auch verprügelt hat. Das war damals leider nicht selten. Na ja, ist es heute auch nicht, aber Sie wissen, was ich meine.«

Glander nickte.

Kolbe fuhr fort: »Wir hatten ihn natürlich als Ersten im Verdacht. Das war damals nicht anders als heute. Wenn Frauen verschwinden, schaut man sich erst einmal den Ehemann oder den Freund an, dann die männliche Verwandtschaft und den weiteren Freundeskreis, die Nachbarschaft und die Arbeitskollegen. Die meisten kommen weg durch einen, den sie kennen. Der Schwiegervater der Lehmann war ein ganz merkwürdiger Kauz, ein echter Stiesel und ein harter Hund. Irgendetwas stimmte nicht mit dem, er war extrem ruppig und verbat sich jede Nachfrage zu seinem

Verhältnis zur Schwiegertochter. Er habe die Familie jeden Sonntag zum Essen besucht, aber dabei habe er sich selten mit der Frau seines Sohnes über irgendetwas anderes als das Essen und die Kinder unterhalten. Das klang für mich nicht nach einer harmonischen Familie. Als ich mir die Daten der Familie ansah, konnte ich mir denken, was dem Alten nicht gepasst hatte. Die große Tochter kam sieben Monate nach der Eheschließung zur Welt. Sie wissen ja, wie das damals war, die Anzahl der Siebenmonatskinder war sehr viel höher als heutzutage. Heute spielt es ja keine große Rolle mehr, ob die Eltern verheiratet sind oder nicht. Früher war das aber richtig schlimm, besonders für die Kinder, an denen hat man das sogar noch ausgelassen.«

Eine morbide Stimmung machte sich am Tresen breit. Glander hatte eine wunderbare Kindheit gehabt, von dem schwierigen Thema Schule einmal abgesehen. Leider waren die Zeiten für viele Kinder auch im neuen Millennium nicht viel besser, wie er selbst aus seiner langjährigen Erfahrung beim LKA wusste.

Kolbe nahm den Faden wieder auf. »Die Nachbarin machte interessante Angaben. Sie erwähnte, dass die halbe männliche Nachbarschaft ein Auge auf Annie Lehmann geworfen habe, die selbst das aber gar nicht mitbekommen habe, sondern im Gegenteil sehr unglücklich gewesen sei. Sie meinte, sie habe sich schon länger Sorgen um Annie Lehmann gemacht. Das ließ durchaus die Möglichkeit eines Suizids zu, die der Ehemann aber vehement abstritt. Von anderen Seiten erhielten wir keine weiteren Hinweise in diese Richtung, und wir konnten einfach keine Leiche finden, wie es bei einem Freitod der

Fall gewesen wäre. Es gab einige Gerüchte über die Mittzwanzigerin, sie habe anderen Männern schöne Augen gemacht. Sie wissen ja selbst, wie schnell sich Getratsche verselbstständigt, aber sosehr wir uns auch bemühten, wir kamen zunächst nicht weiter. Bis ich dann eine Abfrage bei der Passbehörde stellte, um überhaupt etwas zu unternehmen. Annie Lehmann hatte für die ganze Familie Reisepässe beantragt und am Tag vor ihrem Verschwinden abgeholt. Wir haben natürlich zwei und zwei zusammengezählt, und da musste auch kein Einstein mehr ran. Es war glasklar, dass sich die junge Frau aus dem Staub gemacht hatte und wohl doch etwas an den Gerüchten um einen Liebhaber dran gewesen war. Ein einziger Pass, nur für sie selbst, wäre schwer zu erklären gewesen, hätte ihr Mann davon Wind bekommen, also hat sie – clever, muss man schon sagen – für die ganze Familie Reisedokumente anfertigen lassen. Wir haben die Suche nach ihr dann bald darauf eingestellt und den Fall zu den Akten gelegt.« Er stellte sein Bier auf den Tresen und schüttelte missmutig den Kopf. »Dass ihre Leiche nun fast ein halbes Jahrhundert später doch noch gefunden wurde, das ist schon große Scheiße. Der Ehemann hatte noch rumgezetert, wir sollten in der Nachbarschaft suchen und in den umliegenden Siedlungen, aber das macht man ja nicht ohne Ausgangsverdacht. Wir waren uns sicher: Die Frau wollte nicht gefunden werden. Dass sie die drei Kinder sitzengelassen hatte, machte sie uns nicht gerade sympathisch. Ist ja wohl logisch. Sollte sie doch bleiben, wo der Pfeffer wächst! Wir dachten, die wären alle besser dran ohne so eine Rabenmutter.«

Glander leerte jetzt auch sein Schnapsglas. Kolbe hatte sich nach Merves Anruf vorbereitet, das wusste Glander sehr zu schätzen. Der ehemalige Kripomitarbeiter hatte vermutlich alte Notizen durchgesehen. Abschriften behielt jeder Beamte für sich – guter Mann. Akribisch, detailbesessen und stets korrekt, so hieß es, hatte Kolbe dreißig Jahre seinen Dienst verrichtet. Dann war Kolbes Frau 1992, kurz vor seiner Pensionierung, mit einem Ost-Berliner nach Usedom durchgebrannt. Und Kolbe war so tief in die Flasche gefallen, dass er bis heute, wie es aussah, nicht wieder hinausgefunden hatte. Er war nicht der einzige Kripobeamte, dessen bester Freund Jack, Jim oder Gorbatschow hieß. Und er war bestimmt auch nicht der einzige, dessen Ehe den unregelmäßigen Arbeitszeiten und dem Ballast, den jeder Beamte des Landeskriminalamtes nach ein paar Dienstjahren mit sich trug, zum Opfer fiel. Glanders Beziehungshistorie war ebenfalls keine ruhmreiche, er hoffte inständig, dass Lea auf Dauer nicht dieselben Aversionen gegen seine Tätigkeit entwickeln würde wie ihre Vorgängerinnen. Auch wenn er sich seine Fälle nun aussuchen konnte, brachten viele Aufträge ein gewisses Gefahrenpotenzial mit sich, und die Arbeitszeiten waren unregelmäßig geblieben. Lea kam zum Glück sehr gut mit sich selbst zurecht, das war eine ihrer attraktiven Eigenschaften. Sie suchte bei ihm keine Selbstbestätigung. Obwohl ihm nicht ganz wohl bei dem Gedanken war, dass sie, wenn auch nur inoffiziell, bei seinen und Merves Ermittlungen mitmischte, konnte er sich erheblich schlechtere unbezahlte Mitarbeiter vorstellen. Außerdem deutete ihr Engagement auf ein hohes Verständnis für seine Arbeit hin. Sie hatte tatsächlich Interesse an den Fällen, in erster Linie an den Motiven der Täter, aber gerade das kam ihm und Merve zupass. Natürlich konnte er selbst in der Nachbarschaft herumfragen, aber Lea würde erheblich bessere Ergebnisse erzielen, da machte er sich nichts vor.

Kolbe holte ihn aus seinem kurzen Gedankenspaziergang zurück. »Wissen Sie, Herr Glander, damals war es eigentlich undenkbar für eine Frau, ihre Familie im Stich zu lassen. Drei kleine Kinder, das kleinste gerade mal drei Jahre alt. Das gehörte sich nicht, und niemand wollte davon was wissen. Eine Riesensauerei! Sie waren da vermutlich noch nicht mal Quark im Schaufenster. Aber Mitte der Sechziger hatten die Berliner die Schnauze voll von Problemen, sie hatten es satt, an die grausame NS-Zeit erinnert zu werden und überhaupt daran, dass es auch eine dunkle Seite des Menschen gibt. Normalität sollte herrschen, Gemütlichkeit. Abweichendes störte und wurde abgelehnt, oft sogar massiv bekämpft. Man hatte sich mit der Mauer arrangiert, das Leben ging weiter, und es wollte aus dem Vollen gelebt werden. Die West-Berliner, die vom Wirtschaftswunder profitiert hatten und es sich leisten konnten, taten auch genau das. Der Ehemann kam einige Wochen nach dem Verschwinden von Annie Lehmann noch einmal zu uns, er sprach mit meinem Chef. Er zeigte die ganze Zeit auf ein Bild in einem Fotoalbum und behauptete, er habe dieses Foto nicht aufgenommen, er sehe es zum ersten Mal. Das Foto müsste jemand anderes gemacht haben, und den müssten wir unbedingt finden, der habe seiner Frau sicherlich etwas angetan.«

Glander horchte auf, das war ein erster Hinweis darauf, dass der Ehemann geahnt hatte, dass seine Frau ein Verhältnis gehabt hatte.

Kolbe grinste breit und winkte mit beiden Händen ab. »Ich weiß genau, was Sie jetzt denken, Glander. Genau das war damals auch mein Gedanke: ein doppelter Bluff. Ernst Lehmann wusste von dem Verhältnis seiner Frau und hat sie aus Eifersucht um die Ecke gebracht. Aber ihm war nichts nachzuweisen, sosehr wir uns auch bemühten. Es meldete sich kein Liebhaber, obwohl man ja annehmen durfte, dass der sich Sorgen um seine Angebetete machte. Es sei denn, er wäre selbst verheiratet gewesen. Es war schon verzwickt, das Ganze. Allerdings muss ich zugeben, dass mein Chef sich auch nicht richtig reinhängen wollte. Das Flittchen, so seine Worte, habe ihren Mann ordentlich geleimt. Er wolle die wirren Theorien dieses Mannes, der nun verzweifelt um seine Ehrenrettung bemüht sei, nicht unterstützen. Lehmann zog ein paar Monate später mit den Kindern in eine Mietwohnung um, die war nicht sehr weit vom Eifelviertel entfernt. Und wir bekamen einen neuen Fall, den Schlitzer, eine ganz große Sache im Sommer 1965. Damit waren wir voll ausgelastet. Ich wollte immer mal nach den Kindern sehen, aber es ergab sich einfach nicht. Was ist eigentlich aus denen geworden?«

Glander gab dem Wirt ein Zeichen für eine weitere Runde und begann, dem ehemaligen Kollegen die beiden Nachbarinnen aus dem Eifelviertel zu beschreiben.

9

Juli 1964

»Es ist doch wohl nicht zu viel verlangt, dass ich das Essen auf dem Tisch haben möchte, wenn ich von der Arbeit nach Hause komme! Was machst du denn den ganzen Tag lang, dass du nicht mal das hinbekommst?«

Ernst Lehmanns Gesicht hat sich zu einer unschönen Fratze verzogen. Er hat getrunken, Annie hat es gleich gerochen, als er hereingekommen ist. Die Mädchen stehen im Flur und schauen sie verängstigt an. Annie schluckt ihren Ärger herunter. Sie darf ihn nicht noch mehr reizen, sie muss versuchen, ihn zu beruhigen. »Es tut mir leid, Ernst. Sigrun hat Fieber, ich habe mich um sie gekümmert. Aber das Essen ist jeden Moment fertig. Setz dich doch schon an den Tisch. Gudrun, holst du noch Servietten, bitte? Sigrun, Spatz, du legst dich wieder aufs Sofa, ja?«

Ernst lehnt sich gegen eine der Arbeitsflächen und murmelt vor sich hin, dass es aber auch Zeit sei, dass er endlich etwas zu essen bekäme. Dann wankt er ins Wohnzimmer zu seinem Fernsehsessel und lässt sich hineinfallen. Sigrun drückt sich an ihre Mutter und sieht sie traurig an.

Annie Lehmann flüstert ihrer Tochter zu: »Es ist alles gut, mein Spatz. Es ist nicht schlimm, Papa hat ein bisschen viel getrunken, das wird schon wieder. Geh doch schon ins Bett, ich bringe dir etwas Hühnersuppe, wenn wir gegessen haben.«

Als sie fünf Minuten später mit Gudrun am Esstisch sitzt, schnarcht Ernst laut in seinem Sessel. Ihre große Tochter blickt zu ihrem Vater und starrt dann auf ihren Teller. »Ich mag Papa nicht mehr, Mama. Er riecht immer so komisch, und er ist auch überhaupt nicht mehr lieb zu uns.«

Annie muss sich zusammenreißen, damit ihr nicht die Tränen kommen, denn das Kind kleidet ihre eigenen Gefühle in Worte. Sie schluckt den dicken Kloß in ihrem Hals herunter, bevor sie antwortet: »Ich weiß, Spätzchen, ich weiß. Versuch einfach, ihm für eine Weile aus dem Weg zu gehen. Er meint es nicht so. Mach dir keine Sorgen, er hat ein bisschen Ärger auf der Arbeit, aber das wird vorbeigehen. Es wird alles wieder gut.«

Wie sie es hasst, ihre Mädchen anlügen zu müssen! Wie sie Ernst dafür hasst, dass er sie dazu zwingt! Wie sie ihn für seine Trinkerei hasst und für seinen Vater und dafür, dass er sie hierher gebracht hat! Sie schiebt den Suppenteller von sich weg. Nichts würde gut werden. Gennaro ist ihre einzige Hoffnung.

10

Advent 2012

Lea hatte sich gerade von Margot Wieland verabschiedet, als ihr Handy den Eingang einer Nachricht anzeigte. Kati hatte die Fotos des Kellerrohbaus in die Cloud gestellt. Lea warf einen kurzen Blick auf das Chaos in ihrer Küche, zuckte mit den Achseln, griff sich ihren Laptop und ging in den Wintergarten. Sie folgte dem Link und betrachtete die Bilder vom alten Elternhaus ihrer Freundin, die Kati ihr geschickt hatte. Die Aufnahmen zeigten einen rechteckigen Raum, dessen Deckenhöhe gerade mal zwei Meter betrug und in den nur wenig Tageslicht drang.

Mark und sie hatten die alten Kellerräume in ihrem eigenen Haus als Stauräume genutzt, eben weil ihnen die niedrigen Zimmerdecken missfallen hatten. Dafür war alles sauber verputzt, hell gestrichen und gut beleuchtet. In der neu hinzugefügten Unterkellerung unter dem Anbau hatten sie für einen höheren Deckenabstand und einen großen Lichtschacht gesorgt, sodass dieses Zimmer erheblich freundlicher als der Rest des Kellers wirkte. Lea mochte dennoch keine unterirdischen Räume, sie fühlte sich dort immer etwas unwohl. Zurück zum Tatort!, ermahnte sie sich innerlich in ihrer besten Margaret-Rutherford-Imitation und lenkte ihre Aufmerksamkeit wieder dem Bild zu.

Links von einer Tür erkannte Lea eine Wand, in deren Mitte eine Öffnung in der Form eines gleichschenkligen Trapezes den Blick auf eine kleine Aussparung freigab. Nackter, grauer Beton auf dem Fußboden, unverputzte große, quaderförmige Ziegelsteine ringsum. An dieser Stelle hatte in den meisten Häusern der Siedlung später einmal eine Waschmaschine und ein zweiter Kühlschrank gestanden, eventuell auch eine Gefriertruhe, Jahre danach ein Trockner. Die Nische nutzten Kati und Jens heute, vier Jahrzehnte später, zur Weinaufbewahrung, Lea hatte in ihrem Keller an der gleichen Stelle alte Schulsachen und Spielzeug ihres Sohnes untergebracht. Sie hatte von skandalösen Vorfällen gehört: Während der Bauphase sei die Nische in einigen Häusern als Müllhalde, auch für menschliche Hinterlassenschaften, genutzt worden und dann von den Arbeitern zugemauert worden.

Auf den ersten Fotos war der Kellerraum, der Keller'sche Kellerraum sozusagen, noch im Rohbau. Genau so musste der Raum ausgesehen haben, in dem Annie Lehmann umgebracht worden war, wenn Tat- und Fundort ein und derselbe waren. Sich die grausige Szene vorzustellen, die sich dort vor 47 Jahren abgespielt haben musste, machte Lea unsagbar traurig. So durfte kein Leben enden. Wenn es stimmte, was Margot ihr erzählt hatte, und Annie Lehmann wirklich mit einem Liebhaber hatte durchbrennen wollen, hätte ihr

Ehemann ein eindeutiges Motiv gehabt, sie zu ermorden. Wenn er denn von ihrem Verrat gewusst hatte. Und wenn an dem Gerücht überhaupt etwas dran war. Lea würde versuchen, Herrn Kowalski am nächsten Tag zu erreichen.

Die Kowalskis, Wilhelm und Magda, ihr Sohn Rudolf und ihre kleine Tochter Eva, waren damals die direkten Nachbarn der Familie Lehmann gewesen. Sie hatten sicherlich etwas vom Leben nebenan mitbekommen. Die Kowalski-Kinder lebten schon länger nicht mehr in Berlin, und Frau Kowalski war verstorben, aber der alte Kowalski war noch gut unterwegs, obwohl er schon über neunzig war.

Lea suchte in ihrem Handy nach seiner Telefonnummer. Es war zu spät, um ihn jetzt noch anzurufen. Martin hatte ihr eine Nachricht geschickt, dass er nicht vor ein Uhr daheim sei, und so drehte sie eine sehr kurze Runde mit Talisker, schaffte Ordnung in der Küche und ging zu Bett.

*

Keine hundert Meter Luftlinie von Lea entfernt saß Sevgi Yilmaz an diesem Samstagabend auf ihrem Sofa und rang um Fassung. Mit zitternden Händen hielt Merves Schwester das Blatt Papier, das sie an diesem Samstagnachmittag mit ihrer Post aus dem Briefkasten genommen hatte. In die obere rechte Ecke war ein Hakenkreuz gemalt, der Text war mit dickem Filzstift in Blockbuchstaben geschrieben und wies einige Rechtschreibfehler auf:

NIEMAND WILL DICH UND DEINE BRUHT HIER!!! VERPISST EUCH ZURÜCK NACH ANNATOLIEN!!!!! WENN IHR NICHT BALT WEG SEIT, HOLEN WIR UNS DEINE MÄDCHEN! DANN WIRST DU TÜRKENSAU SCHON ABHAUN!!!

Sevgi faltete das Papier ordentlich zusammen und wischte sich die Tränen vom Gesicht. Sie war so froh gewesen, an den Stadtrand ziehen zu können und endlich ein neues Heim voller Ruhe und Frieden für sich und ihre Töchter zu haben. Keiner von Kadirs Freunden würde sie hier vermuten. Sie war entzückt über den verwilderten kleinen Garten hinter dem Haus, in dem ihre Mädchen spielen konnten und den sie im Frühjahr nach ihren Wünschen gestalten würde. Rosen – sie wollte Rosen an der Terrassenwand ranken sehen! Und sie war so gerührt von der Hilfe, die ihnen die Nachbarsfamilie zuteilwerden ließ. Die Mädchen konnten alleine, ohne Begleitung zu Lea hinübergehen, und Leas Nachbarinnen hatten die zwei bereits ein paarmal mit auf den Reiterhof genommen, auf dem sich ihre Pferde befanden. Günay und Gülsen waren deshalb ganz aus dem Häuschen, sie waren doch ganz normale kleine Mädchen.

Ihre Töchter, Merve und sie selbst, sie waren alle in Berlin geboren, nur ihre Wurzeln lagen in Istanbul, in Anatolien hatten sie noch nicht einmal Ferien gemacht. Was dachte sich der Verfasser dieser Zeilen nur?

»*Anne,* ist dir nicht gut? Soll ich *teyze* Merve holen?« Günay sah ihre Mutter besorgt an. Tante Merve hatte mit ihnen besprochen, dass sie ihr sofort Bescheid geben sollten, wenn es ihrer *anne* einmal nicht gutginge. Merves Handynummer war mit einem Edding auf die Kühlschranktür geschrieben und in alle im Haus befindlichen Telefone eingespeichert, damit die Mädchen sie immer zur Hand hatten. Günay konnte sie schon lange auswendig, sie hatte ein gutes Gefühl für Zahlen und konnte schon ziemlich gut rechnen, obwohl sie noch in die Kita ging.

Sevgi strich ihrer kleineren Tochter übers Haar und atmete tief durch. »Nein, *cicim benim*, es ist alles in Ordnung. Kannst du nicht schlafen?«

Sie glättete das Blatt wieder, faltete es zusammen und steckte es in die Tasche ihrer Strickjacke. Es war der dritte Zettel dieser Art innerhalb von zwei Wochen. Sevgi seufzte. Sie würde mit Merve reden müssen, und sie wusste genau, dass ihre Schwester nicht gut darauf reagieren würde – nicht auf den Zettel und nicht darauf, dass sie ihr nicht sofort von der ersten Nachricht erzählt hatte. Sie hätte ihr den Brief gleich zeigen sollen, das war ihr klar, doch Sevgi hatte gehofft, die erste Nachricht sei nur ein Dummejungenstreich gewesen. Auch bei der zweiten hatte sie noch die Hoffnung gehabt, dass alles halb so wild sei, schließlich hatte sie über die Jahrzehnte gelernt, mit derartigen Anfeindungen umzugehen. Doch jetzt drohte man ihren Töchtern, das war kein schlechter Scherz mehr.

Mühsam folgte Sevgi ihrer Tochter die Stufen ins Obergeschoss hinauf. Sie hatte keine Kraft mehr und wusste nicht, was sie machen sollte. Hier sollte ihr neues Zuhause sein, hier wollte sie die beiden Mädchen großziehen, und nun drohte man ihr, den beiden wehzutun. Sevgis Herz krampfte sich bei dem Gedanken an ihre Mädchen zusammen, und sie rang kurz nach Atem. Die schweren inneren Verletzungen, die ihr Ehemann ihr zugefügt hatte, würden ihr noch eine Weile lang Schmerzen bereiten. Die Ärzte hatten ihr geraten, jede Form von Aufregung und Stress zu vermeiden. Trotz des Umzugs und der Renovierungsarbeiten war es ihr gut gegangen in den letzten Wochen. Merve hatte sich um beinahe alles gekümmert, und Sevgi hatte sich vorbildlich an die Vorgaben ihrer Ärzte halten können. Wie sollte das von nun an machbar sein? Gerade als sie sich wieder sicher wähnte, als sie glaubte, ihre Angst im Griff zu haben, warf sie diese Nachricht aus der Bahn. Wohin sollte sie denn gehen? Sie hatte nur das Geld vom Amt. Merve gehörte das Haus, das ihre Schwester für den Satz, den sie für sich und ihre Töchter bekam, an sie vermietete. Sie konnte den Mädchen unmöglich einen weiteren Umzug zumuten. Sie waren gerade dabei, sich in Lichterfelde einzuleben, die beiden hatten erste Freundschaften in der neuen Schule und der neuen Kita geknüpft.

Sevgi setzte sich aufs Bett ihrer Tochter und versuchte sich zu beruhigen. Während sie Günay eine Geschichte vorlas, nahm Sevgi sich vor, bei der nächsten Gelegenheit mit ihrer Schwester zu sprechen.

*

»Annie Lehmann war eine ausgesprochen schöne Frau. Sie hatten ja kaum Geld, das war kein Geheimnis, aber Annie sah immer sehr adrett aus, und auch die Kinder hatten immer saubere Sachen an. Vieles war selbst genäht und oft geflickt, aber sauber. Meine Magda hat einige Sachen unserer Kinder an sie weitergegeben. Ernst durfte das nicht erfahren, der wäre sehr böse geworden. Er hätte das mit Sicherheit als Almosen betrachtet und abgelehnt. Magda und Annie standen sich recht nahe. Ich denke, sie hätten sich sehr eng angefreundet, wenn Annie nicht ... Magda und ich waren uns sicher, dass sie einem Verbrechen zum Opfer gefallen sein musste. Sie wäre niemals ohne die Kinder fortgegangen, auch wenn sie es mit Ernst nicht mehr ausgehalten hätte. Magda hat monatelang schlecht geträumt, nachdem Annie verschwunden war. Aber immer, wenn ich sie fragte, was denn los sei, wiegelte sie ab und schob es auf die Sorgen um die Kinder oder Rückenschmerzen oder etwas in der Art. Wir waren alle fassungslos.«

Wilhelm Kowalski hatte Lea am Telefon vorgeschlagen, noch an diesem Sonntagmorgen einen Spaziergang auf dem ehemaligen Mauerweg zu unternehmen. Es war kalt, aber trocken, und die Sonne lugte zwischen den Wolken hervor. Lea hatte den älteren Herrn vor dessen Haus getroffen. Sie hatte lächelnd seine Hand geschüttelt, die sich wie Pergamentpapier anfühlte und von braunen Altersflecken übersät war. Kowalskis Handschlag aber war fest, und Lea bewunderte einmal mehr die gute körperliche Verfassung des Mittneunzigers. So mancher weitaus jüngere Nachbar konnte da nicht mithalten und hatte sich seinen Zipperlein schon ergeben. Ein Leben voller Sport und Bewegung hatte bei Herrn Kowalski eine beeindruckende Wirkung gezeigt. Ihm sah man den Mangel seiner ersten Kindheitsjahre und die Entbehrungen durch den Zweiten Weltkrieg nicht an. Er habe Glück gehabt und sei nach dem zweiten großen Krieg in amerikanische Kriegsgefangenschaft geraten, hatte er ihr einmal erzählt, als sie ihn auf dem Kranoldmarkt getroffen hatte.

Im Laufen dachte es sich am besten nach, fand Lea, und Talisker liebte dieses raue Wetter. Es lag ihm wie allen Generationen seiner Artgenossen im Blut: Der Schottische Hirschhund war vor Hunderten von Jahren zur Jagd im rauen schottischen Hochland erzogen worden. Lea und Herr Kowalski waren im Monschauer Weg direkt links auf den BUGA-Wanderweg abgebogen und liefen nun in Richtung Osten. Der alte Herr legte ein gutes Tempo vor, sodass Lea noch die Nachwehen ihres grippalen Infekts spürte. Natürlich ließ sie sich nichts anmerken, der Mann war immerhin mehr als doppelt so alt wie sie selbst.

Wilhelm Kowalski blieb stehen, als hätte er ihre Gedanken gelesen. »Verzeihen Sie, das ist so eine Unart von mir. Mir lag es noch nie zu schlendern. Es hat meine Magda verrückt gemacht. Wenn wir einkaufen gingen, raste ich immer wie die sprichwörtliche gesengte Sau durch die Gänge, dabei wollte sie viel lieber schlendern. Wir haben uns dann aufgeteilt. Ich bekam meinen Teil der Liste, sie ihren, und es dauerte lange, bis ich mitbekam, dass ich den ganzen Einkauf alleine machte, während sie genüsslich bummelte.« Er lachte und schaute sentimental in die Ferne. »62 Jahre waren wir verheiratet. Vor zehn Jahren ist sie gestorben. Immerhin hat sie noch die Achtzig geschafft. Sie werden es merkwürdig finden, aber das war ihr sehr wichtig. Sie wolle nicht jung sterben, sagte sie immer.«

»Ich erinnere mich noch gut an Ihre Frau. Sie hat meinen Sohn und seine Freunde mit Kuchen versorgt, wenn die Jungs durch das Viertel marodierten.«

»Ach, i wo! Ihr Sohn und seine Freunde waren nie eine Plage. Sie hätten die Kinder damals sehen sollen, als das Eifelviertel entstand. Die Kinder aus der Siedlung gegenüber verteidigten sofort ihre Pfründe gegen die Neuen. Geht doch in euren Gärten spielen!, bekamen meine Kinder regelmäßig zu hören, und mein Großer kam oft mit Blessuren heim. Die Jungs ließen sich das nicht gefallen.« Jetzt lachte er sein ansteckendes, glucksendes Lachen. »Rudi, Hardy, Kurti und Ecki, die haben sich ganz gut zur Wehr gesetzt. Den Hardy Michalke können Sie selbst fragen, er ist ja wieder hierhergezogen und wohnt in Ihrer Straße. Kurt und Eckhard wohnen auch noch im Kiez, sind aber recht speziell. Nur meiner ist früh fort, erst zum Studium, und jetzt ist er schon seit ein paar Jahren in München frühpensioniert – wie die Zeit vergeht! Es ging bei den Auseinandersetzungen immer um den Acker hinter der Mietshaussiedlung. Dort wurde in den Achtzigern das Seniorenheim gebaut, vorher war da ein großes freies Feld, dessen Ränder Kastanienbäume säumten. Die Kinder aus den Mietshäusern beanspruchten das Terrain, wie gesagt, für sich, aber unsere Kinder wollten dort auch spielen. Der Rädelsführer von den anderen Siedlungskindern, Ronald Tornow hieß der, hat nie lange gefackelt, und es gab häufig Raufereien. Da war eine Menge Sozialneid dabei, lange bevor es diesen Begriff gab.

Dabei hatten die wenigsten Besitzer in unserer Reihenhaussiedlung viel Geld. Die Häuser waren zwar recht preiswert, aber die finanzielle Belastung war für die meisten durchaus nicht unerheblich. Annie Lehmann hatte andauernd Sorgen. Das Geld reichte hinten und vorne nicht. Da kam ihr der kleine Job – ein furchtbares Wort, es entwertet jede Tätigkeit, finden Sie nicht? –, den die Baufirma ihr anbot, gerade recht.«

Hartmut »Hardy« Michalke betonte stets, auch ein Eingeborener zu sein – so nannten sich die Erstbesitzer der Siedlungshäuser untereinander scherzhaft. Und Lea machte im Geiste einen Knoten ins Taschentuch, zur Erinnerung, auch ihm ein paar Fragen zu stellen. »Sie arbeitete für die Baufirma? Was tat sie denn?«

»Sie war gelernte Krankenschwester, und man schickte ihr die Arbeiter vorbei, die sich kleinere Verletzungen zugezogen hatten. Schnitte, Quetschungen, alles, was sie selbst versorgen konnte. Und sie entschied, ob ein Krankenwagen gerufen werden musste.«

»Das war sicher eine große Verantwortung.«

»Ja, aber Annie Lehmann war auch eine sehr gute Krankenschwester. Unsere Eva wurde sehr krank in jenem ersten Winter. Wir dachten, es sei nur eine starke Erkältung, aber weil das Fieber nicht sinken wollte, bat Magda Annie Lehmann, sich die Kleine mal anzuschauen. Ich sehe es noch genau vor mir: Annie hob den Kopf des Mädchens an, wobei sie ihn leicht nach vorne beugte, und Eva heulte auf vor Schmerzen. Annie zögerte keinen Moment und rief einen Krankenwagen. Eva hatte eine Meningitis. Im Krankenhaus gaben sie ihr Penicillin. Sie musste zur Beobachtung ein paar Tage dortbleiben, sich anschließend noch ein paar Wochen schonen, dann war der Spuk wieder vorbei. Annie Lehmann hat unserer Eva damals das Leben gerettet.«

Lea wusste, wie ernst diese Erkrankung war, ein paar Jahre später war ihr Margot Wielands kleine Tochter zum Opfer gefallen. Der Kinderarzt ihres Sohnes hatte Lea die Symptome und diesen Griff erklärt, als Duncan einmal hohes Fieber hatte. »Zur Sicherheit«, hatte er damals gesagt. Man wisse ja nie bei kleinen Kindern. Sie und Mark hatten nicht lange gegrübelt und Duncan impfen lassen. Lea empfand für einen kurzen Moment Dankbarkeit dafür, dass ihr Sohn so unbeschadet durch seine Kindheit und Jugend gekommen war. Bis auf einen unkomplizierten Armbruch, als er zehn Jahre alt war, hatte er keine gesundheitlichen Probleme gehabt. Den Gedanken daran, dass Duncan etwas Ernstes hätte passieren können, schob sie schnell wieder zur Seite, andernfalls wäre grauenvollen Gedankenkreisen kaum mehr Einhalt zu bieten gewesen. So viel konnte passieren, das Leben konnte so schrecklich sein, dennoch war es das Einzige, was man hatte, wie ihre Tante Patty bei passender Gelegenheit stets konstatierte.

Lea und Mark hatten viele Gespräche über das Leben und Sterben geführt, als abzusehen gewesen war, dass er den Krebs nicht besiegen würde. Nächtelang hatten sie geredet, philosophiert und geträumt. Sie hatten geweint, gezetert, gewütet und das Schicksal verflucht. Es hatte beiden geholfen. In Marks letzten Wochen waren sie ruhig und beinahe gewappnet für das Ende gewesen. Lea lächelte kurz schmerzvoll. Richtig gewappnet war man dem Tod gegenüber wohl nie, aber wenn man das Unausweichliche akzeptierte und sich auf jeden Moment konzentrierte, der einem noch blieb, wurde es etwas besser. Bei ihnen hatte es funktioniert.

Das, was kam, wenn der geliebte Mensch nicht mehr da war, war erheblich schlimmer. In Leas Fall war es ein tiefes, schwarzes Loch gewesen, in das sie ohne Seil oder Netz gefallen und aus dem – dessen war sie sich bewusst – sie es immer noch nicht wieder ganz herausgeschafft hatte. *Hell and damnation!,* jetzt war sie doch auf den finsteren Pfad in Richtung Melancholie abgebogen. Ob es Merve und Martin auch so ging, wenn sie Zeugen befragten? Sicherlich nicht, die beiden waren stets so fokussiert auf das, was zu tun war.

Get a grip then!, schalt sie sich. Sie musste sich auf das Gespräch konzentrieren und wandte sich wieder Herrn Kowalski zu. »Wie wirkte Annie Lehmann denn damals auf Sie, Herr Kowalski? Was für ein Mensch war sie? Wie war ihre Gemütslage?«

Wilhelm Kowalski blieb stehen. Talisker, der ein paar Meter vor ihnen lief, tat es ihm gleich und schaute die beiden über seinen Rist hinweg an. Zweibeiner, schien er zu denken, wissen auch nie, ob sie wirklich dahin wollen, wohin sie gehen.

Die Stimme des alten Herrn nahm einen heiseren Klang an, er schluckte und räusperte sich, bevor er Lea antwortete. »Was war sie für ein Mensch, fragen Sie. Wer kennt schon den anderen? Was ich von ihr hielt? Annie Lehmann war ganz wundervoll. Sie war voller Wärme und Herzlichkeit. Und sie war der traurigste Mensch, der mir je begegnet ist. Ihre Kinder waren das Wichtigste in ihrem Leben, sie hätte sie niemals bei

Ernst gelassen. Niemals. Magda und Annie hatten in jenem Winter Freundschaft geschlossen. Magda hatte mitbekommen, wie die anderen Frauen aus der Nachbarschaft über die Familie Lehmann dachten, und bemühte sich deshalb, Annie besser zu integrieren. Sie lud sie zu einigen Kaffeekränzchen ein, damit die anderen Nachbarinnen bemerkten, wie freundlich sie war. Aber es half nichts. Man hatte befunden, dass die Lehmanns kein passender Umgang waren, und von dieser Meinung war keine der Frauen bereit abzurücken. Wenn Sie mich fragen, waren sie schrecklich neidisch auf Annies Äußeres. Sie war eine wahre Augenweide, auch noch nachdem sie drei Kinder zur Welt gebracht hatte. Es gab einige wenige berufstätige Mütter in der Nachbarschaft, die meisten waren aber den ganzen Tag zu Hause und hatten wenig – ich versuche das mal vorsichtig zu formulieren – geistige Beschäftigung. Es war damals ganz genau so, wie man sich das in Reihenhaussiedlungen vorstellt: Es wurde getratscht, was das Zeug hielt, und die Damen überboten sich nur zu gerne an Gemeinheiten.«

»Sie kannten das Gerücht über Annie Lehmann?«

»Dass sie den Bauarbeitern nicht nur Pflaster gab?« Wilhelm Kowalski lachte voll Bitterkeit auf. »O ja, das Gerücht kannte ich. Es gab eine Nachbarin in der Zeile hinter uns, Frau Dietrich, die hatte es ganz besonders auf Annie abgesehen. Ihr Ehemann war ein notorischer Fremdgänger – natürlich erzählte man sich das auch nur hinter vorgehaltener Hand –, aber die Frau tat immer, als wäre alles in bester Ordnung. Sie hatte zwei Kinder, das dritte war damals unterwegs. Ein später Unfall, schätzten alle, und die Schwangerschaft bekam ihr gar nicht. Mein Rudolf und ihr Kurt waren dicke Freunde, mit Hartmut Michalke und Eckhard Fischer, die hingen zusammen wie Pech und Schwefel. Eckhard war ein Einzelkind, aber die drei anderen hatte noch erheblich jüngere Schwestern, auch das verband sie. Kurt war oft bei uns, Magda erklärte mir damals, bei den Dietrichs herrsche oft dicke Luft. Edeltraut Dietrich hatte eine spitze Zunge, auch ihren Kindern gegenüber. Wenn Sie mich fragen, war sie eine zutiefst verbitterte Frau, nachtragend und oft bösartig.«

»Gab es denn etwas Bestimmtes, woran Sie sich noch erinnern?«

Wilhelm Kowalski lief einige Meter schweigend neben Lea her, er schien seine Gedanken zu sortieren. An einer Bank am Wegesrand hielt er an und bat sie sich zu setzen.

Talisker ließ sich resigniert hinter der Bank fallen. Ihm war es erheblich lieber, wenn sein Frauchen mit ihm joggte, aber daraus würde wohl heute nichts werden.

»Wissen Sie, Frau Storm, das meiste, woran ich mich erinnere, ist Hörensagen, meine Magda hat es mir erzählt. Oder mein Rudolf. Ich war ja viel arbeiten, ich hatte eine Stellung bei den Amerikanern, in deren Headquarters in der Clayallee. Mein Eindruck war, dass die vier Jungs schwer verknallt in Annie Lehmann waren. Meinen Sohn kostete sie so manche Stunde Schlaf, da bin ich mir sicher. Und die Jungs waren nicht die Einzigen. Es gab kaum einen Nachbarn, der die Frau nicht attraktiv fand und sich nicht bemühte, ihr in irgendeiner Form behilflich zu sein. Dabei machte sie bei

Weitem keinen hilflosen Eindruck und legte es auch in keiner Weise darauf an – nicht, dass Sie mich da missverstehen.« Er seufzte leise. »Es ist schwer zu beschreiben, ohne ein Klischee nach dem anderen zu bedienen. Es gibt Frauen, wenige, aber es gibt sie, die sich ihrer Ausstrahlung gar nicht bewusst sind. Und das macht sie umso begehrenswerter. So eine Frau war Annie Lehmann. Ich muss zugeben, auch ich war vor dem Zauber, der von ihr ausging, nicht gefeit.« Er schaute Lea etwas schuldbewusst an. Dann lächelte er. »Ach, das ist alles so unglaublich lange her! Ich habe eine halbe Ewigkeit nicht mehr an diese Zeiten gedacht. Macht es Ihnen etwas aus, alleine weiterzugehen, Frau Storm? Ich würde gerne noch ein wenig hier sitzen. Wenn mir noch etwas einfällt, melde ich mich bei Ihnen.«

»Natürlich, Herr Kowalski. Es ist sehr freundlich von Ihnen gewesen, mich an Ihren Erinnerungen teilhaben zu lassen. Haben Sie vielen Dank dafür. Ich hoffe, wir sehen uns bald wieder. Alles Gute!« Damit gab sie Talisker ein Zeichen und setzte ihren Weg alleine mit ihrem Hund fort.

Der ältere Herr schaute ihr nach, bis sie nur noch ein kleiner Punkt in seinem Blickfeld war. Sie war auch eine dieser Frauen, dachte Herr Kowalski, und sie wusste es ebenso wenig.

*

Glander hatte länger als üblich geschlafen. Egbert Kolbe und er hatten sich noch in eine der Sitzecken zurückgezogen und etwas zu essen bestellt. Glander war angenehm überrascht gewesen von seinem mit Schafskäse gefüllten Hacksteak. Es hatte eine gute Grundlage für ein paar weitere Herrengedecke geboten, die sie zu sich genommen hatten, während sie über das LKA und die veränderten Anforderungen, die heute an die Polizei im Allgemeinen gestellt wurden, gequatscht hatten. Sein Auto hatte er anschließend stehen gelassen und sich ein Taxi genommen. Nach Mitternacht war es recht zügig durch Tempelhof und Lankwitz nach Lichterfelde gegangen. Lea hatte bereits geschlafen, als er heimgekommen war, und er war zufrieden gewesen, ihre ruhigen Atemgeräusche zu hören, die angezeigt hatten, dass sich ihre Erkältung erheblich gebessert hatte.

Es hatte Glander eiskalt erwischt. Er hatte gar nicht vorgehabt, sich wieder zu verlieben, wobei ihm in den letzten Wochen gedämmert war, dass alles, was er bislang für Liebe gehalten hatte, bestenfalls starke Anziehung gewesen war. Nichts hatte sich bislang so angefühlt wie das, was er für diese ungewöhnliche Frau empfand. Er erkannte sich kaum wieder. Wenn er seine Augen schloss, sah er sie vor sich bei ihrer ersten Begegnung. Damals im Sommer, mitten in der Nacht, auf dem ehemaligen Mauerweg, nachdem sie die Leiche eines ihrer Nachbarn gefunden hatte. Glander hatte es sich nicht eingestehen wollen – zum Teufel! –, er hatte das Gefühl ja gar nicht erkannt, aber es war Liebe auf den ersten Blick. Genauso schmalzig wie in einem der Liebesromane, die seine Schwester so gerne las. Leas Geschichte war nicht ohne. Sie hatte vor noch nicht allzu langer Zeit erst ihren Mann beerdigt. Ihr Sohn hatte kurz zuvor Berlin verlassen, um zu studieren. Sie hatte einiges zu verarbeiten, das war Glander klargewesen. Er hatte sich dennoch nicht von ihr fernhalten können und diverse Vorwände für erneute Treffen erfunden. Als er sie, verletzt von dem Angriff des grausamen Mörders, der damals im Eifelviertel umgegangen war, in seinen Armen gehalten hatte, hatte ihn die Einsicht wie eine Bombe getroffen: Er war mit Haut und Haaren in diese Frau verliebt. Er begehrte sie so sehr, dass es beinahe schmerzte. Beim ersten Mal, da sie miteinander geschlafen hatten, hatte er gedacht, er verlöre den Verstand. Kitschbruder schalt ihn sein innerer Zyniker, den er allerdings mit Gusto ignorierte. Na und? Dann entsprach dieses Gefühl eben nicht seinem Alter. Es spielte überhaupt keine Rolle, was irgendjemand davon hielt. Das Gefühl war das des allerersten Mals, wenn man sich verliebt, wenn alles noch ungetrübt von Erfahrungen ist, wenn man sich auf ganz neues Terrain begibt und sich voller Übermut in den Taumel der Erregung stürzt. Die Briten nutzten den Ausdruck *falling in love* für diese Empfindung, und er, Martin Glander, ehemaliger Kriminalhauptkommissar des LKA Berlin und für seine kühle, nüchterne, norddeutsche Art bekannt, war in der Tat »in die Liebe gefallen«, er war praktisch hineingestolpert, und er mochte diesen Zustand. Er schmunzelte bei dem Gedanken daran, Lea seinen Eltern vorzustellen. Was war nur passiert mit ihm? Ein Weihnachtsfest im Kreis der Familie, auf das *er* sich freute? Kopfschüttelnd ging er ins Badezimmer.

Glander duschte, die letzten zwei Minuten davon kalt, und trank danach drei große Gläser Wasser. Er stand in der Küche, um sich einen starken Espresso zu machen, als Lea und Talisker durch die Gartentür ins Wohnzimmer traten. Kurz darauf klingelte es an der Tür, und er sah sich den beiden Nachbarinnen gegenüber.

»Martin! Wie gut, dass Sie da sind! Haben Sie schon etwas in Erfahrung bringen können? Wir haben ein Foto gefunden ...«

Das war nicht der Sonntagmorgen, den Glander sich vorgestellt hatte, aber er bat die beiden Damen herein. Lea trat in den Flur und begrüßte sie ebenfalls.

»Kommt rein! Möchtet ihr einen Kaffee? Ich wollte gerade welchen machen.«

Sigrun Lehmann lehnte das Angebot höflich ab. »Nein, vielen Dank, Lea, wir sind schon sehr lange wach und haben ohnehin bereits zu viel Kaffee getrunken. Wir wollen euch auch gar nicht lange aufhalten, wir müssen noch zu den Pferden. Im Moment ist alles so unwirklich, weißt du? So viele Jahre haben wir geglaubt ... Wir dachten ... Und nun findet man sie direkt nebenan. Ich kann das gar nicht fassen und weiß nicht, was ich denken soll. Wir sind Ihnen so dankbar, Martin, dass Sie und Ihre Kollegin uns helfen werden.«

Glander übernahm das Gespräch. »Ich kann gut verstehen, wie unverständlich das alles für Sie sein muss. Erinnern Sie sich noch an die Zeit, bevor Ihre Mutter verschwand?«

Diesmal antwortete Gudrun Lehmann. »Ich war damals acht Jahre alt, aber ich habe immer gewusst, dass Mama uns niemals einfach so verlassen hat. Holger war doch noch so klein. Papa wusste ja gar nicht, wie er mit ihm umgehen sollte. Ich kann mich nur noch daran erinnern, dass ich die ganze Zeit traurig war. Es gab kein Osterfest, und dann zogen wir in diese Wohnung um, und da war auch alles ganz furchtbar traurig. Es hat Jahre gedauert, bis ich wieder fröhlich sein konnte. Wir hatten eine tolle Lehrerin an unserer Schule, die hat sich rührend gekümmert. Sigrun, erinnerst du dich?«

Sigrun Lehmann schaute ihre große Schwester an. »Ich erinnere mich noch an vieles, es war ja so aufregend, ein eigenes Haus zu haben. Ein eigenes Zimmer und dann der Garten! Ich weiß auch, dass Mama manchmal plötzlich wegmusste. Und als ich sie einmal fragte, wohin sie gehe, sagte sie, das sei ein Geheimnis und Papa dürfe es nicht wissen. Sie arbeite heimlich wieder als Krankenschwester. Manchmal kamen auch Männer zu uns nach Hause, denen sie einen Verband machte.«

Gudrun zog ein Fotoalbum aus ihrer übergroßen Handtasche. »Sehen Sie mal hier, das letzte Foto, da lacht sie so schön! Sie hat nie gelacht, wenn unser Vater dabei war. Und schon gar nicht, wenn unser Opa zu Besuch war. Ich weiß nicht, woran es lag, aber ich hatte als Kind eine Mordsangst vor unserem Opa, und ich dachte immer, auch Mama würde sich vor ihm fürchten. Jedenfalls verhielt sie sich immer so seltsam, wenn er zu uns zum Essen kam. Dieses Foto kann unmöglich bei einem dieser Essen aufgenommen worden sein. Und wenn ich es mir so ansehe, bin ich überzeugt davon, dass sie zu diesem Zeitpunkt verliebt war – und ganz sicher nicht in unseren Vater.«

Lea schaute an Glander vorbei auf die Fotografie. Ob die Frau darauf verliebt war oder nicht, konnte sie unmöglich beurteilen, aber die Ähnlichkeit mit Julia

Wallace, in deren Haus man die Überreste von Annie Lehmann gefunden hatte, war frappierend. Gudrun Lehmann hatte nicht übertrieben, als sie ihr das vor einigen Wochen erzählt hatte. Julia hätte eine Tochter von Annie Lehmann sein können, oder besser eine Enkelin. Beide erinnerten Lea an Grace Kelly in dem Film *Das Fenster zum Hof.*

Glander schob das Album zurück zu Gudrun Lehmann. »Erinnern Sie sich denn an einen bestimmten Mann, der häufiger bei Ihnen zu Besuch war?«

Die Schwestern schüttelten den Kopf. Gudrun sagte dann: »Es ist so lange her, und wir waren noch so klein. Die großen Jungen waren oft bei uns. Die versorgte Mama auch, wenn sie sich mal wieder geschlagen hatten. Das kam häufig vor, glaube ich. Ich weiß noch, einmal, da standen sie alle vier vor unserer Tür. Papa war nicht da, vielleicht war er bei Opa oder noch arbeiten, er war eigentlich nur abends daheim. Und sonntags. Das machte mir Angst – ich meine, die vier Jungs bei uns im Haus, nicht, dass mein Vater so selten daheim war. Die waren so groß und nahmen so viel Raum ein, und ich weiß noch, dass ich die ganze Zeit dachte, ich würde vermutlich zwischen ihnen zerquetscht werden, wenn ich nicht aufpasste.«

»Die großen Jungen? Du meinst Rudi und seine Freunde?«, erkundigte sich Lea.

Gudrun Lehmann nickte. »Ja, die hingen immer zusammen. Und mindestens einer von ihnen war irgendwie immer da, wenn Mama mal Hilfe brauchte. Wir kamen ganz oft von der Schule nach Hause, und dann war einer von den Vieren bei uns und hatte ihr geholfen, den Schrank zu verschieben. Das machte sie zu gerne, die Zimmer umräumen. Papa war davon nie sonderlich angetan, aber Papa war ohnehin nie sonderlich von irgendetwas angetan – außer von seinem Schnaps. Das wurde ganz schlimm, nachdem wir umgezogen waren.«

Glander erkannte, dass es besser war sich zurückzunehmen und überließ Lea das weitere Gespräch. Die deutete seine Körpersprache richtig und legte ihre Hand auf den Unterarm ihrer Nachbarin. »Gudrun, ich bin sicher, euer Papa hat euch sehr lieb gehabt ...«

Bevor sie weiterreden konnte, zog Gudrun Lehmann ihren Arm zurück und erwiderte gereizt: »Unser Vater wusste nicht, wie man jemanden lieb hat, davon kannst du mal ausgehen! Der Mann war andauernd betrunken.« Sie sah Lea verbittert an. »Ich war zwar noch klein, aber glaube mir, das habe selbst ich erkannt. Unsere Mutter hat sich die größte Mühe gegeben, damit wir es nicht merkten, aber wir aßen oft alleine zu Abend, während er in seinem Sessel schnarchte, neben ihm irgendein Fusel. Nachdem Mama nicht mehr da war, wurde es immer schlimmer. Unsere behütete Kindheit endete an jenem Tag im März 1965, an dem sie verschwand, Lea. Alles wurde anders, unser Leben wurde zur Hölle.«

11

August 1964

»Einen schönen guten Tag, Frau Lehmann!«

Annie bleibt stehen. Der kleine Holger schläft tief und fest in seinem Kinderwagen. Frau Dietrich aus dem Haus hinter ihrem steht mit zwei Nachbarinnen an der Straßenecke. Sie sind ganz schön aufgedonnert für die Mittagszeit unter der Woche, findet Annie. Das Kleid, das Frau Dietrich trägt, ist ihr eine Nummer zu klein, und sie sieht aus, als bereue sie, es angezogen zu haben. Vermutlich ist ihre Miederwäsche auch nicht sehr bequem, denkt sich Annie und verkneift sich ein Schmunzeln. Es wird Zeit für Hängerkleider, um den schwangeren Bauch zu kaschieren. Und das mitwachsende Hinterteil. Frau Dietrichs Haar ist so hochtoupiert und so blond wie das von Vivi Bach. Damit hört die Ähnlichkeit aber schon auf.

Annie Lehmann streicht sich eine Strähne ihrer eigenen langen blonden Haare aus dem Gesicht, die sich aus ihrer Hochsteckfrisur gelöst hat. »Guten Tag, Frau Dietrich, Frau Wagner, Frau Hartmann. Sie sehen aber chic aus. Wohin soll es denn gehen?«

Die drei Frauen lächeln süffisant. Frau Dietrich antwortet ihr: »Wir gehen ins ›Kranzler‹, Frau Lehmann. Das machen wir einmal im Monat. Wir warten nur noch auf Frau Schmitt, sie müsste gleich kommen.«

Annie Lehmann weiß sehr wohl, was die Nachbarinnen unternehmen. Jeden ersten Sonnabend im Monat fahren sie mit dem Bus zum Kurfürstendamm, flanieren ein wenig, wie sie es nennen, und kehren dann im »Café Kranzler« ein. Dort halten sie sich zwei Stunden an ihrem Kännchen Kaffee fest, denn so richtig leisten können sie sich diese Ausflüge nicht. Mit ihren Ehemännern gehen sie jeden dritten Freitag im Monat in die Lebensmittelabteilung des KaDeWe am Tauentzien zum Austernessen und Champagnertrinken. Sie halten das für eine Demonstration von guten Sitten und einem gewissen gesellschaftlichen Stand. Das sei man sich nun einmal schuldig, wenn der Ehemann eine gehobene Position in einem Versicherungsunternehmen bekleide. Frau Dietrich wird nie müde, ihr das aufs Butterbrot zu schmieren.

Annie denkt sich jedes Mal ihren Teil. Sie sieht, wie es den Kindern der Dietrichs geht. Kurt ist ein maulfauler Halbstarker, der nur auf eine Gelegenheit wartet, sich mit anderen Jungen zu schlagen. Zu ihr ist er immer ausgesprochen freundlich, aber sie sieht ihm an, wie unglücklich er ist. Er ist nicht sehr nett im Umgang mit seiner kleinen Schwester, auf die er in Annies Augen auch viel zu häufig aufpassen muss. Das Mädchen ist drei Jahre alt und wirkt sehr still. Der Umgang der Familienmitglieder untereinander ist ruppig. Annie hört die Kleine oft abends weinen, wenn sie ins Bett gebracht wird. Tröstende Worte vernimmt sie nie von gegenüber. Im Gegenteil, meist wird erst Herr Dietrich seiner Frau gegenüber laut, und dann schimpft Frau Dietrich mit dem kleinen Mädchen, bevor sie das Fenster schließt. Annie Lehmann ist sich sicher, dass Herr Dietrich absichtlich so viel arbeitet, und es würde sie nicht wundern, wenn es nicht nur die Arbeit ist, die ihn so lange von zu Hause fernhält. Liebevoll denkt sie an ihre zwei Mädchen und freut sich darauf, sie später wiederzusehen, wenn sie beide von der Schule heimkommen. Es wird Spiegeleier, Rahmspinat und Kartoffeln geben, und Annie ist gespannt darauf, was die beiden von der Schule berichten werden.

»Da wünsche ich Ihnen recht viel Spaß.«

Edeltraut Dietrich wechselt einen Blick mit ihren beiden Freundinnen. »Wir hätten Sie ja gebeten mitzukommen, aber wir dachten, das wäre nichts für Sie. Wo ich Sie gerade sehe, erinnere ich mich daran, dass ich Ihnen sagen wollte, dass Frau Neumann aus der Zeile hinter uns noch abgelegte Kleidung ihrer Tochter für Sie hat. Sie sollen einfach vorbeigehen und sie abholen.« In ihrem Tonfall liegt Herablassung. Die beiden anderen Nachbarinnen lächeln boshaft und schütteln ihre Köpfe.

Annie Lehmann ist sich der Ablehnung ihrer Familie in der Nachbarschaft sehr wohl bewusst, ebenso der Anstrengungen, die ihre Nachbarin, Magda Kowalski, unternimmt, dem entgegenzuwirken. Annie macht sich wenig aus den kleinen Boshaftigkeiten dieser Frauen, sie ist es gewohnt, abgelehnt zu werden. Sie passt auch nicht hierher, das weiß sie. Es tut ihr allein wegen ihrer

Mädchen weh, denn die beiden können nichts für den Irrsinn ihres Vaters, der hier unbedingt ein Haus kaufen musste, das sie sich gar nicht leisten können.

Normalerweise ignoriert Annie die Sticheleien der Dietrich und der anderen Nachbarinnen, doch heute wird sie es ihnen nicht durchgehen lassen. Heute nicht und auch sonst nicht mehr! Denn jetzt gibt es Gennaro, der ihr sagt, wie schön sie ist, und der sie liebt. »Ach, wissen Sie, Frau Dietrich, da machen Sie sich mal keine Sorgen, das macht doch nichts. Ich werde mich nachher ein wenig im Garten in meinem Bikini sonnen. Ihr Mann hilft mir sicherlich wieder, den schweren Sonnenschirm zu verschieben. Er ist ja immer so hilfsbereit«, sagt sie und zieht dabei das O in die Länge. »Wirklich sehr zuvorkommend, Ihr Mann. Ich denke, ich werde ihm auch noch eine kalte Limonade anbieten. Es ist doch Sonnabend, und Sie sind nicht daheim, da hat er sicherlich Zeit für mich. Einen schönen Tag Ihnen allen!«

Der Abgang gelingt ihr hervorragend. Die Damen Hartmann und Wagner halten die Luft an ob dieser ungeheuerlichen Frechheit.

Edeltraut Dietrich schaut der hübschen Nachbarin hinterher und zischt: »Das wird sie noch bereuen. Dieses kleine billige Luder. Das zahle ich ihr heim.«

12

Advent 2012

»Ich verstehe nicht, warum du nicht am Heiligen Abend einfach mit zu meiner Schwester kommen und mit uns Weihnachten feiern kannst. Ich bin ja auch nicht scharf auf den Gang in die Kirche, aber es ist nun mal unser Familienbrauch.«

Die Nachbarinnen waren gegangen, und Lea und Glander hatten eine Weile über das Gespräch sinniert. Irgendwie waren sie vom Hölzchen aufs Stöckchen und dann auf ihr nach wie vor ungeklärtes Weihnachtsarrangement gekommen, vermutlich über das Thema Familie. Lea war überhaupt nicht in Stimmung, über Heiligabend zu diskutieren, aber sie wusste, sie käme aus der Nummer nicht heraus. Sie mussten es klären, es half alles nichts. Weihnachten war schon in ein paar Wochen. Lea war trotzdem sauer auf Martin, sie wollte sich nicht für oder gegen etwas oder jemanden entscheiden müssen. Sie wollte Weihnachten auf die ihr vertraute Art feiern und auf diese eine Sache nicht verzichten müssen, jetzt, wo alles anders war.

Am Heiligen Abend hatten sie und ihre Mutter immer den Weihnachtsbaum geschmückt. Ihr Vater hatte dazu stets eine Weihnachtsgeschichte vorgelesen, später hatte das Mark übernommen. Wenn alles dekoriert war, hatten sie Karten- und Brettspiele gespielt. Bevor sie zu Bett gingen, hatten sie einen *Mince Pie* und einen Brandy für Santa Claus auf den Balkon gestellt. In ihrer Kindheit war Lea stets am Morgen des 25. Dezembers aufgewacht und hatte im großen, noch von der Oma ihrer Mutter selbst gestrickten Wollstrumpf, der am Pfosten ihres Bettes gehangen hatte, ein paar Kleinigkeiten gefunden: Süßigkeiten, Nüsse und immer eine Orange. Sie würde nie das wunderbar warme Gefühl vergessen, das sie damals erfüllt hatte, wenn sie sich leise ins Wohnzimmer geschlichen hatte, um einen Blick auf den Weihnachtsbaum und die darunterliegenden Geschenke zu werfen, bevor sie ins Schlafzimmer ihrer Eltern gestürzt war und sie geweckt hatte. In ihren Schlafanzügen hatten sie dann unterm Baum gesessen und ihre Geschenke ausgepackt, dabei Tee getrunken und die restlichen *Mince Pies* oder Toast mit Orangenmarmelade gegessen. Am frühen Nachmittag gab es *Roast turkey with all the trimmings*, Truthahnbraten mit allem Drum und Dran – mit Röstkartoffeln, Erbsen, Möhren, Rosenkohl und einer ebenso köstlichen wie schweren Soße aus dem Bratenfond, Malt, Zimt und Sahne. Ihr Vater blieb bei der in Schottland üblichen *Cranberrysauce*. Ihren *Christmas Pudding* aßen sie vor dem Fernseher oder dem Videorekorder, während sie sich James Stewart in *It's a Wonderful Life* ansahen, je nachdem, ob ihre Großeltern bei ihnen waren oder Urlaub im Süden machten. Lea war abends stets mit einem neuen

Buch ins Bett gegangen, und ihr Vater hatte den acht Jahre alten Talisker aus dem Wohnzimmerschrank geholt, einen schon für damalige Whiskys sehr torfigen und maritimen Malt, wenn auch erheblich milder als die späteren Abfüllungen.

Am *Boxing Day*, dem 26. Dezember, hatten sie den ganzen Tag über Besuch von Freunden gehabt, die Essen, Getränke und kleine Geschenke mitgebracht hatten. Die Wohnung in Schöneberg war an jedem Weihnachtsfest voller Leben und Heiterkeit gewesen. Lea vermisste ihre Eltern um diese Jahreszeit am meisten, auch dreißig Jahre nach ihrem tödlichen Unfall.

Die Jahre nach dem Tod ihrer Eltern bei Tante Patty in Stirling waren von erheblich weniger Frohsinn geprägt gewesen. Ihre Tante hatte damals ein Verhältnis mit einem verheirateten Professor und war über Weihnachten stets depressiv gewesen, da der das Fest mit seiner Familie gefeiert hatte. Die Unmengen an Gin, die sie dann trank, taten ihr Übriges. Und Lea war froh, als sie endlich eine beste Freundin gefunden hatte und die Feiertage bei ihr und ihrer Familie verbringen konnte.

Nachdem sie Mark kennengelernt hatte und mit ihm zusammengezogen war, hatten sie gemeinsam den alten Weihnachtsrhythmus ihrer Kindheit wieder aufleben lassen und die letzten zwanzig Jahre beibehalten. Dieser Brauch war ein fester Bestandteil ihres Lebens. Duncan war mit ihm aufgewachsen. Lea fühlte sich deshalb überfordert mit der Entscheidung, ob sie auf »ihr« Weihnachten verzichten sollte oder nicht, und war gleichzeitig ein wenig böse auf Glander, dass er sie überhaupt vor dieses Dilemma stellte. Das war zu viel Veränderung. Alles ging zu schnell!

Glücklicherweise löste ein herzhaftes Niesen ihre Gedankenknoten, und ihre schlechte Laune verpuffte. Sie waren erwachsene Menschen, da musste man doch in der Lage sein, eine Lösung zu finden. »Martin, ich weiß nicht, wie wir Weihnachten am besten feiern können. Ich gehe nicht in die Kirche, und das ganze Weihnachtsmanngetue vor Kindern mag ich überhaupt nicht. Deine Nichte und dein Neffe sind neun und zwölf Jahre alt, die glauben nicht mehr an den bärtigen Alten im roten Anzug. Aber ich kann natürlich verstehen, dass du Heiligabend mit ihnen verbringen möchtest. Sie sind deine Familie. Mir macht es nichts aus, wenn wir uns erst am 25. sehen.«

»Mir aber«, entgegnete er schmallippig. »Du brichst dir doch keinen Zacken aus der Krone, wenn du den Abend mit uns verbringst. Es ist mir wichtig, und ich finde, du stellst dich in diesem Punkt wirklich unflexibel an. Es ist doch bloß *ein* Abend.«

Lea reichte es, sie funkelte Martin wütend an. Sie hatte versucht einzulenken. Was wollte er denn noch von ihr? *»For fuck's sake, Martin, stop being such a prick!«*, zischte sie ihn an. Er sollte sich, verdammt noch mal, nicht so affig anstellen! »Dann kann ich dir nicht weiterhelfen. Ich mache keine alberne Schmierentheateraufführung von Weihnachten mit. Ohne mich!«

Das war deutlich. Glander erkannte, dass er eine Deeskalationsstrategie brauchte, sofort, sonst würden sie Dinge sagen, die sie später bereuten. Er hob beschwichtigend seine Hände. »Okay, okay. Du bist am 24. nicht dabei, ich hab es verstanden. Lass uns nicht streiten. Es ist immerhin das Fest der Liebe ...« Er schenkte ihr sein strahlendstes Lächeln und versuchte, seinen besten Schlafzimmerblick aufzusetzen. Die Grimasse, in der dieser Versuch endete, ließ Lea laut auflachen und ihren Groll verfliegen.

»Ich bitte dich! Bei den meisten Familien wird niemals mehr gestritten als über die Weihnachtsfeiertage. Aber du hast trotzdem recht, und ich will auch nicht streiten. Ich hab ein paar interessante Dinge von Wilhelm Kowalski erfahren. Willst du sie hören?«

»Unbedingt«, sagte Glander voller Erleichterung darüber, Schlimmeres zunächst abgewehrt zu haben. »Aber erst, nachdem ...« Der Rest seines Satzes ging in einem langen Kuss unter, den Lea ihm nicht verweigerte. Kowalskis Geschichten aus dem alten Berlin würden warten müssen. Glander nahm Lea in die Arme und trug sie zum Sofa.

Talisker warf einen Blick auf die beiden und erhob sich neben dem Esstisch. Das würde dauern, er kannte das jetzt schon. Da konnte er in Ruhe im Flur ein Nickerchen machen. Bedächtig trottete der Hund aus dem Wohnzimmer.

*

Merve starrte auf das Blatt Papier in ihrer Hand, das ihre Schwester ihr wortlos überreicht hatte, und wusste kaum, wohin mit sich und der heißen Wut, die in ihr aufflammte. Sie war am frühen Sonntagnachmittag bei Sevgi aufgetaucht und hatte vorgehabt, die Wand in Günays Zimmer fertig zu streichen, doch dann hatte

Sevgi sie ins Wohnzimmer gebeten und ihr den Hassbrief gezeigt.

Boktan herif! Sie würde diesem Scheißkerl sämtliche Finger brechen, wenn sie ihn erwischte! Danach den Unterkiefer, damit er eine Weile seinen miesen Rand halten müsste. Beide Schwestern hatten ihre Erfahrungen mit Rassismus gemacht, das Großstadtleben brachte das so mit sich, und auch ihre eigenen Leute hatten es ihnen nicht leichtgemacht. Dass sie zur Polizei gegangen war, hatte Merve im linken, liberalen und autonomen bunten Kreuzberg jede Menge Freunde gekostet. Kaum einer ihrer Nachbarn und der Bekannten ihrer Eltern hatte ihre Berufswahl nachvollziehen können, zumal sie ihren Eltern erst davon erzählt hatte, nachdem alles in trockenen Tüchern gewesen war und sie die deutsche Staatsbürgerschaft angenommen hatte – die war Bedingung für einen Eintritt in den Polizeidienst. Ihr Vater hatte ihr das nie verziehen.

Merve war es daher gewohnt, Gegenwind von allen möglichen Seiten zu bekommen. Ihr selbst machte das nichts aus, sie trug den schwarzen Gürtel des zweiten Dan und wusste sich trotz ihrer zierlichen Figur bestens zur Wehr zu setzen. Hier pisste aber jemand ihrer Schwester und ihren Nichten an die Wade, und das ließ sie niemandem durchgehen. Obwohl die Schwester die ältere von ihnen beiden war, hatte sich Merve während ihrer Hinterhofkindheit regelmäßig für sie geprügelt. Sie hatten keine Brüder, nach ihr hatten ihre Eltern keine weiteren Kinder bekommen.

Beim LKA waren die Sitten ebenfalls recht rau gewesen, als Frau war sie nicht gut gelitten. Und als

Türkin, die dem Klischee der unterwürfigen, Kopftuch tragenden Ayshe nicht entsprach, war sie ihren männlichen Kollegen noch suspekter. Aber auch bei der Polizei hatte sie es allen gezeigt und sich Respekt verschafft. Dieser kleine Nazipisser, der hier anonyme Drohungen schrieb, würde sich gewaltig umgucken! Mindestens die Nase würde sie ihm brechen, das schwor sie sich, ihrer Schwester und ihren Nichten. *Allah kahretsin!* Was hatte sie diese braunen Wichser satt!

Sie zwang sich zu einer ruhigen Stimme, als sie ihre Schwester fragte: »Sevgi, hast du irgendeine Ahnung, von wem der Brief sein könnte? Ist dir in den letzten Wochen irgendjemand dumm gekommen? Egal, wie geringfügig es dir vorkam, auch wenn dich nur einer schräg angeschaut hat. Fällt dir irgendetwas ein?«

Ihre Schwester schüttelte den Kopf. »Ich bin doch kaum draußen, bis auf die paar Male, die ich zum Briefkasten gehe oder nachmittags Günay abhole.«

Das stimmte. Merve erledigte alle Einkäufe, Caro la Sabersky nahm Gülsen morgens mit, wenn sie ihre beiden Jüngsten zur Schule brachte, und Lea übernahm Günays morgendlichen Weg zur nahegelegenen Kita. Sie sei ohnehin mit Talisker unterwegs, hatte Lea lapidar gesagt, und liefe dann den kleinen Pfad entlang, der am Rande der Siedlung entlang zum BUGA-Wanderweg führte. Ohne einen Hund wie Talisker hätte Merve das an dunklen Wintermorgen niemandem geraten, denn der schmale Matschweg führte am Rande des Eifelviertels am bewaldeten Bahngelände entlang und wurde lediglich zu den morgendlichen und feierabendlichen Stoßzeiten von den Anwohnern in Teltow Sigridshorst als Abkürzung zum S-Bahnhof genutzt. In deren Augen erschien der Weg deshalb als sicher. Aber tatsächlich dürfte niemand überrascht sein, sollte dort jemandem etwas zustoßen.

Merve überlegte scharf, wer Zugang zu Sevgis Briefkasten hatte. Den Postboten schloss sie aus, er machte einen sehr freundlichen Eindruck auf sie, ein paar Fragen würde sie ihm dennoch stellen, immerhin kannte er die Siedlung und ihre Bewohner gut. Was war mit den Nachbarn? Die meisten kannte sie nur von kurzen Begegnungen auf der Straße, bei denen sie sich grüßten. Außer zur Familie Sabersky hatten sie zu keinem von ihnen engeren Kontakt.

Merve wusste, es wäre nicht ganz legal, aber sie war schließlich keine Kripobeamtin mehr. Ihren reichen Erfahrungsschatz würde sie für ihre eigenen Zwecke schamlos ausnutzen. Sie erklärte Sevgi kurz, was sie tun würde, und holte ihre daktyloskopische Ausrüstung aus dem Auto. Dieser Sohn eines Esels würde sein blaues Wunder erleben! Seine Schmierfinger würden Spuren hinterlassen haben, solche Typen waren nicht so schlau, bei so einem Scheiß Handschuhe zu tragen. Die waren so hart, dass sie auch bei diesem scheußlichen Wetter keine trugen. Was waren die lächerlich! Sie würde herausfinden, wer dieser Feigling war. Merve begann, den Briefkasten ihrer Schwester auf Fingerabdrücke zu untersuchen.

13

September 1964

»Ach, Herr Lehmann, Sie habe ich ja lange nicht gesehen! Wie geht es denn Ihrem Sohn und seiner Familie? Sind die Kinder gesund?«

Ottmar Lehmann muss kurz überlegen, wer diese penetrante Frau ist, die ihn da so plump anspricht, während er auf den 85er-Bus wartet. Sie hat diesen schrillen Tonfall, der in ihren Augen vermutlich eine gewisse Bildung zum Ausdruck bringen soll, ihm aber nur in den Ohren wehtut. Er weiß natürlich, was sich gehört, und begrüßt sie. Dabei schlägt er die Hacken zusammen und hebt seinen Hut. »Bestens, danke der Nachfrage. Sie sind doch die Nachbarin aus dem Haus hinter dem meines Sohnes, richtig? Gestatten, Lehmann.«

Kokett lächelnd, schüttelt sie seine Hand. Es fühlt sich an, als hielte er einen toten Fisch. »Sehr erfreut. Dietrich mein Name. Sie haben ganz recht, ich wohne mit meinem Mann und den Kindern in der Zeile *vor* Ihrem Sohn. Ich sehe ja immer, wie bemüht Ihr Sohn ist.«

Die Siedlung im Eifelviertel heißt nicht unbegründet offiziell Siedlung Monschauer Weg, dort beginnt sie, und am Stolberger Ring hört sie auf, kurz vor dem Bahngelände. Natürlich befindet sich das Haus dieser dummen Pute *hinter* dem seines Sohnes. Was meint sie denn mit *bemüht*?

Bevor er nachfassen kann, schnattert die dickliche Nachbarin weiter. »Er arbeitet wirklich hart, Ihr Sohn. Ich hoffe nur, dass Ihre Schwiegertochter das auch zu schätzen weiß. Bei allem, was da so ein und aus geht. Aber Ihr Sohn wird schon wissen, was er gestattet.«

Was will dieses impertinente Weib denn von ihm? Er kneift seine Augen zusammen. »Gute Frau, was wollen Sie damit sagen? Sie wollen doch, so hoffe ich, nicht andeuten, dass im Hause meines Sohnes undeutsche Dinge vor sich gehen?«

Ottmar Lehmann hatte von seiner Schwiegertochter von Anfang an keine hohe Meinung, aber sie ist angenehm anzuschauen, das kann er nicht leugnen. Nichtsdestotrotz ist und bleibt sein Sohn ein Dummkopf. Der hat keine Ahnung, an was für eine Hetäre er da geraten ist. Wenn sie es nun aber so offensichtlich treibt, dass schon die Nachbarschaft etwas mitbekommt, wird er sich darum kümmern müssen.

Die beleibte Frau vor ihm schaut ihn hochmütig an. »Ich bin ja keine, die tratscht, aber es ist schon auffällig, wie viele Männer im Hause Ihres Sohnes ein und aus gehen, wenn er nicht da ist. Ich bin mir gar nicht sicher, ob die alle eine Krankenschwester brauchen. Aber wie ich sagte, ich bin keine, die tratscht. Ich denke mir nur meinen Teil.«

Diese kleine Dirne! Treibt sie etwa wieder ihr altes Spiel? Ihn hat sie schließlich auch dazu gebracht, seine

Contenance zu verlieren. Dabei ist er sich sicher, dass an ihrer haltlosen Anschuldigung, der Junge sei sein Kind, nichts, aber auch gar nichts dran ist. Eine Frechheit! Sie hat sich ihm doch förmlich aufgedrängt, wie sie so dastand in ihrem offenen Morgenmantel. Er hatte seinem Sohn gesagt, er sähe sich den Durchlauferhitzer an, und sie tat so überrascht, als er im Bad vor ihr stand. Sie wusste, dass er einen Schlüssel zu ihrer Moabiter Wohnung besaß. Sie hatte es doch abgesehen auf dieses Zusammentreffen! Sie hatte sich auch nicht gewehrt und ihn die beiden Mädchen im Wohnzimmer einschließen lassen, während er sie ins Schlafzimmer zog. Für einen Moment übermannt ihn die Erinnerung an ihren Körper und an die Hitze ihres Geschlechts, doch dann besinnt er sich der Realität. Niemand wird seine Familie in den Schmutz ziehen, schon gar nicht diese Vettel!

Er tritt einen Schritt auf sie zu und packt sie am Arm. Er senkt seine Stimme. »Ich weiß nicht, was Sie damit andeuten wollen, und es ist mir auch einerlei, denn Sie werden sofort damit aufhören, derartige Dinge über meine Familie zu verbreiten! Glauben Sie mir, es ist in Ihrem Interesse, dass Sie Ihre Nase nicht in unsere Angelegenheiten stecken. Sie könnte sonst Schaden nehmen.«

Sie windet sich unter seinem stählernen Griff. Er sieht die Angst in ihrem Blick. Sie erregt ihn.

Der Bus fährt vor, und Ottmar Lehmann lässt von der Frau ab.

14

Advent 2012

Im Hörsaal B des Henry-Ford-Baus der Freien Universität Berlin in der Zehlendorfer Garystraße klopften die Studenten am späten Montagvormittag auf die Schreibpulte vor sich. Der Dozent packte seine Unterlagen zusammen.

Lea hatte Kati gegenüber nicht übertrieben, Professor Novak hatte eine fesselnde Art, seine Themen vorzutragen. Thema des Moduls war die Psychopathie, und er hatte an anschaulichen Beispielen aufgezeigt, wie sich diese schwere Persönlichkeitsstörung manifestieren konnte. Lea wartete ab, bis er auch dem letzten Studenten Fragen beantwortet hatte, und trat dann an den Professor heran. Er war in etwa so groß wie sie, die mit ihren 1,78 Metern nicht gerade klein war, ihre Ankleboots machten sie noch sechs Zentimeter größer. Sie schätzte ihn auf um die fünfzig. Er legte großen Wert auf sein Äußeres, sein Tweedsakko kam aus dem Hause Burberry, sie vermutete dasselbe Emblem auf dem weinroten Pullunder, der darunter hervorblitzte. Seine Hände waren manikürt, er trug keinen Ring. Lea wusste, dass er viel im Ausland dozierte. Lutz Harnack kannte ihn von diversen Symposien und hatte seinen guten Ruf bestätigt. Sie hoffte, dass er die Motivation des Täters ein wenig beleuchten könnte.

»Professor Novak, entschuldigen Sie! Hätten Sie einen Moment Zeit für mich? Ich würde Sie gerne etwas fragen.«

Professor Novak lächelte sie demonstrativ an, schaute kurz auf seine protzige Tagheuer-Armbanduhr und nickte. »Aber ja, gerne. Was kann ich denn für Sie tun, Frau ...«

Ein paar Dinge fielen mir schon dazu ein, ging es dem Professor durch den Kopf. Aber er würde auf keinen Fall mit der Tür ins Haus fallen. Die Frau war ihm sofort aufgefallen. Sie war erheblich älter als die anderen Studenten in seinem Kurs, das war nicht zu übersehen, aber in erster Linie hatte er sie bemerkt, weil ihr Aussehen ihm trotzdem ganz gewaltig zusagte. Er schätzte sie auf Mitte, Ende dreißig. Sie war nicht so jung, wie er es eigentlich gern hatte, aber sie gefiel ihm wirklich gut. Er hatte schon ein paarmal überlegt, sie auf einen Kaffee einzuladen. Nun hatte er die Gelegenheit dazu. Sie strich sich ihr kastanienbraunes Haar aus dem Gesicht, als sie ihm antwortete. Flirtete sie mit ihm? In der Verhaltenspsychologie war das weibliche Spiel mit dem Haar durchaus als ein Anzeichen dafür zu werten. Die jungen Dinger in seinen Kursen spielten ständig mit Haarsträhnen, während sie versuchten, ihre Brüste in Szene zu setzen. Sie langweilten ihn auch im Bett. Diese Frau vor ihm hatte es nicht nötig, irgendetwas krampfhaft zu präsentieren, ihre Kurven waren beileibe nicht zu übersehen unter dem engen, weichen Kaschmirpullover, den sie trug. Er überlegte kurz, ob sie Dessous trüge.

»Storm, Lea Storm. Ich habe eine Gasthörerschaft für einige Module der Klinischen Rechtspsychologie. Ich möchte Sie gerne etwas zur Motivation eines Mörders fragen, der sein Opfer einmauert. Ich fürchte, das wird etwas länger dauern. Also, wenn Sie jetzt keine Zeit haben, vielleicht könnten wir uns dann später darüber verständigen?«

Oha, das war aber wenig erotisch! Dafür bot es die Gelegenheit zu einem längeren Gespräch, und mit etwas Glück könnte er sie zu einem gemeinsamen Abendessen überreden. Novak ging kurz im Geiste seine weiteren Termine durch. Die konnte er alle absagen.

»Jetzt haben Sie mich aber sehr neugierig gemacht, Frau Storm. Ich habe nichts weiter vor, ich hätte mich meiner nächsten Veröffentlichung gewidmet, aber da ich auch noch nichts gegessen habe, schlage ich vor, ich lade Sie ein, mit mir zu Mittag zu essen.«

Lea zögerte einen Moment. »Ich möchte Sie gar nicht über Gebühr beanspruchen, Professor Novak ...«

»Papperlapapp! Ich ahne, dass das eine interessante Geschichte wird. Hier ist ein nettes, kleines Café um die Ecke, das ›Aux Delices Normands‹, ich könnte Sie dort in ...«, er schaute auf seine Uhr, »... sagen wir mal, in einer Viertelstunde treffen.«

Lea lächelte ihn an. »Gerne, Herr Professor Novak. Ich kenne das Café und werde dort auf Sie warten. Vielen Dank, dass Sie sich Zeit für mich nehmen. Bis gleich!«

Er sah ihr nach. Lange Beine, nicht zu dünn, eher ein bisschen zu muskulös, vermutlich stand sie ständig auf einem Stepper wie die meisten schlanken Frauen ihres Alters. Schulterlanges kastanienbraunes Haar, das sich bei jedem ihrer Schritte bewegte. Sein Blick wanderte wieder zu ihrer Mitte. Ihm gefiel ihr Gang, diese einladende Bewegung ihres Gesäßes, das die kurze, dicke Jacke über dem knielangen Stiefelrock, den sie trug, so schön betonte. Ihre Stiefeletten hatten einen geschwungenen kleinen Trichterabsatz, das Ensemble wirkte sehr elegant. Sie gab nicht das Bild einer gelangweilten Hausfrau ab, die etwas Ausgefallenes bei ihrem Kaffeekränzchen vortragen wollte, um sich ein wenig interessant zu machen. Aber er wusste selbst am besten, wie sehr der erste Eindruck täuschen konnte. Noch konnte er nicht einschätzen, wie sie im Bett war, aber er war guter Dinge. Nun, er würde alles daransetzen, dies bald herauszufinden. Professor Novak kannte die Kniffe, die es brauchte, um eine Frau um den Finger zu wickeln. *»Oh, oh, oh, I'm on fire ...«* Leise den Hit von Bruce Springsteen vor sich hin summend, machte er sich auf den Weg zu seinem Büro.

*

Das kleine Café in der Ihnestraße lag in Laufweite des Henry-Ford-Baus und war um diese Zeit sehr gut besucht. Doch Lea hatte Glück und fand einen Platz am Fenster, den zwei Studenten gerade verließen. Die Auslage war wie üblich einladend. Das Café war beliebt aufgrund seiner französischen Kuchenspezialitäten. Im Sommer kamen die Gäste in Scharen wegen des hausgemachten Speiseeises, das hier angeboten wurde. Sehr guten Kaffee gab es hier außerdem und stets eine kleine Auswahl an verschiedenen Quiches, Zwiebelkuchen oder Fougasse, ein französisches Hefebrot, gefüllt mit Oliven und Schafskäse. Lea bestellte sich eine Quiche mit Spinat und ein Mineralwasser.

Professor Novak betrat das Café und blickte sich kurz um. Sie winkte ihm zu. Er kam zu ihr herüber und nahm ihr gegenüber Platz, als die Bedienung ihre Bestellung brachte. An die gewandt, fragte er: »Ist das eine Spinat-Quiche? Die nehme ich auch, vielen Dank. Dazu hätte ich gerne ein Glas Rotwein Ihrer Hausmarke.« Dann schaute er Lea an. »Nun bin ich aber gespannt auf Ihre Frage und vor allem auf den Grund Ihrer Frage. Schießen Sie los!«

»Wie ich Ihnen schon sagte, ich wüsste gerne mehr über die Motivation eines Täters, der sein Opfer einmauert.«

Der Professor legte den Kopf leicht schief, schmunzelte dann und antwortete ihr: »Nun, wie Sie sicherlich bereits wissen, gibt es keine allgemeingültige Motivation für das Töten. Es kommt immer auf die Sozialisation des Täters an, seine Beziehung zum Opfer. Ist das Opfer männlich oder weiblich?«

»Es sind sogar zwei Opfer, ein Mann und eine Frau. Wie die beiden in Beziehung zueinander standen, ist im Moment nicht bekannt. Es tut mir leid, Professor Novak, das ist alles recht schwammig, fürchte ich.«

»Sagen Sie doch Sander! Es ist wirklich erfrischend, eine Studentin in diesem Kurs zu haben, die älter als zwanzig Jahre alt ist. Sie machen einen interessierten

Eindruck. Die forensische Psychiatrie ist nicht nur ein Hobby für Sie, nehme ich an?«

»Das stimmt. Meine Mutter war Psychiaterin, und ich belegte Psychologie als Nebenfach an der Uni. Vor vielen Jahren.« Sie lächelte. »Meine Mutter starb, als ich noch recht jung war. Ich glaube, dieses Studium war meine Art, ihr verbunden zu bleiben. Ich habe viele Jahre nichts damit angefangen, doch seit Kurzem habe ich ein sehr persönliches Interesse an forensischer Psychiatrie.«

Sie hatte schmale Hände und lange Finger, ihre Nägel waren kurz und nicht lackiert. Ihr Mund faszinierte ihn, er musste sich konzentrieren, um seine Gedanken im Zaum zu halten. Was sie mit diesem Mund alles anstellen könnte ... Sie war auf seinen Vorschlag nicht eingegangen, das missfiel ihm. Er ließ es sich nicht anmerken.

»Nun, Lea – ich darf Sie doch Lea nennen? –, so lange kann Ihr Studium noch gar nicht her sein«, schmeichelte er ihr. »Wenn es sich um zwei Opfer handelt, dürfte der Täter ein Mann sein. Er wird vermutlich zunächst das kräftigere, männliche Opfer ausgeschaltet – gibt es Hinweise auf die Tatwaffe? – und danach das weibliche getötet haben. Er hat sie eingemauert, sagen Sie? Das ist in der Tat interessant. Was war es denn für ein Tatort? Es ist ja eher unwahrscheinlich, dass jemand mit einer Ladung Steine loszieht, um jemanden zu ermorden, und dann auf eine passende Wand trifft ... Aber darf ich erfahren, was Sie mit einem derartigen Mordfall zu tun haben? Sind Sie im Polizeidienst tätig?«

Lea nahm ihr Smartphone in die Hand. »Nein, in

meiner Nachbarschaft wurde eine solch grauenvolle Entdeckung gemacht, und ich habe mich gefragt, wer so etwas Schreckliches tut. Ich habe ein paar Fotos, die zeigen, wie der Tatort in etwa aussieht. Ich brauche nur einen Moment ...«

Er schüttelte schmunzelnd den Kopf und nutzte die Gelegenheit, ein wenig näher an Lea heranzurücken, während sie über ihr Smartphone wischte. Er fand, sie roch gut, nicht nur ihr Parfüm.

Lea scrollte an einigen Bildern ihres Hauses und des Eifelviertels vorbei, bis die Fotos erschienen, die ihr Kati geschickt hatte. Der Professor starrte auf ihr Handy, Lea wunderte sich über den Ausdruck in seinem Gesicht. »Professor Novak? Ist alles in Ordnung?«

Der räusperte sich und antwortete dann hastig: »Ja, natürlich. Bitte verzeihen Sie. Mir fiel da nur eben etwas ein, das ich unbedingt noch erledigen muss. Ich war kurz abgelenkt ... Der Tatort sah in etwa so aus? Das ist sehr interessant, es könnte auf eine geplante Tat hinweisen, wenn dem Täter das Umfeld bekannt gewesen ist, vielleicht stammt er aus der Umgebung oder hat sich dort regelmäßig oder für einen längeren Zeitraum aufgehalten. Wenn die Tat spontan erfolgte, muss er über ein hohes Maß an Organisation verfügen, um in der Lage zu sein, so strukturiert zu handeln, nachdem er zwei Menschen getötet hat. Dass er die Leichen eingemauert hat, kann auch bedeuten, dass er sie in seiner Nähe haben wollte, aber nicht wollte, dass sie entdeckt werden. Es sollte sein Geheimnis bleiben, zu dem nur er Zugang hat, weil nur er weiß, was sich hinter der Mauer verbirgt. Das spräche eindeutig dafür, dass er aus der

Gegend des Tatorts stammt und vielleicht dort gewohnt hat. Was sagten Sie, wie die beiden ermordet wurden?«

»Der Mann wurde erschlagen. Womit, ist noch nicht ganz klar. Die Frau wurde erdrosselt.«

»Faszinierend. Das deutet darauf hin, dass der Täter wütend auf das männliche Opfer war und auf die Spontaneität seiner Handlung. Dass er die Frau erwürgt hat, scheint auf eine höchst persönliche Ebene hinzuweisen. Auf Hass. Oder auch auf Liebe, beides liegt ja sehr nah beieinander ...« Novak warf Lea einen langen Blick zu. »Jemanden zu erwürgen dauert erheblich länger, als man denkt. Sie schauen dem Opfer dabei in die Augen, es ist also absolut persönlich. Wenn der Täter keine Beziehung zum Opfer hatte, hatte er gewiss eine zum Töten, sicherlich schon seit der Kindheit. Sie wissen ja, die kleinen Jungs, die den Spinnen genüsslich die Beine ausreißen ... Später werden sie dann in der Schule auffällig, sind oft Rädelsführer bei Bösartigkeiten anderen gegenüber. Ich tippe in diesem Fall, wie gesagt, auf einen männlichen Täter, weil es zwei Opfer sind, und auch die Art des Tötens deutet darauf hin, die ganze Vorgehensweise. Frauen erwürgen ihre Opfer in der Regel nicht. Erstechen, vergiften, erschießen – durchaus. Einen Menschen mit bloßen Händen zu erwürgen benötigt viel mehr Kraft, als die meisten vermuten. Ich kann mir auch keine Frau vorstellen, die dann zwei Opfer durch einen Keller schleift und so platziert, dass sie sie danach einmauern kann.« Er blickte noch einmal auf Leas Handy. »Aber es glaubte auch niemand ernsthaft an die Möglichkeit weiblicher Serienmörder, bis eine gewisse Aileen Wuornos auf den Plan trat, die sieben Männer erschoss – Sie kennen sicherlich den Film *Monster* mit Charlize Theron in der Hauptrolle. Deshalb wäre ich nicht unbedingt bereit, Geld auf meine Theorie zu verwetten. Eine kräftig gebaute Frau mit genug Wut im Bauch wäre rein theoretisch ebenfalls dazu in der Lage gewesen. Sie nutzt das Überraschungsmoment und schlägt den stärkeren Mann bewusstlos. Der ist aus dem Rennen, und sie erwürgt die zierlichere Frau.«

Er leerte sein Glas Rotwein zur Hälfte und fuhr dann fort. »Jemand, der so etwas tut, ist in aller Regel bereits zuvor auffällig geworden. Nicht aufgrund der gleichen Brutalität, natürlich, aber es wird etwas gegen ihn vorliegen. Und er wird es wieder tun. Wenn er nicht gefasst wurde, wird er Blut geleckt haben, verzeihen Sie die schlechte Wortwahl, er wird auf den Geschmack gekommen sein. Vor allem wenn eine sexuelle Komponente eine Rolle bei der Ausübung dieser Tat gespielt haben sollte. Er wird es wieder tun. Und wieder – wenn man ihn nicht fasst. Dieser Täter ist hochgefährlich. Eine solche Tat erfordert in ihrer Nachbereitung eine vollkommene Distanz zur eigenen Psyche. Diese Loskoppelung vom Ich hat Folgen. Der Täter könnte eine Schizophrenie entwickeln. Oder er ist schlicht und herzergreifend ein psychopathisches Arschloch. Und nein, das ist kein Fachterminus, sondern meine eigene Meinung. Und das ist nur eine grobe Einschätzung, für ein detailliertes Profiling bräuchte ich natürlich mehr Informationen.«

Novak stand abrupt auf. »Sie müssen mich leider entschuldigen. Ich finde diese Fragestellung höchst interessant und wüsste gerne, was Ihre Beweggründe dafür sind, aber wie ich sagte, ich habe eine wichtige Sache übersehen, die keinen weiteren Aufschub duldet. Wenn Sie noch Fragen haben, zögern Sie nicht, mich nochmals anzusprechen. Hier ist meine Karte. Sie können mich auch jederzeit anrufen. Ich würde mich freuen, mehr über diesen faszinierenden Fall zu erfahren.« Mit einem angedeuteten Lächeln leerte der Professor sein Glas, legte ein paar Geldscheine auf den Tisch und verabschiedete sich.

Er hatte seine Quiche nicht angerührt. Lea schaute ihm verdutzt hinterher. Novak machte normalerweise gar nicht den Eindruck eines zerstreuten Professors. Sie beobachtete, wie er in seinen in der zweiten Reihe geparkten Sportwagen stieg und davondüste.

Lea scrollte rückwärts durch ihre Fotos, während sie sich ihrem Essen widmete. Dieser kleine Fratz ihrer neuen Nachbarn war wirklich zu niedlich mit seinen Pausbacken und den weichen roten Locken! Sie hatte ganz vergessen, dass sie das Foto von Danny und seinen Eltern bei ihrem ersten kurzen Treffen gemacht hatte. Davor war ein Foto von Martin gespeichert. Sie erinnerte sich nicht daran, dass Fotos von Mark sie jemals so kirre gemacht hätten.

Nachdenklich trat Lea ihren Heimweg an. *Er wird es wieder tun.* Was, wenn er es tatsächlich wieder getan hatte? Und was, wenn er es wieder und wieder getan hatte? Es waren beinahe fünfzig Jahre vergangen, seitdem Annie Lehmann ermordet worden war. Lea fröstelte bei diesem Gedanken und drückte aufs Gaspedal ihres 3er-BMWs.

*

Merve liebte die Internettechnologie, Computer, den großen Äther, die moderne Telekommunikation. Schon als kleines Mädchen hatte sie in der Kita viel lieber mit Meccano- oder Märklin-Metallbausätzen gespielt als mit Puppen oder Plüschtieren, die man ihr regelmäßig angeboten hatte. Im Rechnen und später auch in Physik war sie dem Rest der Klasse weit überlegen gewesen, und in der siebten Klasse hatte sie an ihrem Mitschüler Sebastian geklebt, einem der ersten Computernerds. Von ihm lernte sie die ersten Programmierschritte. Sein großer Bruder war bereits ein Hacker, als man die noch gar nicht so nannte. Zu dritt saßen sie als Jugendliche nächtelang vor Bildschirmen. Alles nahm jedoch ein jähes Ende, da Sebastians großer Bruder nicht mehr gegen sie, sondern vielmehr mit ihr spielen wollte. Und das kam für Merve so gar nicht in Frage. Er wurde wütend, ein Wort gab das andere, Merve scheuerte ihm eine und suchte sich andere Kreise, in denen sie ihre besondere Gabe entwickeln konnte. Die verschiedenen Reaktionen ihrer Mitmenschen hatten sie gelehrt, ihr Können nicht an die große Glocke zu hängen. Von der installationsartigen Ausrüstung in dem halben Zimmer in ihrer Wohnung in der Kreuzberger Fidicinstraße wussten deshalb nicht viele Menschen.

Ihr kleines Rechenzentrum lief bereits mit dem Abgleich der Fingerabdrücke, die sie auf Sevgis Briefkasten gefunden hatte, heiß. Es würde dauern, aber es würde allemal schneller gehen, als eine offizielle Anzeige zu stellen. Auf die würde ohnehin nichts passieren, Merve wusste ja, wie es lief. Sie würde eine Riesenwelle machen müssen, damit man sich überhaupt der Sache annahm, und auch dann würden sich die Mühlen nur schleppend in Bewegung setzen. Selbst war die Frau. Merve kannte den Weg in die Datenbank und würde keine Spuren hinterlassen. Ein Algorithmus suchte nach einem Treffer.

Der Typ würde sich ganz gewaltig umschauen! Der Briefträger kam als Autor der Hasspost nicht in Frage. Sie hatte ihn durchgecheckt und zu ihrem großen Erstaunen herausgefunden, dass er Mitglied der Antifa war. Sachen gab es! Das hätte sie im Leben nicht vermutet, aber es bestätigte einmal mehr die oberste Prämisse der Ermittlungsarbeit: die eigenen Vorurteile über Bord zu werfen und allem und jedem mit Unvoreingenommenheit zu begegnen. Leichter gesagt als getan, fand Merve, denn Vorurteile waren zweischneidige Schwerter.

Ihre Familie respektierte Deutsche und die Kultur ihrer zweiten Heimat selbstverständlich, aber sie machte sich auch gerne über das in ihren Augen überkorrekte und verkniffene Volk lustig. In Deutschland betrat man eine Kneipe durch eine doppelte Flügeltür und musste anschließend noch einen Vorhang zur Seite schieben, vor den Fenstern hingen Gardinen, es war alles sehr abgeschottet. In der Türkei und – das wusste sie aus zahlreichen Urlauben – auch in Italien, Spanien, Portugal und vielen anderen Ländern des südlichen Europas waren die Gaststätten viel offener, sie boten im Sommer direkten Zugang zu den Bürgersteigen, und auch im Winter verschanzte man sich nicht. Die Kommunikation war erheblich lockerer. Auch der Austausch zwischen den Jugendlichen beider Geschlechter fand viel mehr auf öffentlichen Plätzen statt. Draußen schien man in Deutschland nur den Hund auszuführen oder zu demonstrieren. Die Menschen waren bei allem auf ihre Privatsphäre bedacht, und sobald eine Gruppe Jugendlicher an einer Ecke stand, wurde sie von älteren Leuten scheel beäugt.

Treffer! Das System hatte einen Namen ausgespuckt. Sie wusste, dass ihre Kenntnisse auf diesem Gebiet der Kriminaltechnik begrenzt waren. Aber sie kannte jemanden, der sich gut mit dem Abgleich von Fingerabdrücken auskannte und bei dem sie sich absichern konnte. Sie scannte beide Abdrücke ein und schickte Lutz Harnack eine Mail an sein privates Account.

Dann suchte sie gezielt im Netz nach dem hässlichen Vogel. Facebook-Einträge, Kommentare in Leserforen, Fotos, Spendennennungen – der digitale Fußabdruck, den die meisten Menschen hinterließen, war relativ leicht nachzuverfolgen. Die wenigsten Internetnutzer gaben sich Mühe, ihre Daten zu verschlüsseln. Die Gruppe »aufrechter Deutscher«, der der Verdächtige angehörte, gab gerne zu allem ihre Meinung ab, das ihnen nicht passte. Und das betraf so gut wie alles und jeden, der nicht ihr Gedankengut teilte.

Eine gute Stunde später setzte Merve sich warm eingepackt in eine dicke Wolldecke auf ihren kleinen Balkon und schaute in den diesigen, dämmrigen Berliner Himmel. Sie würde ihr Vorgehen gut planen müssen, um ihm eine Lektion zu erteilen, die er nie vergessen sollte. Aber die würde sie ihm erteilen. Das war so sicher wie das Amen in der Kirche.

*

Lea war nicht wetterfühlig, und die dunkle Jahreszeit machte ihr nicht viel aus, auch wenn sie dem Winter in der Großstadt generell nicht viel abgewinnen konnte. Sie machte das Beste aus der früh einsetzenden Dämmerung, indem sie Kerzen im gesamten Haus verteilte, ihre Winterkissen und -decken aus dem Schrank holte und dann das Funkeln der Lichter in den Glasscheiben ihrer Wintergartenfenster genoss. Bei ihren Spaziergängen mit Talisker kommentierte sie leise die Beleuchtungsvarianten in den Häusern und Wohnungen im Kiez. In der Siedlung gegenüber gab es einige Fans von Schwarzlicht, es leuchtete in dem dafür typischen Lila aus ihren Fenstern. Lea erinnerte das an die Phase in ihrer Jugend, als es cool war, bei Schwarzlicht Musik zu hören, vorzugsweise The Smiths oder The Cure. Am Mauerweg wirkte die Beleuchtung vieler Häuser sehr gemütlich. Bei manch gleißendem, kaltem Licht fragte sie sich dagegen, wie man in einem so erhellten Raum Zeit verbringen konnte.

Der Siedlungsverwalter hatte ihr mittags eine Mail geschickt und sie wissen lassen, dass die Erstbesitzer vor fünf respektive drei Jahren verstorben waren. Erwin Bäcker hatte das Haus in den späten Siebzigerjahren gekauft. Es gab eine Adresse der Erben der Erstbesitzer, die Lea Merve mitteilen würde. Dennoch konnte sie sich bei größtem Argwohn nicht vorstellen, dass diese Familie eine Ahnung davon gehabt hatte, was in deren Keller all die Jahre begraben gewesen war. Sie waren auch erst im Mai 1965 eingezogen, zwei Monate nach dem Verschwinden von Annie Lehmann. Der Gedanke daran, dass in diesem beschaulichen Kiez, in dem sie alle wohnten, so etwas überhaupt hatte passieren können, war erheblich verstörend. Lea war umso entschlossener, alles zu tun, um herauszufinden, was damals geschehen war.

Die Michalkes wohnten nur ein paar Zeilen von Lea entfernt. Sie zog sich eine dicke Longstrickjacke über, nahm ihr Handy und ihre Hausschlüssel mit und machte sich auf den Weg.

Die Beete im Vorgarten der Michalkes waren mit Bauchspecken umrandet, so hießen diese kleinwüchsigen Pflanzen, die Lea stets an Grabeinfassungen auf dem Friedhof erinnerten. Die Klingel der Michalkes spielte den Glockenschlag vom Big Ben, und Lea lächelte kurz. Sie war lange nicht mehr in London gewesen, vielleicht würde sie mit Martin im nächsten Jahr mal ein langes Wochenende dort verbringen.

Die Tür öffnete sich, und Herr Michalke begrüßte seine Nachbarin. »Komm Se rin, Frau Storm, immer rin inne juhte Stube! Wat könn wa Ihnen denn tun? Is ja juht, Fifi, krich da ma wieda ein, is doch bloß die Frau Storm. Wo ham Se denn den Hund von Baskawill jelassen?« Hartmut Michalke schnappte sich seine Pudeldame am Halsband und zog sie von der Haustür weg, damit Lea eintreten konnte.

Helga Michalke lugte aus der Küche und stimmte in die Begrüßung ein: »Dit is ja 'ne dolle Überraschung! Ick mach grad 'n Sekt uff. Wolln Se ooch een? Oda lieba een Jäckchen?« Damit meinte sie Cognac. Sie wusste nichts von der kleinen Malt-Whisky-Macke, wie Leas Vorliebe von ihrem Freundeskreis liebevoll genannt wurde.

Mit Cognac konnte man Lea jagen, sie winkte freundlich ab. »Ein Tee wäre prima, wenn es keine Mühe macht. Vielen Dank, Frau Michalke. Talisker liegt mit einem großen Knochen auf seinem Platz zu Hause und schlemmt.«

Herr Michalke nahm ihre Jacke entgegen und hängte sie an die Garderobe. Lea war zum ersten Mal im Haus der Michalkes, sie hatte sich das Interieur ganz anders vorgestellt. Das gesamte Erdgeschoss war in hellem, skandinavischem Stil gehalten. Die Wände waren geweißt, und auf dem Dreiersofa lagen, passend zu den zwei Sesseln nebst einem Fußhocker der Marke Poäng des bekannten schwedischen Möbelanbieters, große Kissen, auf denen nordische Prints in kräftigen Farben prangten. Klare Formen und viel Licht dominierten das Dekor, und Lea schämte sich ein wenig dafür, bei ihren Nachbarn Gelsenkirchener Barock erwartet zu haben. Dabei hätte die teure Funktionskleidung, die beide häufig trugen, ihr durchaus einige Hinweise liefern können. Da würde sie wohl noch einiges dazulernen müssen, wenn sie Martin und Merve helfen wollte.

Wie viele der Eigenheimbesitzer im Eifelviertel hatten auch die Michalkes ihre Terrasse zu einem Wintergarten ausgebaut. Eine Fußbodenheizung sorgte für Wärme im Winter, und im Sommer konnte man im Glasdach des Anbaus eine Luke öffnen, um für Abluft zu sorgen. Dem skandinavischen Einrichtungskonzept getreu, in die funktionale Einrichtung mindestens ein qualitativ hochwertiges und luxuriöses Element zu integrieren, stand in dem Anbau ein klassisches Ensemble von sechs Wishbone Stühlen eines bekannten dänischen

Designers, passend zum Esstisch aus demselben Designhaus. Lea nahm auf einem der sündhaft teuren Stühle mit Blick in den kleinen durchgeplanten und beleuchteten Wassergarten Platz. Große Steine, beinahe schon Felsblöcke bildeten in dem eindrucksvoll angelegten Teich einen kleinen Wasserfall. Lea mochte sich gar nicht ausmalen, wie viel Arbeit die Pflege dieses Gartens machte. Die Michalkes hatten auf eine Terrasse verzichtet, und so führte ein schmaler gepflasterter Weg von der breiten Schiebetür des Wintergartens zu einem kleinen Geräteschuppen. Hohe Hecken schützten die kleine Teichlandschaft vor neugierigen Blicken von außen. Auf den Scheiben des Wintergartens klebten mehrere Silhouetten von Vögeln, um zu vermeiden, dass ihre realen Artgenossen gegen das Glas flogen und zu Schaden kamen.

»Sie haben einen wunderschönen Garten, Herr Michalke«, begann Lea ihr Gespräch.

»Danke! Is natühlisch imma 'ne Menge zu tun, aber wir finnen, dit lohnt sisch imma wieda. Dit is so schön im Somma, dit jlohm Se ja nich. Aba Se wolln sicha nich üba unsan Jahrten quatschen, wa? Watt ham Se denn uff 'n Herzen?«

»Herr Michalke, Sie wissen ja von den Skelettfunden bei uns in der Zeile. Ich habe mich länger mit Herrn Kowalski unterhalten – seine Familie wohnte damals direkt neben den Lehmanns –, und er sagte mir, sie hätten ebenfalls schon hier gewohnt, als Annie Lehmann verschwand. Sie seien mit seinem Sohn Rudolf und ein paar anderen Jungs befreundet gewesen.«

»Dit stümmt. Ick war sechssehn, als meene Eltan dit

Haus im Eupener Weg kooften. Wir waren zwee Zeiln hinta die Lehmanns und die Kowalskis. Ick war da schon inne Lehre, aba Rudi und icke ham uns morjens imma im Bus jetroffen, und so ham wa 'ne Menge anjestellt. Mit Kurti und Ecki, die ham hier ooch jewohnt und warn so alt wie wir. Ach, ick sage Ihnen, dit wahn noch Zeiten, sach ick Ihnen!« Verträumt schaute er in seinen Garten hinaus.

»Können Sie sich an Annie Lehmann erinnern, und an ihr Verschwinden?«

»Ja, klaro. Dit war ja 'ne Riesensache damals, und so vülle is ja hier ooch nich los jewesen. Wissen Se, wir Jungs, wir fanden die Frau Lehmann een echt steilen Sahn. Tschännet ham wa se imma jenannt, weil se jenau so aussah wie die Tschännet Lieh aus *Tsycho*.«

Der Berliner Dialekt in der urigen Form, die Hardy Michalke pflegte, erforderte genauestes Zuhören und eine gewisse Schmerzfreiheit, was Grammatik und Aussprache betraf. Lea vernahm ihn zu gerne, auch wenn er ihr selbst nur mit Mühe von den Lippen ging. Wörter wie plümerant, das seinen Ursprung im französischen *bleu mourant* hatte und so viel wie »blassblau« bedeutete, fand sie großartig. Ebenso liebte sie es, dass man Augen und Ohren von der Aussprache her nicht auseinanderhalten konnte, beides waren Oojen.

Lea war mit der für ihr bildungsbürgerliches Elternhaus typischen Dialektferne aufgewachsen, die in beinahe allen West-Berliner Akademikerfamilien und denen des gehobenen Mittelstandes oder denen, die dorthin wollten, gepflegt wurde. Ihre Mutter hatte größten Wert darauf gelegt, dass sie Hochdeutsch sprach, sie war ja bereits zweisprachig aufgewachsen. Ihren Vater hatte der Berliner Dialekt der Schöneberger Nachbarschaft immer genauso fasziniert wie sie, wohingegen sich ihre Mutter stets abfällig über das falsche Deutsch mokiert und es für eine »grauenvolle Proletensprache« gehalten hatte. Die fehlerhafte Aussprache der Buchstabenfolge P und S am Wortanfang von *Psycho* (oder der Vorsilbe pseudo) hätte sie sich die Haare raufen lassen. Lea hatte die Meinung ihrer Mutter nie nachvollziehen können, später, als sie studierte, hatte sie die Ansichten ihrer Mutter für sehr snobistisch befunden. Für sie war Sprache, ihre Entwicklung und ihr unterschiedlicher Gebrauch immer spannend.

Auch heute noch wurden Berliner, die in ihrem Heimatdialekt sprachen, als weniger gebildet angesehen. Aber Lea hatte seit ihrer Zeit in Schottland verinnerlicht, dass es immer darauf ankam, was jemand sagte und nicht wie. Mit einem ärgerlichen Gefühl erinnerte sie sich an die Begegnung mit einer englischen Autorin während eines Ferienpraktikums in einem Londoner Buchverlag. Die Schriftstellerin hatte sich damals über Leas schottischen Dialekt in äußerst herablassendem Ton geäußert.

Lea bemerkte, dass ihre Gedanken vom Thema abgeschweift waren, und konzentrierte sich wieder auf die Unterhaltung. »Dann muss sie auffallend gutaussehend gewesen sein«, sagte sie, um ihrem Nachbarn noch mehr über die Schwärmerei der Jungs zu entlocken. Wenn sie sich so stark für die Frau interessiert hatten, hatten sie womöglich etwas Wichtiges mitbekommen, ohne sich dessen bewusst gewesen zu sein.

Hartmut Michalke schaute seine Ehefrau etwas verlegen an.

Die schnaubte belustigt. »Is ja schon juht, ick jeh ma wieda in die Küche, denn kannste hier so vülle schwärm, wie de willst. Meene Jüte, dit wa doch allet anno dunnemals, dit is doch allet schon ja nich mehr wahr.«

Michalke griente etwas schelmisch vor sich hin. Er ging zu einem kleinen Sideboard und entnahm ihm eine Flasche Cognac. »Wenn Se nüscht dajejen ham, nehm ick een. Ick habe echt ewich nich mehr an die Frau Lehmann jedacht. Aba damals, dit kann ick Ihn sajen, sach ick, damals war die die janze Zeit in unsere Köppe. Mann, dit war 'ne Wuchtbrumme! Ick war rischtisch schüschtan damals, ick hab ma kaum jetraut, se anzusprechen. Aber die andan dreie, die ham keene Jelejenheit vapasst, ihr die Einkoofstasche nach Hause zu schleppen oda ihr beim Umräum zu helfen. Dit hat se jerne jemacht, die Bude umjestellt, hat se janz oft jemacht.« Genüsslich kippte er sich den Cognac hinter die Binde.

»Wie war ihr Mann so?«, fragte Lea nach.

»Ach der! Hörn Se ma uff mit dem! Der jing malochen und sonst war mit dem nich vülle los. Wir ham immer jedacht, die Frau Lehmann kuscht janz schön vor ihm, vamutlich hatta ihr rejelmessich ehne jelangt. Wussten wa aba nich jenau. Aba wir ham uns imma ausjemalt, wie wa se da rausholen, so wie Erol Flynn.« Er lachte kurz laut auf. »Aba nie sehr lange, denn wir konnten uns nie einijen, wer se denn kriejen sollte. Wollen wollten wa se ja alle viere. Obwohl wir kleenen

Piepels jar nüscht mit ihr jewusst hätten anzufangen. Die Frau Lehmann war ja keene Halbstarke mehr, die war 'ne Frau mit drei Kindan. Und mit 'n riesenjroßet Herz, dit kann ick Ihnen ooch sajen. Die war sisch für nüscht und niemand zu fein. Ick jloobe, ihr Mann wusste det nich, aber se hat die Aabeeta uff dem letzten Bauabschnitt hier inne Straße vasorcht, wenn die sich ürjendwie valetzt hatten. Ick jloobe, se war sojar Krankenschwester. Hui, dit ham wa uns ooch imma jerne vorjestellt, die Tschännet inne Schwestantracht bei uns am Bettrand. Tschuljen Se, Frau Storm, aba so warn wa damals nu mal druff. Wir warn ja bloß junge Bengels.«

»Das ist bei meinem Sohn noch nicht so lange her ...«, sagte Lea, um Michalke zum Weitererzählen zu bewegen.

»Eena von die Aabeeta hat janz schön um se rumschawenzelt, den ham wa janz oft in ihre Nähe jesehn. Fanden wa nich juht, is ja klar, Kurt und ooch Ecki hat det rischtisch fuchsich jemacht, aber die hatten ooch beede 'ne janz kurze Lunte bei allet. Hieß ja ooch imma, dat die Ausländа uns die Frauen wechnehm. Ick hätte ma juht vorstellen könn, det der dem Herrn Lehmann die Frau ausjespannt hätte, wenn se denn nich vaschwunn wäre. Mann, da warn wa ooch alle entsetzt. Wir ham se an dem Abend sojar noch jesehen, wie se mit 'n Hund raus is. Aba konnt ja keena wissen, det se nich wiedakommt. Wolln Se echt keen Jäckchen?«

15

September 1964

Gennaro Vieri steht auf dem Kranoldplatz an der Ecke zum Oberhofer Weg und raucht eine Zigarette. Sie hat ihm gesagt, dass sie mittwochs und sonnabends immer auf den Kranoldmarkt ginge, und Günther hat ihm erklärt, wo der sich befindet. *Sono innamorato,* geht ihm durch den Kopf. Er ist verliebt – in die Frau eines anderen und noch dazu in eine Deutsche. Es spielt keine Rolle. Er muss immerzu an sie denken. Sie ist sein erster Gedanke beim Aufwachen und der letzte, bevor er einschläft. Natürlich hat er schon einige Erfahrungen mit Frauen gemacht, doch für keine hat er jemals so viel empfunden wie für diese *tedesca bionda.* Sein Vater hat ihn gewarnt, er solle sich bloß vorsehen, es bringe immer Ärger, wenn man sich mit einer verheirateten Frau einlasse. Wenn es doch nur schon so weit wäre!, denkt Gennaro. Sie liebt ihn auch, er ist sich sicher, dass ihn sein Gefühl nicht täuscht. Sie geht jeden Abend nach dem Abendessen, wenn die beiden Mädchen im Bett sind, spazieren, den Kleinen hat sie im Kinderwagen immer dabei. Beim ersten Treffen hat er noch den Zufall als Ausrede benutzt, die letzten Male lief er einfach mit ihr mit. Dabei sind sie sehr vorsichtig, er trifft sie erst am Bahnübergang in der Fürstenstraße. Er hat das Gefühl, mit ihr über alles reden zu können – es gibt nur ein Thema, das sie nie anreißen: ihren Ehemann. Er ahnt, dass sie unglücklich ist und ihren Mann am liebsten verlassen möchte. Ginge es nach ihm, würde er sie und ihre drei Kinder mit nach Genua nehmen. Doch was dann? Er würde dort keine Arbeit finden, es gibt dort keine Arbeit, es bleibt ihm nichts übrig, als noch ein paar Jahre in Deutschland zu arbeiten.

Gennaro Vieri zieht ein letztes Mal an seiner Zigarette und wirft sie dann auf die Straße. Eine vorbeilaufende Frau mit derben Beinen in einem zu engen, knielangen Rock, unter dessen Saum der Unterrock hervorschaut, blickt ihn missbilligend an und sagt zu ihrer Begleiterin: »Typisch, diese Ausländer machen überall Dreck.« Hätte er welches, hätte er Geld darauf gewettet, dass ihr keine Bemerkung über einen deutschen Arbeiter herausgerutscht wäre, der seine Kippe weggeworfen hätte. Er hat gelernt, mit Beleidigungen und Vorurteilen großzügig umzugehen. Es geht gar nicht anders.

Günther und seine Frau Brigitte sind da ganz anders. Die beiden haben ihn gerne bei sich, und Brigitte freut sich über die Rezepte seiner *Mamma*, die diese ihm regelmäßig schickt und die er Brigitte dann übersetzt. Bei den beiden findet er Ruhe, dort kann er so sein, wie er ist. Noch hat er ihnen nichts von Annie Lehmann erzählt, doch er wird es bald tun. Er will sie fragen, ob sie einmal mit ihnen zu Abend essen darf, wenn es sich einrichten lässt.

Er macht sich Sorgen um seine Eltern. Sein Vater ist krank, sicherlich geht es ihm viel schlechter, als er zugibt. So gerne wäre er wieder daheim. Seine Eltern haben doch nur ihn. Seine Geburt war kompliziert, seine Mutter hätte sie fast nicht überlebt, danach hat man ihr gesagt, sie könne keine weiteren Kinder bekommen. Seine *Mamma* sagt immer, das mache ihr nichts aus, sie habe ihn und damit das größte Geschenk, das Gott ihr geben konnte.

Beim Gedanken an Gott verdüstert sich Gennaro Vieris Miene. Der würde seine Gefühle gar nicht gutheißen. Aber er betet jede Nacht eine Reihe von Rosenkränzen und geht jeden Sonntag in die frühe Messe in der Kirche der Gemeinde Heilige Familie in einer Querstraße der Lichterfelder Goerzallee. Er hat Glück gehabt und in Lichterfelde ein Zimmer zur Untermiete bei einer Kriegswitwe am Hindenburgdamm bekommen. So konnte er die Barackenunterkunft verlassen, in der die meisten seiner Landsleute untergebracht sind. Die Atmosphäre in seinem neuen Heim ist bedrückend, überall stehen Fotos des im Krieg verschollenen Mannes der Vermieterin, eines Offiziers der Luftwaffe. Auf vielen von ihnen ist er neben bekannten Nazi-Größen abgebildet. Die Witwe hält selbstverständlich nichts von den vielen Fremden im Land, und da Gennaro Vieri aus Italien, dem Verräterland der alten Achsenmächte, kommt, lässt sie ihn das deutlich spüren. Doch sie braucht das Geld, und immerhin haben die Vorfahren seiner Landsleute den Faschismus erfunden. Gennaro glaubt, sie braucht auch das Schimpfen. Sie ist alt, einsam und verbittert. Er sieht zu, dass er möglichst wenig Zeit in seinem Zimmer verbringt. Besonders am Abend wird sie griesgrämig, und wenn sie zu tief in den Mampe schaut, wird ihre Stimmung noch schlechter. Sie ist noch immer eine glühende Verehrerin des Führers. Gennaro hat schon einige Reden über sich ergehen lassen müssen über die, seit Adolf nicht mehr da ist, verkommene Gesellschaft. Bisher hat ihm der Mut gefehlt, aber bald will Gennaro Günther fragen, ob er und seine Frau nicht ein Zimmer für ihn haben.

Als er Annie auf sich zukommen sieht, sind alle seine Sorgen wie weggefegt. Sie ist so wunderschön. Und bald wird sie ihm gehören. Sie geht lächelnd an ihm vorbei. Wie jeden Sonnabend folgt er ihr über den Markt und schaut ihr dabei zu, wie sie die Einkäufe für ihre Familie erledigt. An dem einen oder anderen Stand tritt er neben sie, sodass sie sich berühren, wenn großes Gedränge herrscht. Hier stecken sie sich Briefe zu, in denen steht, wo und wann sie sich das nächste Mal sehen können.

Auch an diesem Tag tauschen sie Nachrichten aus. Nachdem Annie ihre Einkäufe erledigt und sich auf den Heimweg gemacht hat, klaut er sich einen Apfel von einem der Obst- und Gemüsestände und läuft, munter vor sich hin kauend, die Königsberger Straße entlang in Richtung Hindenburgdamm. Am Teltowkanal biegt er auf den Uferweg ab und sucht sich dort einen ruhigen Platz. Er setzt sich an die Böschung und liest ihre Zeilen.

Mein Liebster,
es ist wieder Vormittag, die Kinder sind in der Schule, und die Hausarbeit ist erledigt. Jetzt sitze ich hier, schaue in den Garten hinaus und denke an Dich. Immerzu muss ich an Dich denken. Wie schön wäre es, wenn Du und nicht er heute Abend zu uns nach Hause kommen würdest und wir zusammen Abendbrot essen könnten! Dann würden wir die Kinder ins Bett bringen und danach miteinander reden oder Musik hören. Wir könnten tanzen, und wir wären so glücklich. Wir müssten uns nicht heimlich treffen, sondern wir würden zusammenleben – wie Mann und Frau. Ich wünsche mir so sehr, dass Du mich in Deinen Armen hältst. Nichts wünsche ich mir mehr.
Für immer Deine
Annie

Er liest ihren Brief wieder und wieder, bis er ihn auswendig kennt. Es ist wahr, er hat sich nicht getäuscht. Sie fühlt wie er. Er ist der glücklichste Mann auf der Welt!

16

Advent 2012

»Frau Storm, Lea, warten Sie bitte einen Moment!«

Am Ende seiner Vorlesung am späten Dienstagvormittag hatte Professor Novak Lea gebeten, ihn eine Viertelstunde später in seinem Büro aufzusuchen. Es ginge um ihr gestriges Gespräch. Lea hatte eingewilligt und stand nun im Türrahmen zum Büro des Professors der Psychiatrie, der ein Telefonat in englischer Sprache beendete. Er wirkte ungehalten. Sein englischer Akzent war reines Ostküstenamerikanisch. »Ja. Nein. Wie oft denn noch? Ich habe dir doch erklärt, dass ich nichts mit ihr ... Milena, muss das denn jetzt wieder sein ... Ich habe nicht ...«

Milena hatte offenbar das Gespräch beendet. Novak zuckte mit den Schultern, sah Lea mit einem resignierten Lächeln an und bat sie, auf dem Stuhl vor seinem Schreibtisch Platz zu nehmen. Er legte sein Handy auf den zugeklappten Laptop und nahm neben ihr auf dem Tischrand Platz. Er roch nach Patschuli. Der Duft erinnerte Lea an die Achtzigerjahre, als sich das Duftöl großer Popularität erfreut hatte. Doch nicht umsonst hatte es diese in den letzten dreißig Jahren eingebüßt, fand Lea.

»Meine Frau. Bald Exfrau. Ich hätte wissen müssen, dass eine Liaison mit einer so viel jüngeren Frau nicht von Dauer sein kann. Aber weshalb ich Sie zu mir bat: Lea, es tut mir leid, dass ich gestern so abrupt gehen musste. Es ist überhaupt nicht meine Art, so schöne Frauen einfach stehen zu lassen – oder sitzen, in Ihrem Falle …«

Was war denn mit dem los? Flirtete der Professor etwa mit ihr? Lea räusperte sich. »Das muss Ihnen nicht leidtun, Herr Professor Novak. Ich bin sicher, Sie hatten Ihre Gründe, Sie sind ja ein vielbeschäftigter Mann. Ich bin Ihnen für die grobe Einschätzung sehr dankbar, das hat mir schon sehr weitergeholfen.« Sie erhob sich. »Wenn es weiter nichts gibt, will ich Sie nicht länger von Ihrer Arbeit abhalten.«

Er war ebenfalls aufgestanden und trat nun dicht vor sie, viel zu nahe für ihren Geschmack. Er breitete seine Arme aus, beschwichtigend, doch die Geste missfiel ihr, sie fühlte sich eingeengt. Ihr Herz schlug schneller.

»Nein, nein, Lea, Sie halten mich von nichts ab, ich habe im Moment nichts zu tun. Aber sagen Sie doch Sander, Sie würden mir damit eine große Freude bereiten. Ich habe Ihr Interesse gestern deutlich gespürt, und ich dachte, wir könnten es heute, hier, jetzt vertiefen.« Er schenkte ihr einen Blick, den der junge Jopi Heesters nicht besser hinbekommen hätte – in den Vierzigerjahren des letzten Jahrhunderts. Hatte der Professor etwas geraucht? Sein Handy klingelte. Er ging um den

Schreibtisch herum und nahm es auf. »Milena!«, stieß er offensichtlich genervt aus.

Lea nutzte den Moment und ging zur Tür. »Dann will ich Sie mal nicht weiter stören, ich melde mich bei Ihnen, Herr Professor.«

Bevor er etwas erwidern konnte, hatte sie den Raum verlassen. Wie skurril war das denn? Wenn die Gerüchte und der Bericht auf der Society-Seite des Magazins *People* stimmten, hatte Milena Novak sich von ihrem Mann getrennt, weil der zu oft und zu ungeniert fremdging. Milena Novaks Vater war ein Industriemagnat, dessen Vorfahre Ende des neunzehnten Jahrhunderts aus der russischen Heimat in die USA ausgewandert war. Milenas Vater war selbst kein Kind von Traurigkeit und hatte seinerzeit reichlich Schürzen gejagt. Auch hatte es ihm sehr zugesagt, dass die Familie seiner Tochter ihren Familiennamen tragen würde. Nach fünf Ehejahren missfiel ihm allerdings der Mangel an Diskretion ganz gewaltig, den sein Schwiegersohn bei seinen Eskapaden an den Tag legte. Er wollte es sich offenbar nicht gefallen lassen, dass dieser Emporkömmling den Namen Novak in den Schmutz zog. Darum widmete sich nun einer der teuersten New Yorker Scheidungsanwälte ihrem Fall.

Der Professor hatte einen Ehevertrag unterzeichnet, was nicht untypisch war in den Kreisen, in denen sich die Novaks bewegten, aber er würde bei der Scheidung keinesfalls leer ausgehen. Lea hatte die Berichte in der Klatschpresse, auf die sie beim Googeln seines Namens gestoßen war, kopfschüttelnd gelesen. Als hätte es keine Hinweise auf Sander Novaks Vorliebe für junge Frauen gegeben! Milena hatte bei ihm eine Therapie gemacht, und beide hatten sich ineinander verliebt, so hieß es. Novak habe Milena dann natürlich umgehend an einen befreundeten Therapeuten überwiesen. Für Lea schwang bei der Geschichte mehr als ein Hauch von Unprofessionalität mit. Vermutlich dachte der Mann, er schmeichle ihr mit seinem so offensiv bekundeten Interesse, denn sie war für sein übliches Beuteschema erheblich zu alt. Was glaubte der Professor eigentlich, wer er war? Es war unverschämt, ihr so gegenüberzutreten. Lea war wenig empfindlich, was mangelnde politische Korrektheit anging, und sie nahm es keinem Mann übel, wenn er in einem angemessenen Rahmen mit ihr flirtete oder den Versuch unternahm, ihre Telefonnummer zu bekommen. *Catcalling*, das Hinterherpfeifen auf der Straße, oder eine plumpe Anmache wie »Lächel doch mal!« brachten sie allerdings auf die Palme, denn das war nichts anderes als übergriffig. Der Grat war schmal, zugegeben, aber solange Männer Gewalt Frauen gegenüber ausübten, konnte er gar nicht schmal genug sein. Eine Studentin in eine solche Situation zu bringen war inakzeptabel. Ein zweites Mal würde sie sich so ein Verhalten nicht bieten lassen. Sollte der Professor ihr noch einmal zu nahe treten, würde sie sich an die Frauenbeauftragte der Universität wenden.

Lea war froh, dass sie Talisker im Auto gelassen hatte, und fuhr mit ihm zum nahegelegenen Schlachtensee für eine ausgiebige Hunderunde durch den angrenzenden Wald. Sie rief ihre Freundin Kati an, um bei ihr ein wenig Dampf abzulassen.

*

Glander wusste sehr gut, was er an Merve hatte. Die hätte sich an seiner Stelle vermutlich einen Zugang gelegt, wie sie es euphemistisch nannte, wenn sie sich Zugriff auf ein System verschaffte, in dem sie rein rechtlich nichts zu suchen hatte. Er dagegen konnte mit moderner Telekommunikationstechnik nur insoweit etwas anfangen, als dass sie ihm lästige Banktermine zu Zeiten ersparte, zu denen er sich als Berufstätiger nur schwer freimachen konnte. Er hatte es auch sonst nicht so mit Bildschirmen, bevorzugte die Papierform fürs Lesen und das persönliche Gegenüber bei Gesprächen. Die Körpersprache eines Menschen teilte oft erheblich mehr mit als das, was gesagt wurde.

Glander hatte sich deshalb persönlich auf den Weg zur im Rathaus Schöneberg ansässigen Meldebehörde gemacht. Wie immer, wenn er das imposante Gebäude betrat, fühlte er dessen Geschichtsträchtigkeit. Am 26. Juni 1963 hatten Zehntausende West-Berliner dem amerikanischen Präsidenten John F. Kennedy zugehört, als der auf dem Balkon des Rathauses, in dem der West-Berliner Senat damals seinen Sitz hatte, seinen legendären Satz ins Mikrofon skandiert hatte: »Ich bin ein Berliner!« An jenem fünfzehnten Jahrestag der Berliner Luftbrücke und knapp zwei Jahre nach dem Bau der Berliner Mauer hatten die West-Berliner Hoffnung und Stolz aus dem Bekenntnis des mächtigsten Mannes der westlichen Welt geschöpft. Als »Bollwerk der Freiheit« und »Insel im Roten Meer« war die Stadt nicht nur der DDR ein Dorn im Auge, auch in der Bundesrepublik, die West-Berlin in den Jahren als Enklave stark subventioniert hatte, war »Das Schaufenster des Westens« nicht beliebt gewesen. Die Stadt war stark im Umbruch gewesen, viele Berliner hatten ihr den Rücken zugekehrt. Junge Männer, die in der Bundesrepublik keinen Wehrdienst hatten leisten wollen, hatten ihren Hauptwohnsitz nach West-Berlin verlegt, sie studierten in der Stadt oder hatten eine der vielen kulturellen Nischen für sich entdeckt, die besonders in der Innenstadt wie Pilze aus dem Boden geschossen waren.

Glander war Anfang der Siebziger mit der Familie nach Berlin gezogen. Als junger Mann hatte er das wilde Berliner Nachtleben der Achtzigerjahre stets in vollen Zügen genossen. West-Berlin war schon damals die Stadt, die niemals schlief, sie bot rund um die Uhr Abenteuer, wenn man danach auf der Suche war.

Endlich hatte Glander in dem weitläufigen Gebäude das richtige Büro gefunden und sah sich einer langhaarigen blonden und sonnengebräunten Sachbearbeiterin gegenüber, die ein entwaffnendes Lächeln aufgesetzt hatte. In die Bitte, die er ihr vortrug, legte er allen Charme, den er zusammensammeln konnte, und das schien zu wirken. Frau Kruse war willens, ihm den Gefallen zu tun und direkt nachzuschauen, was sie im Melderegister über Holger Lehmann erfasst hatte. Das Ergebnis war dennoch alles andere als zufriedenstellend. Über Holger Lehmann lag keine aktuelle Meldebestätigung vor, seit 1980 konnte Frau Kruse keine Einträge über ihn finden. Das bedeutete, dass er sich seit 1980 nicht mehr in Berlin aufhielt. Um in Erfahrung zu bringen, wo er Ende der Siebzigerjahre gemeldet gewesen war, bedurfte es einer Anfrage im Landesamt für Bürger- und Ordnungsangelegenheiten. Eine

Suche in den Archiven würde mehr Zeit in Anspruch nehmen und entsprechende Kosten verursachen. Frau Kruse versprach Glander aber, sich selbst zügig darum zu kümmern und sich zeitnah mit ihm in Verbindung zu setzen.

Missmutig und ohne sich erneut von der Historie des Rathauses anhauchen zu lassen, ging Glander zu seinem Auto zurück und fuhr das kurze Stück die Belziger Straße entlang in seine Agentur. Er musste noch den Papierkram für die Damen Lehmann aufsetzen und sie unterschreiben lassen. Und er wollte alle Notizen, die er sich bisher zu dem Fall gemacht hatte, durchgehen und in Form bringen, damit sie nichts übersahen. Falls sich Frau Kruse nicht innerhalb einer Woche bei ihm meldete, würde er Merve den Spaß gönnen, das Archivsystem der Berliner Meldebehörde auf seine Sicherheit zu testen.

*

»What a lovely surprise! Come in, you two, you must be freezing ...«

Lea war einigermaßen erschöpft von den zwei Stunden, die sie im Anschluss an ihr unangenehmes Gespräch mit Professor Novak im Wald verbracht hatte. Sie hatte sich ein wenig ausruhen wollen, als es an der Tür geklingelt hatte und Ryan Wallace mit dem kleinen Danny vor ihr stand. Was für eine nette Überraschung! Lea begrüßte ihren neuen Nachbarn automatisch in der Sprache ihrer Väter.

Ryan Wallace sprach Englisch mit dem breiten, urwüchsigen schottischen Akzent seines Vaters, eines Malers aus Inverness. Von dem hatte er wohl auch seine entwaffnend joviale Art und das frech-charmante Grinsen geerbt. Nicht nur deswegen hinterließ der hochgewachsene, kräftige Schotte einen bleibenden Eindruck bei den meisten Menschen, denen er begegnete. Äußerlich kam er ganz nach seiner jamaikanischen Mutter, so auch seine lockige Mähne, die er für gewöhnlich locker zusammengebunden zu einem Zopf trug. Wiederum der schottischen Hälfte seiner Gene geschuldet, war sein Männerdutt von einem dunklen Rotbraun. Ryan Wallace war *a total dish*, ein voll süßer Typ, wie die jungen Mädchen in Inverness und überall dort, wo der Endzwanziger auf einer Bühne stand, mit Sicherheit dachten.

So gut auszusehen brachte ihm allerdings nicht nur Vorteile, dessen war sich Lea gewiss. Kein Sänger mochte es, wenn der für die Tour angeheuerte Studiomusiker regelmäßig mit seinem lässigen Bass und seinen *backing vocals* auf der Bühne und später dahinter mehr Aufmerksamkeit auf sich zog als der Frontmann. Ein alter Jugendfreund von Lea war Musikmanager, und sie erinnerte sich mit einem Schmunzeln an ihre Zeiten backstage bei Konzerten seiner Bands.

Sie nahm Ryan Danny ab. Das Gesicht des Babys war in dem dickgefütterten Schneeanzug, den es trug, kaum zu sehen. Es gluckste sie freundlich an und sabberte noch ein bisschen in das Tuch um seinen Hals. Lea nahm auf der Treppe Platz, setzte den Zwerg auf ihren Schoß und schälte ihn aus seinen Kleidungslagen. Als sie wieder aufblickte, bemerkte sie die Besorgnis im

Blick seines Vaters. »Was ist denn los? Ist etwas passiert?«

»Lea, I didn't know where to go, I need your help. Julia is gone.«

Lea verstand zunächst nicht, was Ryan meinte. Er habe nicht gewusst, wohin. Das Wort *gone* konnte »weg« aber auch »verschwunden« oder sogar »gestorben« bedeuten. »Wie? Musste sie beruflich irgendwohin?«

Ryan schüttelte den Kopf. »Nein, sie wollte vor der Arbeit noch kurz hier im Haus vorbei und ein Stoffmuster holen, das wir im Schlafzimmer liegen gelassen hatten. Sie ist aber nicht im Büro angekommen. Ihre Kollegin hat mich vorhin angerufen und gefragt, wo sie bliebe. Ich bin dann mit dem Bus hierhergefahren, aber sie ist nicht im Haus, ich habe in jedes Zimmer geschaut.«

Diese Erklärung machte den Sinn des Gesagten für Lea nicht sofort verständlicher. Instinktiv drückte sie das Kind an sich. Julia war verschwunden? »Hattet ihr Streit?«

»Nein. Es war alles wie immer. Ich verstehe das überhaupt nicht. Sie hatte sich von unterwegs gemeldet und Bescheid gesagt, dass es am Abend ein wenig später werde, weil sie gerade gesehen habe, dass man ihr noch ein Meeting um siebzehn Uhr verpasst habe. Ich bin dann noch einmal kurz mit Danny eingeschlafen, bis ihre Sekretärin mich wach klingelte. Ich habe die ganze Zeit versucht, Julia auf dem Handy zu erreichen, aber es ging immer sofort die Mailbox ran.« Tränen schossen ihm in die Augen. »Lea, sie macht ihr Handy nie aus! Das passiert nie, sie hat es immer bei sich, für den Fall, dass etwas mit Danny sein sollte. Sie schaltet es nicht einmal in Meetings aus. Es muss etwas Schlimmes passiert sein.«

Lea blickte Ryan perplex an. Hätte Julia einen Unfall gehabt, hätte man ihn längst verständigt. Sie lebten schließlich in einer Großstadt – wenn auch an ihrem Rande. Es sei denn, Julia hatte ihre Tasche nicht dabei ... Lea wollte gar nicht weiterdenken. Was hätte ihr denn auf dem Weg vom Auto ins Haus groß passieren können? Apropos Auto ... »Ich dachte vorhin, ich hätte ihren Wagen gesehen. Sie fährt doch einen weißen Audi, oder?«, erkundigte sie sich bei Ryan.

Der nickte. »Er steht noch da. Ich habe den Zweitschlüssel nicht dabei. Ich glaube, er liegt im Haus, aber der Wagen sieht aus wie immer, und auch innen konnte ich nichts Außergewöhnliches feststellen.«

Der Kofferraum – bitte nicht! Lea reichte Ryan Danny und gebot ihm, ihr zu folgen. Sie deutete auf die Couch, er solle sich setzen, während sie ihr Handy vom Esstisch nahm. Glander war nicht erreichbar, verdammt! Sie rief Merve an. Die hatte erwähnt, dass sie das Kinderzimmer im Haus ihrer Schwester fertig streichen wollte, und müsste demzufolge in der Nähe sein.

»Celik.«

»Merve, Lea hier. Ich erreiche Martin gerade nicht. Kannst du zu mir kommen? Julia Wallace ist verschwunden, ihr Mann ist gerade bei mir. Es ist ... Bitte komm doch vorbei!«

»Bin sofort da!«

Auf Merve war Verlass. Lea fühlte sich schon erheblich besser mit dem Wissen, dass Merve gleich bei ihnen wäre und sich der Sache annehmen würde. Danach tat sie das, was alle Briten in Krisensituationen taten: Sie machte Tee.

*

Knapp einhundert Meter Luftlinie entfernt steckte Merve das Handy in ihre Hosentasche und zwang ihre Lockenpracht unter eine Mütze. Das Apfelgrün würde weiter warten müssen. Was war denn da drüben los? Sie gab ihrer Schwester kurz Bescheid, schickte Glander eine SMS und klingelte keine fünf Minuten später an Leas Haustür.

Lea stellte sie Ryan vor, und Merve sah dem wirklich gutaussehenden Mann sofort an, dass er sich ernsthaft Sorgen machte.

»I'm Ryan, thank you so much for helping us«, begrüßte er sie.

Merve sah Lea fragend an. Englisch war nicht so ihrs, und aufgrund seines Akzents verstand sie gar nichts. Lea übersetzte kurz – es war klar, dass sie sich duzen würden. Merve ließ sich von Ryan Wallace schildern, was passiert war, und überlegte dann laut: »Erst werden alte Leichen in eurem neuen Haus gefunden, und dann verschwindet deine Frau. Ich glaube nicht an derartige Zufälle. Wir holen jetzt erst einmal den zweiten Schlüssel, und ich schaue mir das Auto an. Danach fahre ich dich in die Gallwitzallee. Dort gibst du eine Vermisstenanzeige auf. Und dann werden Glander und ich versuchen, den Weg deiner Frau nachzuvollziehen.

Gab es wirklich keinen Streit? Ist deiner Frau vielleicht alles zu viel geworden – die Arbeit, das Baby, der Umzug? Sie wäre nicht die Erste, der mal die Sicherungen durchgehen.«

Ryan Wallace sah Merve empört an. Sein Akzent wurde noch prononcierter, als er ihr auf Deutsch antwortete: »Natürlich nicht. Was denkst du denn? Es läuft alles gut bei uns. Wir haben uns das alles sehr gut überlegt, wir sind doch keine Teenager mehr. Julia verdient viel Geld in ihrem Job, und ich bin froh, wenn ich ab und zu einen Gig bekomme. Ich komponiere ein bisschen, aber ich könnte uns davon nie ernähren. Aber sie verdient ... *Lea, how would you say shitloads of money?* Ich kümmere mich also um das Back-up, um alles zu Hause und um Danny, wir haben ein klassisches *role reversal* ...«

»Rollentausch«, warf Lea ein, der Merve einmal bei einer ihrer Kampfsporteinheiten, die sie Lea seit September gab, erklärt hatte, dass sie es gar nicht mit Sprachen hatte, abgesehen von Programmiersprachen natürlich. »Und sie verdient ein Schweinegeld, sagt er«, fügte Lea hinzu.

Merve nickte nachdenklich. »Ryan, ich muss dich so etwas fragen, auch wenn die Fragen unangenehm sind. Wir wollen Julia doch so schnell wie möglich finden. Je mehr wir von euch wissen, desto besser können wir uns Gedanken darüber machen, was passiert ist. Ich meine das nicht persönlich und schon gar nicht in irgendeiner Form bewertend. Es ist wichtig, dass du uns alles erzählst, das dir in den Sinn kommt, ganz egal, wie absurd oder unwichtig es dir erscheinen mag.«

Der kleine Danny begann zu greinen. Ryan Wallace stand auf, gab Lea das Kind und holte die Wickeltasche. Der entnahm er ein Fläschchen und eine Tupperdose. Er schaute Lea an. »Kann ich ihm hier ein Fläschchen machen? Er ist hungrig und sicherlich auch müde.«

Lea ging, den kleinen Rotschopf auf die Hüfte gestemmt, mit Ryan Wallace in die Küche. Sie reichte ihm sein Kind und stellte den Wasserkocher an. »Ich kümmere mich gerne um Danny, wenn es dir recht ist. Dann könnt ihr euch das Auto anschauen und zur Polizei fahren, dorthin musst du ihn ja nicht mitnehmen. Ich beziehe euch das Bett im Gästezimmer, dann könnt ihr hier übernachten. Hast du noch Milchpulver dabei? Und Windeln?«

Er nickte abwesend und zeigte auf die Wickeltasche. Lea nahm ihm das Kind wieder aus dem Arm und legte ihre Hand auf seine Schulter. In Merves Anwesenheit hatten sie Deutsch gesprochen, jetzt wechselte sie wieder ins Englische. »*Ryan, don't lose it now.* Du musst dich zusammenreißen. Sie werden Julia finden, und es wird alles gut werden. Es wird eine Erklärung geben, und in ein paar Monaten werden wir darüber nur noch den Kopf schütteln.«

Auch das war sehr britisch: immer Optimismus verbreiten. Egal, ob das gesamte East End zusammengebombt wird – *chin up!* Es wird schon alles wieder werden, Kopf hoch! Niemand glaubte das wirklich, aber die beruhigenden Töne verfehlten nie ihre Wirkung, auch nicht dieses Mal.

Ryan Wallace stand entschlossen auf. »Natürlich, du hast recht. Für Panik ist auch später noch Zeit. Wenn es dir keine Umstände macht, bleiben wir heute Nacht sehr gerne hier.«

Er und Merve machten sich auf den Weg.

Lea goss das Milchpulver mit dem abgekochten Wasser auf und vermischte beides durch kräftiges Schütteln der Flasche. Es war lange her, dass sie eine Babyflasche zubereitet hatte, aber die Handgriffe vergaß man nicht. Sie hatte Duncan sechs Monate lang gestillt, auch weil sie es so praktisch fand, immer alles dabeizuhaben, erinnerte sie sich. Dann hatte sie ihren Job wieder aufgenommen und Duncan ein paar Monate lang nur noch abends angelegt.

Während sie das Fläschchen in kaltes Wasser tauchte, damit es auf eine für Danny trinkbare Temperatur abkühlte, dachte Lea an die unzähligen Breie, die sie früher gekocht und eingefroren hatte.

Sie und Mark waren recht gut organisiert gewesen. Dennoch hatte es Chaos gegeben, als sie wieder in ihren Beruf zurückgekehrt war. Lea hatte die entspannte Zeit mit ihrem Baby vermisst und den Druck, den das Leben als berufstätige Mutter mit sich bringt, nicht gemocht. Sie und Mark hatten viel Glück gehabt, Duncan war sehr selten krank gewesen. Aber wenn es ihn erwischt hatte, war sie über Gebühr gestresst gewesen. Denn auch wenn Mark ein sehr engagierter Vater war, war es an ihr gewesen, die Krankenpflege zu übernehmen, auch weil sie das kranke Kind nicht alleine lassen wollte. Nach allem, was sie von Carola Sabersky gehört hatte, hatte sich in den letzten zwanzig Jahren nicht viel an dieser Rollenverteilung geändert. Natürlich gab es Väter, die sich Elternzeit nahmen und diese Zeit mit ihren

Kindern sehr genossen, aber in der Regel überstieg sie die gesetzlich geregelten und finanzierten zwei Monate nicht. Danach war es meist wieder Aufgabe der Mütter, alles unter einen Hut zu bekommen. Schweden – das Land kam Lea bei dem Thema immer als Vorreiter vorbildlich gelebter Gleichberechtigung in den Sinn.

Danny sah sie mit seinen blauen Kulleraugen erwartungsvoll an. Als die Ersatzmilch im Fläschchen die richtige Temperatur hatte, machte Lea es sich mit dem kleinen Wonneproppen auf dem Sofa bequem und fütterte ihn. Dabei diente ihr ein sauberes Küchenhandtuch über der Schulter als Spucktuch. Während das Baby trank, erzählte sie ihm eine Geschichte, wie sie es früher auch bei ihrem Sohn getan hatte. Das gleichmäßige Sauggeräusch hatte etwas sehr Beruhigendes. Sie schaute das Kind in ihren Armen an und hoffte inständig, dass seine Mutter sehr schnell und unbeschadet wieder auftauchen möge.

17

Oktober 1964

Annie Lehmann traut ihren Augen nicht. Ernst hält einen Hundewelpen im Arm. Was sollen sie denn mit einem Hund? Am liebsten bräche sie in Tränen aus, doch die Mädchen sind begeistert von dem kleinen Wollknäuel, das ihr Vater freudestrahlend vor ihnen auf dem Boden absetzt.

»Schaut mal, was ich euch mitgebracht habe! Er heißt Mäxchen und freut sich auf sein neues Zuhause.« Als Ernst Annies skeptischen Blick sieht, tritt er an sie heran und sagt leise zu ihr: »Mein Kollege musste ihn loswerden, der Vermieter erlaubt keine Haustiere. Er wollte ihn ins Tierheim geben und war so froh, dass wir ihn nehmen. Er hat mir alles mitgegeben – Leine, Körbchen, Fressnapf ... Das Tier kostet uns gar nichts.«

Annie wird wütend. Natürlich wird der Hund etwas kosten! Er braucht Futter. Und was ist, wenn er krank wird? Außerdem wird er sie Zeit kosten – denn wer wird wohl mit ihm hinausgehen müssen dreimal am Tag? Ernst geht arbeiten, er ist früh aus dem Haus, die Kinder sind zu klein, das wird natürlich an ihr hängen bleiben. Gerade, als sie ihm den Kopf waschen will, kommt ihr jedoch ein weiterer Gedanke: Mit einem Hund an ihrer Seite wird sich niemand darüber wundern, dass sie auch am späteren Abend noch einen Spaziergang macht. Ihr Unmut verfliegt augenblicklich. Sie kniet sich neben das kleine Wollknäuel und krault es hinter einem Ohr. »Dann hoffen wir mal, dass du nicht zu groß wirst und uns die Haare vom Kopf frisst.«

Mit einem missbilligenden Blick, der einem zufriedenen Lächeln weicht, nimmt Annie ihrem Mann die Leine und die Tasche mit den anderen Utensilien ab. Sie hängt die Leine an ihr Schlüsselbrett, stellt die Näpfe in die Küche und bringt die Tasche und ihren restlichen Inhalt im Keller unter. Danach geht sie in die Küche und rührt Teig für den Kuchen an, den es zum Kaffee geben soll. Es ist ihr 28. Geburtstag. Es wird der letzte sein, den sie mit Ernst verbringt. Er hat ihn vergessen, er hat nicht einmal daran gedacht, ihr Blumen zu schenken. Annie wird Reisepässe für die Familie beantragen, nach Weihnachten müsste sie genug Geld dafür beisammenhaben. Dann wird sie mit Gennaro und den Kindern fortgehen. Er hat einen Cousin in Mailand, der hat eine kleine Pension, und dort können sie ein bisschen mithelfen, bis sie etwas Besseres finden. Annie hat schon angefangen, Italienisch zu lernen. *La vita sarà bella.* Das Leben wird schön sein.

18

Advent 2012

Lutz Harnack steckte mit beiden Unterarmen in einem Torso, als Glander am Dienstagnachmittag den Keller des Instituts für Rechtsmedizin in Moabit betrat. Der war diesen Anblick von seinem Jugendfreund zwar gewohnt, wollte aber trotzdem möglichst schnell erfahren, was die Forensiker herausbekommen hatten, um der Prozedur nicht länger beiwohnen zu müssen als nötig. Sein Mittagessen rumorte ungemütlich in seinem Magen. Das Standardprozedere einer Sektion dauerte bei einem erwachsenen Menschen zwei bis drei Stunden. Lutz hatte am Telefon recht zuversichtlich geklungen, also mussten sie etwas gefunden haben.

»Ich werde nie verstehen, warum du kein Arzt geworden bist«, stellte Glander trocken fest und atmete bewusst durch den Mund. Er würde sich nie an die Gerüche in der Pathologie gewöhnen.

»Nenn mich Quincy. Du weißt doch, auch die Toten brauchen jemanden, der für sie spricht, und genau das mache ich. Wenn ich herausfinde, warum jemand gestorben ist, kann ich dem Toten ein wenig Gerechtigkeit verschaffen. Oder eben seinen Hinterbliebenen. Vorausgesetzt, die haben den Tod nicht verschuldet.« Harnack hielt inne, so als müsste er noch einmal gut über das Gesagte nachdenken.

Glander nahm trotz seiner Mundatmung den schweren, süßlich-moderigen Geruch wahr, den die offene Leiche abgab. Er würde seine Klamotten so schnell wie möglich wechseln müssen.

»Ja, mein Lieber, du bist und bleibst ein unbesungener Held. Was wolltest du mir denn mitteilen? Haben deine Lagerfelds etwas herausgefunden?«, beeilte er sich zu fragen.

Andere Ermittlerteams nannten die Kollegen der KT 45 »die tapferen Schneiderlein« oder »die Abteilung Nadel und Faden«, eben weil sie ihre Untersuchungen auf textile Materialien ausrichteten. Von Alpakawolle bis Zuchtseide gab es keine Geflechte, Gewebe oder Gewirke, die die KT 45 nicht bestimmen konnte. Die Spitznamen dieser Abteilung wurden der akribischen Tätigkeit der Kollegen dort und der umfassenden Ausbildung, die sie für die Anwendung mikroskopisch-analytischer Verfahren benötigten, in keiner Weise gerecht, aber je spezieller das Fachgebiet, desto bissiger die Namen, die man sich gegenseitig gab. Die von Harnack und seinen Leuten waren allesamt so unappetitlich wie das Geschehen, dem Glander im Augenblick beiwohnte.

Harnack hatte dem Leichnam bereits Herz und Lungen entnommen und widmete sich nun den Oberbauchorganen. Als Erstes legte er die Leber auf eine große Waage, die hinter ihm auf einem Tisch stand. Er gab das Ergebnis laut kund, und seine Kollegin, in diesem

Falle eine Fachärztin aus der Onkologie – bei Sektionen musste neben dem Rechtsmediziner ein zweiter Facharzt präsent sein – notierte alles. »1865 Gramm. Keine Anzeichen einer Schädigung oder von Anomalien, die auf Alkohol- oder Medikamentenabusus hindeuten. Wir haben hier eine gut gepflegte Leber für eine 68-Jährige.« Dann entnahm er dem Organ eine Probe für die Histologie. Diese ließ er seine Assistentin entsprechend kennzeichnen, nachdem die Facharztkollegin einen Blick darauf geworfen hatte. Er deponierte das Organ vorsichtig in einer Metallschüssel und deckte diese mit einem der vielen medizinischen Tüchern ab, die ebenfalls auf dem Tisch hinter ihm lagen. Zu Glander gewandt sagte er: »Die Kollegen haben ganze Arbeit geleistet, sie hatten dabei großes Glück. Von der Hose, die bei dem männlichen Skelett lag, konnten sie einen Teil des Etiketts sicherstellen. Das gab einen Hinweis auf das Herstellungsland des Beinkleids. Wir nahmen an, es komme aus Italien. Die Fasern wurden dann in diese Richtung geprüft, und unsere Vermutung bestätigte sich. Unser Toter muss die Hose dort Anfang der Sechziger erworben haben. Es ist kein so edel hergestelltes Kleidungsstück, dass es exportiert und hier gekauft wäre. Es handelt sich um eine derbe Arbeitshose mit einem hohen Wollanteil. Das passt zur Jahreszeit, in der Annie Lehmann zuletzt gesehen wurde.« Seine Hände verschwanden wieder im aufgeklappten Brustkorb auf dem Behandlungstisch. Magen, Milz und Pankreas wären als nächste Organe dran, dann kämen die Ausscheidungsorgane – Nieren, Nebennieren, die Blase und der Darm – an die Reihe, bei den weiblichen Verblichenen noch die Reproduktionsorgane – Eierstöcke, Eileiter und Gebärmutter. Den krönenden Abschluss bildete stets der Schädel. Alle dem Körper entnommenen Organe wurden aufbewahrt, solange der histologische Befund der Proben erhoben wurde, für den Fall, dass weitere Untersuchungen erforderlich würden. Erst mit den Ergebnissen der Histologie würde Harnack einen abschließenden Sektionsbefund verfassen und diesen der Staatsanwaltschaft mitteilen.

»Die Kollegen aus der forensischen Zahnkunde schauen sich das Zahnprofil an. Dentin ist nicht gleich Dentin, es sollte auch nach all den Jahren noch Hinweise auf seine Herkunft und sein Alter geben. Retzius-Streifen, Owensche Linien – da haben die Zahnkundler mal was, woran sie sich ordentlich festbeißen können.« Er kicherte leise über seinen eigenen Witz. »Sie haben das Material einiger Füllungen analysiert und durch die einschlägigen Datenbanken gejagt. Und auch hier kam bereits eine Bestätigung, dass es sich um Zahnfüllungen handelt, die bis in die Siebzigerjahre in Italien verwendet wurden. Amalgam vergisst nicht.« Harnack kicherte erneut.

Pathologenhumor war gewöhnungsbedürftig, aber Glander hatte sich schon vor langer Zeit damit abgefunden. Sie trafen sich ja nicht selten im Beisein eines Toten, entweder an einem Tatort oder im Moabiter Institut. Genau genommen war Harnack kein Pathologe, sondern ein Rechtsmediziner. Die deutschen Strafverfolgungsbehörden machten hier einen deutlichen Unterschied. Harnack war ein Professor der Pathologie, aber über diese fachärztliche Qualifizierung hinaus als Rechtsmediziner tätig. Ein Pathologe benötigte das Einverständnis der Angehörigen, um eine Leiche zu sezieren, und wurde auch nur bei natürlichen Todesursachen tätig. Wenn eine nicht natürliche Todesursache wie Mord, Unfalltod oder Selbstmord vorlag, wurde der Rechtsmediziner zurate gezogen. Er führte eine Obduktion auch ohne das Einverständnis von Hinterbliebenen auf Anweisung der Staatsanwaltschaften oder aufgrund eines gerichtlichen Beschlusses durch.

Harnack stimmte einen englischen Kinderreim an. »*Mary Anne Cotton, she's dead and she's rotten* ... Mary Anne war eine bemerkenswerte Seriengiftmörderin im England des neunzehnten Jahrhunderts. Ein großartiger Fall. Ich werde hier nichts Auffälliges finden, da bin ich mir sicher. Die Gute hier hat sich häufig erbrechen müssen. Ihr Arzt tippte zunächst auf eine Magenverstimmung. Dann kam Durchfall dazu, sodass er einen Norovirus in Betracht zog. Er verordnete Bettruhe und viel Flüssigkeit. So ein Quacksalber! Die Frau hätte unmittelbar in ein Krankenhaus gehört, in dem Alter hätte sie beaufsichtigt werden müssen. Aber da stehen heute die Kosten im Vordergrund.« Missbilligend schüttelte er den Kopf, während er weitere glibberige Massen in Metallschalen legte. »Ihre Nichte hegte den schlimmen Verdacht, dass der Sohn der Tante diese vergiftet haben könnte. Der Cousin war nach Jahren im Ausland wieder bei seiner Mutter aufgetaucht. Seine Geschichten von erfolgreichen gastronomischen Unternehmungen auf Bali und in Thailand waren frei erfunden. Ein paar Mausklicks genügten, damit die Nichte das in Erfahrung brachte. Ihre Tante, zu der sie ein sehr herzliches

Verhältnis hatte, hatte sich bei ihr fröhlich über die exotischen Gerichte beschwert, die ihr Sohn ihr ständig vorsetzte. Sie hatte wohl eine Weile angenommen, ihr Unwohlsein läge an den ungewohnten Gewürzen. Die Nichte hat nach dem Tod der alten Dame Himmel und Hölle in Bewegung gesetzt, und jetzt liegt das Tantchen hier vor uns. Wenn meine Vermutung zutrifft, findet die Histologie Spuren von Arsen. Die gute Frau war keine Medici, aber sie hinterlässt ein beträchtliches Erbe, unter anderem ein Haus in Dahlem. Giftmord ... eine perfide und hinterhältige Art, sich jemandes zu entledigen, aber durchaus erfolgreich, wenn man es richtig anstellt. Ich hatte mal eine Rentnerin auf dem Tisch, der hatte der Ehemann kleine Dosen Arsen in den Klosterfrau Melissengeist gemischt. Hätte er etwas mehr Trauer geheuchelt, wäre ihm wohl keiner auf die Schliche gekommen, aber die Gier obsiegte, und er ritt sich selbst voll in die Scheiße.« Harnack hob den Kopf und schaute Glander an. »Perfidie ist nicht automatisch ein Zeichen von Intelligenz, mein Lieber. Ich brauche noch eine knappe Stunde. Wollen wir uns danach noch in deiner Agentur treffen? Ich bringe dir eine Kopie des vorläufigen Berichts der Kollegen der KT mit.« Mit einem Blick auf die beiden Damen hinter sich fügte er schmunzelnd hinzu: »Selektives Wahrnehmungsvermögen ist übrigens eine Qualifikation, auf die ich größten Wert lege ...«

Die beiden angesprochenen Medizinerinnen sahen einander an, und seine langjährige Assistentin griente breit und deutete einen Kotau an. *»Mizaru, kikazaru, iwazaru, Doktor Harnack-san.«*

Wenn das alles war, das nötig war, um mit einem Meister auf seinem Gebiet wie Lutz Harnack zusammenzuarbeiten, gab vermutlich jede von ihnen gerne einen der drei Affen des japanischen Sprichworts, die nichts gesehen, gehört oder gesagt haben.

Glander verließ den Untersuchungsraum, während Harnack anhob, den beiden Damen zu erklären, dass das Sprichwort eigentlich vier Affen beinhaltete. Sein Freund war ein veritabler Nerd. Es wurde Zeit, dass er eine Frau fand. Dieser amüsante Gedanke wich unmittelbarer Besorgnis, als Glander auf seinem Handy die Nachricht von Lea hörte und die SMS von Merve las. Dieser alte Fall hatte gerade seine Tentakel ins Hier und Jetzt gestreckt. Der neue Verlauf der Dinge bedeutete allerdings auch, dass ab sofort höchste Eile geboten war, den Fall zu lösen.

*

Der Zuständigkeitsbereich der Berliner Polizeidirektion 4 erstreckte sich über den südöstlichen Bereich des Verwaltungsbezirks Steglitz-Zehlendorf, im Besonderen unterlagen ihr Lankwitz, Lichterfelde und der östliche Teil Zehlendorfs. Dem Dekor nach zu urteilen, schien die Zeit im Abschnitt 46 in der Lankwitzer Gallwitzallee stehengeblieben zu sein.

Merve trat an den Schalter direkt hinter dem Eingang, stellte sich kurz vor und nannte ihr Anliegen. Der Beamte der Spätschicht schaute Merve zunächst nur misstrauisch an. Die unterdrückte ihre aufkeimende Ungeduld und blickte fragend zurück. Als sich nach einer kleinen Weile nichts tat, wiederholte sie den Grund ihres Kommens. »Die Frau dieses Mannes ist nicht auffindbar. Das Haus der Familie ist momentan Mittelpunkt einer Mordermittlung. Ich wüsste gerne, wer heute Abend der Schichtleiter der Kripo ist, damit wir eine Vermisstenanzeige aufgeben können. Noch besser wäre es, Sie benachrichtigten Hauptkommissar Prinz direkt.«

»Nu mal langsam mit die jungen Pferde, gute Frau. Ick überlege ja schon. Sind Se denn sicher, dass die Vermisste nicht einfach ein bisschen beim Feiern über die Stränge geschlagen hat und morgen früh wiederauftaucht?«

Merve seufzte innerlich. Natürlich konnte man nicht von jedem Beamten erwarten, ein Höchstmaß an Empathie zu besitzen und auf der Stelle nachvollziehen zu können, wie viel Angst die Angehörigen einer vermissten Person hatten. Niemand erwartete, dass jeder Bürger mit Kaffee und Keksen begrüßt wurde, emotionale Distanz zu bewahren war schließlich ein essenzieller Grundsatz aller Beamten im Polizeidienst, egal ob Kripo oder Schupo. Aber das offensiv demonstrierte Phlegma dieses Mannes machte sie wütend. Er war als Erstkontakt kein gutes Aushängeschild für das Motto der Polizeibehörde, Freund und Helfer zu sein. Merve wusste genau, wie dort alles ablief, sie hatte selbst einige Jahre während ihres eigenen beruflichen Werdegangs im Abschnitt 34 der Direktion 3 gearbeitet. Der lag in einem Teil Berlins, in dem der Migrantenanteil der Einwohner rund fünfzig Prozent betrug. Außerdem konnte sie sich gut vorstellen, was dem ehemaligen Kollegen gerade im Kopf herumging. Das ungleiche Paar vor seinem Tresen machte vermutlich einen kuriosen Eindruck auf ihn – ein Schwarzer in einer Lederjacke und eine Türkin in Timberlands, die für Ersteren die Reden schwang. Doch es interessierte sie nicht die Bohne, was der Typ dachte. »Guter Mann, sagen Sie mir einfach, wie es zur zweiten oder dritten Inspektion geht und welcher Kollege dort heute Nacht Dienst schiebt, dann kommen wir schon klar. Ich war bis vor Kurzem beim LKA 1.«

»Und was machen Sie jetzt?«

»Das tut zwar nichts zur Sache, aber ich bin Privatermittlerin. Müssen wir außen rum, oder kommen wir auch durchs Gebäude in die Inspektion?«

»Is ja gut, ick lass Sie durch. Sie tragen keene Waffe, oder?«

Hätte sie ihre SIG Sauer P6 dabeigehabt, hätte sie sich schon längt den Weg freigeschossen, dachte Merve sarkastisch. Sie lächelte ihr Gegenüber zuckersüß an und schüttelte den Kopf. »Nein, natürlich nicht. Also ...«

Endlich öffnete der Mann die Zwischentür für sie. Es wurde eine lange Nacht.

*

Lutz Harnack und Martin Glander waren noch im »Felsenkeller« eingekehrt, einer rustikalen Bierkneipe, die schon seit Jahrzehnten in der Akazienstraße existierte. Harnack hatte wie üblich eine doppelte Portion Knacker mit Kartoffelsalat verdrückt. Tagsüber aß er meist gar nichts und schlug sich dann abends den Bauch voll.

Er frotzelte selbst andauernd über seinen kuriosen Stoffwechsel.

Kurz nachdem Glander den Sektionsraum verlassen hatte, war noch ein Ergebnis eingetroffen. Man hatte tatsächlich das Zahnprofil zuordnen können und dafür gar nicht in die Ferne schweifen müssen. Kommissar Harald Fellner, Prinz' Adlatus, hatte eine Suche nach vermissten männlichen Personen im Zeitraum März bis Juni 1965 beauftragt, und der Kollege war im Archiv auf die entsprechende Akte gestoßen. Eine italienische Familie hatte ihren Sohn im März 1965 beim deutschen Honorarkonsulat in Genua als vermisst gemeldet. Der war als Bauarbeiter in Berlin tätig gewesen und hatte sich mehrere Wochen nicht gemeldet, obwohl er sonst regelmäßig von sich hatte hören lassen. Dem Vorgang war das Zahnprofil des jungen Mannes beigelegt. Es deckte sich mit dem des männlichen Skeletts. Gennaro Vieri hieß der besagte Mann. Er war zum Zeitpunkt seines Verschwindens 25 Jahre alt, und der letzte Arbeitgeber, bei dem er gemeldet gewesen war, hatte eine Baustelle im Eifelviertel betrieben.

Als Glander endlich zu Hause war, stand er eine Weile regungslos vor dem Bett und betrachtete Lea, die mit Danny im Arm tief und fest schlief. Er hatte eine weitere SMS von Merve mit einem knappen Update erhalten und wusste Ryan in besten Händen.

Glander hatte sich nie ernsthaft Gedanken darüber gemacht, einmal Vater zu werden. Er war einfach zu sehr mit seiner Arbeit beschäftigt gewesen. Aus diesem Grund waren bislang auch alle seine Beziehungen gescheitert, denn es war viel verlangt von einer Partnerin, immer klaglos zurückzustecken, wenn er mitten in der Nacht zu einem Tatort gerufen wurde und dann tage-, manchmal auch wochenlang nicht richtig ansprechbar war. Leitete er ein Ermittlungsteam, arbeiteten sie oft im wahrsten Sinne des Wortes rund um die Uhr. Die ersten 48 Stunden waren die entscheidenden. Fand man in dieser Zeit keine relevanten Hinweise, stand eine sehr zähe Ermittlung bevor. Dennoch waren die Kollegen der acht Berliner Mordkommissionen immer mit Herzblut dabei. Mit ihren Überstundenzetteln hätte man den Alexanderplatz pflastern können.

Bislang war Glander sein Beruf das Wichtigste im Leben gewesen. Doch jetzt blickte er auf diese Frau und musste feststellen, dass alles, worauf er bisher so großen Wert gelegt hatte, an Bedeutung eingebüßt hatte. Schon bei ihrer ersten Begegnung war er von ihr fasziniert gewesen – wer ging denn bitte mitten in der Nacht in einem dunklen Gebiet wie dem ehemaligen Mauerstreifen joggen? Als er wenig später Leas Geschichte erfahren hatte, hatte er zunächst angenommen, sie sei des Lebens müde. Doch seit er sie besser kannte, wurde ihm immer klarer, dass sie eine wahrlich furchtlose Frau war. Ihre Jugend als Außenseiterin in Schottland mit ihrer häufig betrunkenen Tante, bei der sie nach dem Tod der Eltern aufgewachsen war, hatte sie gelehrt, Dinge mit sich selbst auszumachen und jeden Tag zu nehmen, wie er kam. Diese Erfahrung hätte viele andere junge Frauen orientierungslos werden lassen, doch Lea war nie von ihrem Weg abgekommen. Sie hatte früh geheiratet und ihr Kind zur Welt gebracht, dennoch hatte sie weiter gearbeitet – an sich, an ihrer Karriere und an ihrer Familie. Glander hatte selbst genug Erfahrung mit Tod und Verlust gemacht und konnte Leas Erlebnisse der vergangenen zwei Jahre nachempfinden. Er hatte den Eindruck, dass sie schon vorher sehr in sich geruht haben musste, ihre Eltern mussten sie früh gut aufgestellt haben. Sie war, zumindest soweit er das bislang beurteilen konnte, eine Frau, die keine Spielchen trieb. Sie sah ihn nicht an und fragte, ob er in diesem Outfit zu einem Treffen – wahlweise dem Essen, in die Oper oder zu Freunden – gehen wolle. Sie beendete keine Sätze für ihn und machte ihre Absichten und Haltungen stets deutlich. Umstandskrämerei machte sie ungeduldig und missmutig. Erschloss sich ihr etwas in einem wichtigen Gespräch nicht, fragte sie ohne jeden Unterton nach und antwortete erst, wenn sie sich in der Lage dazu sah. Lea war nicht wankelmütig, denn sie bildete sich keine vorschnelle Meinung. Ging sie eine Verabredung ein, hielt sie diese. Und sie hatte keine Allüren – von ihrem Whisky-Tick und ihrem Hang, ins Englische zu fallen, wenn sie empört war, mal abgesehen. Aber damit machte sie niemandem das Leben schwer.

Aufgrund ihrer so löblichen wie langweiligen Eigenschaften hätte Lea eine graue Maus sein müssen, doch das Gegenteil war der Fall. Glander war gefesselt von ihrer Gradlinigkeit und ihrer nüchternen Eleganz. Er liebte ihren schwarzen, britischen Humor und ihre schnelle Auffassungsgabe. Sie besaß ein großes Maß an Empathie, das es ihr ermöglichte, unterschwellige Stimmungen zu erkennen und zu deuten. Wenn sie sich auf etwas einließ, dann zur Gänze, halbe Sachen kamen für Lea nicht in Frage, dafür war ihr die Zeit zu schade. Diese Hingabe – und bei dem Gedanken wurde ihm heiß und kalt zugleich – machte den Sex mit ihr unvergleichlich. Das Rätsel, das sie umgab, war, dass es kein Rätsel zu geben schien. Und Glander war in ihrer Gegenwart so entspannt wie bei keinem anderen Menschen.

Ihren Sohn hatte er noch nicht kennengelernt, das sollte Weihnachten geschehen – wenn sie sich denn darauf einigen konnten, wie sie die Feiertage verbringen wollten. Noch sah es nicht danach aus. Wollte Lea nämlich etwas nicht, dann war dies auch nicht zu ändern, und im Moment wollte sie auf keinen Fall mit ihm und seiner Familie auf seine Art und Weise den Heiligen Abend verbringen.

Er war sich sicher, dass ihr Sohn ein feiner Kerl war, vermutlich ein bisschen zu ernst für sein Alter. Für einen kurzen Moment stellte er sich vor, wie wohl ein gemeinsames Kind geraten würde. Lea wäre mit Mitte vierzig wahrlich keine junge Mutter mehr, aber heutzutage war dieses Alter für keine Frau mehr ein Hindernis, ein Kind zu bekommen. Sie waren beide fit und gesund. Auf dem Weg ins Bad schüttelte er den Kopf. Was war nur los mit ihm? Diese Art von Gedanken hatte er sich noch nie gemacht, nicht einmal bei Jessica, und mit der hatte er die längste Beziehung seines Lebens geführt. Er putzte sich die Zähne und betrachtete sich im Spiegel. Lea tat ihm gut, auch der Ausstieg aus der Kripo hatte positive Auswirkungen. Er fühlte sich rundum pudelwohl. Dann wurde sein Blick ernst, denn ihm kam das Telefonat mit Merve wieder in den Sinn. Es gab nach wie vor kein Zeichen von Julia Wallace. Merve war außer sich, dass man Ryan Wallace so lange vernahm. Laut dem zuständigen Beamten *befragte* man ihn, dennoch hatte man sofort das LKA eingeschaltet. Und nun saß Merve auf dem Revier und wartete auf das Eintreffen des Kommissars in Schichtbereitschaft. Wenn jemand mitdachte, holten sie Prinz aus dem Feierabend. Aber Glander wusste, dass das nicht unbedingt so laufen musste.

Es waren zu viele Zufälle auf einmal, da gab er Merve recht. Warum verschwand nach dem Fund der Skelette ausgerechnet die neue Besitzerin des Hauses? Ab morgen hatten sie wirklich alle Hände voll zu tun, denn es gab mit Sicherheit eine Verbindung zu den beiden Morden Mitte der Sechzigerjahre.

Während er seine Jeans, die Socken und seine Boxershorts abstreifte, betrachtete er das Baby in Leas Armen, das, so hoffte er inständig, nicht ohne seine Mutter aufwachsen würde. Lea hatte drei Stühle an die Seite des Bettes gestellt, auf der das Kind lag, und davor zwei dicke eingerollte Strandtücher als Puffer hingelegt, damit es sich nicht stieß oder gar aus dem Bett fiel, sollte es sich im Schlaf bewegen. Zum Glück besaß sie ein Bett in Übergröße, sodass für Glander noch reichlich Platz war.

Napoleon soll ja bekanntlich gesagt haben: *Eine schöne Frau gefällt den Augen, eine gute dem Herzen, die eine ist ein Kleinod, die andere ein Schatz.* Glander ließ sich vorsichtig neben Lea aufs Bett nieder und schloss sie in seine Arme. Diesen Schatz würde er auf ewig vor allem und jedem beschützen, wenn nötig, mit seinem Leben.

19

November 1965

Annie Lehmann hat es kommen sehen. Zum Glück haben die Mädchen nichts mitbekommen. Er hat sie nicht ins Gesicht geschlagen. Ihre Arme, ihr Rücken und ihr Bauch werden morgen von Blutergüssen übersät sein. Sie hat schon gedacht, er höre gar nicht mehr auf. Doch so plötzlich, wie es begonnen hat, ließ er von ihr ab, murmelte unter Tränen etwas von »Er hat von Anfang an gesagt, du taugst nichts« und ging ins Bett.

Annie tastet vorsichtig die Region um Leber und Milz ab, sie hat Schmerzen, aber sie ist sich sicher, dass nichts rupturiert ist. Auch scheint keine Rippe gebrochen. Sie ist noch einmal mit dem Schrecken davongekommen.

Holger ist bei ihnen im Schlafzimmer, also muss sie Angst und Abscheu überwinden und sich etwas später neben ihren Mann ins Ehebett legen. Für einen kurzen Moment kommt ihr der Gedanke, den tief schlafenden, betrunkenen Mann mit einem Küchenmesser zu erstechen. Sie weiß, dass es wieder geschehen wird. Sie hat im Krankenhaus genug Frauen gesehen, die erklärten, die Treppen hinuntergefallen oder gegen Türen gelaufen zu sein. Sie erinnert sich an die Verachtung der Ärzte und des Personals diesen Frauen gegenüber, und nun ist sie selbst eine von ihnen. Der Gedanke an ihre Kinder, die bei ihrem Großvater aufwachsen müssten, wenn sie Ernst etwas antäte, hält sie davon ab, ihn und dann sich umzubringen.

Annie möchte sich so gerne jemandem anvertrauen, doch da ist niemand. Man trägt so etwas unmöglich nach draußen. Sie liest nie etwas über misshandelte Ehefrauen in der Zeitung. Was sie liest, sind Geschichten von Frauen, denen die Kinder weggenommen werden, wenn sie ihren Mann verlassen. Sie findet das falsch, die Männer müssten doch dafür bestraft werden, wenn sie ihre Frauen so schlecht behandeln, und sie ist erschrocken über diese Gedanken. Womöglich stimmt wirklich etwas nicht mit ihr.

Doch dann denkt sie an Gennaro und an seine zärtlichen Küsse, seine liebevollen Umarmungen. Bei ihm fühlt sie sich geborgen. Er lässt sie daran glauben, dass sie irgendwann einmal glücklich sein wird. Wenn er sie und die Kinder doch nur schon von hier fortgebracht hätte! Sie wird ihn fragen. Gleich bei ihrem nächsten Treffen wird sie ihn fragen. Sie werden eine Lösung finden, und sie und die Kinder werden Berlin hinter sich lassen.

Annie Lehmann wagt es nicht einzuschlafen. Sie liegt wach neben ihrem schnarchenden Ehemann, bis ihr Sohn sich gegen fünf Uhr früh regt. Sofort nimmt sie den Kleinen und geht mit ihm ins Wohnzimmer.

Als die Familie drei Stunden später am Frühstückstisch sitzt, macht Ernst ihr ein Kompliment über den schön gedeckten Tisch und plauderte mit seinen Töchtern. Annie füttert schweigend den kleinen Holger.

20

Advent 2012

Am Mittwochmorgen, fünf Tage nach den Skelettfunden und ein paar Stunden nach dem Verschwinden von Julia Wallace, stand Lea gegen sechs Uhr mit Danny auf und bereitete das Frühstück vor. Sie hatte aus ihren Fehlern in der ersten Zeit mit ihrem Sohn gelernt: Wann immer das Baby schläft, schläfst auch du. Bücher konnten ein andermal gelesen, Küche und Bad später sauber gemacht, Wäsche musste nicht gebügelt werden, alles konnte zu einem anderen Zeitpunkt erledigt werden. So hatte sie es nach den ersten Anlaufschwierigkeiten vermeiden können, ständig wie ein Zombie in der Gegend herumzulaufen. Es hatte ihr überdies eine wunderbare Nähe zu Duncan ermöglicht. Sie hatte seinen Rhythmus übernommen und sich von dem kleinen neuen Wesen in ihrem Leben führen lassen. Solange er noch klein war, hatte sie sich immer nach seinem Tempo gerichtet und war stets gut damit gefahren. Er hatte wie die meisten bilingual aufwachsenden Kinder spät angefangen zu sprechen, doch dafür war er sofort mit beiden Sprachen vertraut. Er hatte sich als Letzter in der ersten Klasse auf die Sprossenwand getraut, dafür war er in der zweiten schon famos an Reck und Ringen zugange gewesen.

Lea hatte eine unruhige Nacht erwartet, doch Danny hielt sich vorbildlich an einen Vierstundentakt. Glander schlief tief und fest und bekam nichts davon mit, als Danny kurz nach zwei Uhr noch einmal hungrig geworden war und eine neue Windel gebraucht hatte. Um halb sieben schickte Lea Merve eine SMS, dass Kaffee und Rührei ab sieben auf sie warteten. Glander war gerade die Treppe heruntergekommen, als Merve ans Küchenfenster klopfte und Lea sie einließ. Ryan Wallace hatte sich mit einem Hausschlüssel von Lea in der Nacht selbst ins Haus gelassen und schlief noch tief und fest in ihrem Gästezimmer.

»Ich wusste nicht, ob der Zwerg noch schläft. Seit wann bist du denn wach, Lea?«

»Kurz nach fünf. Aber wir haben prima zweimal vier Stunden geschlafen. *Yes, we slept really well, we did, didn't we, sweetchops?*« Bei ihrem letzten, an das Baby gerichteten Satz veränderte Lea ihre Tonlage und fiel in eine Art Singsang.

Merve nahm ihr den Kaffee ab, den sie gekonnt mit der linken Hand zubereitet hatte, und dachte im Stillen, dass Babysprache in allen Sprachen gleich doof klang.

Dem kleinen Sumoringer auf Leas rechter Hüfte schien es zu gefallen, denn er plapperte etwas vor sich hin und sabberte sie dabei munter voll. Merve verdrehte die Augen und nahm am Esstisch Platz.

Glander sah von seinem Laptop auf. »Morgen! Was

ist das wieder für eine Chose, in die wir da involviert sind? Ich versuche, Julias Handy ausfindig zu machen. Ich habe eine Ortung per stiller SMS versucht, aber das bringt nichts. Es ist sicherlich nicht eingeschaltet. Wenn ich dich gestern Abend richtig verstanden habe, hatte sie zuletzt mit ihrem Mann Kontakt, als sie auf dem Weg von der Pension, in der die Wallaces gerade wohnen, hierher war. Das konnte ich immerhin über die Funkzellen, in die sie eingeloggt war, nachvollziehen.«

Die stille SMS, auch Stealth Ping genannt, war ein Ortungsimpulsverfahren, mit dem eine Nachricht an ein Handy geschickt wurde, ohne dass diese im Display des Empfängers angezeigt wurde. Auch wurde kein akustisches Signal ausgelöst. Beim Provider fielen jedoch Ablaufdaten an, die dann entsprechend ausgewertet wurden. Dazu musste ein Handy allerdings eingeschaltet sein. Selbstverständlich gab es reichlich Kritik von Datenschützern an dieser Ortungsmöglichkeit.

»Hey, da färbt wohl Wissen ab!« Merve klappte ihren Laptop auf. »Lass mich mal eine GSM-Ortung versuchen – bei ihrem Provider ist das möglich –, mit viel Glück finden wir eine Cell-ID. Sie hat ein brandneues Blackberry, und die sind alle mit einer Ortungs-App ausgestattet. Da spielt es glücklicherweise keine Rolle, ob das Gerät ein- oder ausgeschaltet ist, und die Ergebnisse sind sehr genau. Das dauert einen Moment. Ich muss erst Julias Daten hacken, um an die Passwörter heranzukommen, dazu muss ich aber vermutlich über meinen Rechner in Kreuzberg gehen. Mann, ich hoffe, die Kollegen haben das schon längst veranlasst!«

Lea war fasziniert, sowohl von der modernen Kommunikationstechnik als auch von Merves Talent an der Tastatur, denn sie hatte keinen Zweifel, dass deren Bemühungen von Erfolg gekrönt sein würden. Sie dachte sofort an Whistleblower, moderne Robin Hoods im Dienste der Transparenz, die, statt den Reichen Geld abzunehmen, den Regierungen brisante geheime Informationen stahlen und sie der Öffentlichkeit zur Verfügung stellten.

Schon nach wenigen Minuten fuhr Merve sich durch ihre Lockenpracht. »Nee, das wird hier nichts, Lea. Dein WLAN ist zu langsam, das dauert ewig. Sorry, aber wir müssen zu mir nach Kreuzberg.«

Merve und Glander klappten gleichzeitig ihre Laptops zu und zogen ihre Jacken von den Rückenlehnen ihrer Stühle. Die beiden waren so eingespielt aufeinander, wie man es sonst nur von Synchronschwimmern kennt. Glander gab Lea einen flüchtigen Kuss, und schon waren die beiden verschwunden.

Lea schaute den Knirps auf ihrer Hüfte an und gab ihm einen Kuss auf den Kopf. »*They'll find your mummy.* Die beiden finden deine Mama. Wir müssen ganz fest daran glauben. Und jetzt machen wir deinem Daddy erst einmal einen starken Kaffee. Oder trinkt er lieber Tee?« Sie war froh, sich um das Baby kümmern und auf diese Weise die düsteren Gedanken verdrängen zu können.

*

Als Ryan Wallace auch um halb neun noch schlief, legte Lea Danny, der ebenfalls wieder eingeschlafen war, neben ihn und ließ einen Zettel da, auf dem sie mitteilte, eine Stunde mit dem Hund hinauszugehen. Margot Wieland hatte sich bereit erklärt, die kleine Günay in den nächsten Tagen in die Kita zu bringen.

Lea verstand gut, wie sehr Ryan Schlaf benötigte. Es war auch ihre Art, mit großen Problemen, schwierigen Entscheidungen oder nahendem Grauen umzugehen. Sie hatte in Marks letztem Jahr so viel geschlafen wie noch nie zuvor in ihrem Leben. Und in diesen Stunden war der Schrecken seines nahenden Todes gebannt gewesen. Schon wieder hegte sie düstere Gedanken, aber das Verschwinden von Julia war auch angsteinflößend. Sie würde lernen müssen, mit solchen Gefühlen umzugehen, wenn sie Glanders Leben dauerhaft teilen wollte. Für ihn waren diese Situationen voller Ungewissheit sein täglich Brot, und das schon seit zwei Jahrzehnten.

Als Lea bereits ein Stück den Mauerweg entlanggelaufen war, kam ihr Sabine Hartmann entgegen. Sabine und ihr Mann Thomas wohnten ebenfalls im Eifelviertel, beide waren in Teilzeit als Chemiker bei der Stiftung Warentest tätig und stark ehrenamtlich engagiert.

Sabine war sichtlich ungehalten. »Hallo, Lea! Pass bloß auf, der blöde Tornow ist wieder mit seinem fiesen Pitbull unterwegs. Der hätte unseren Bismut fast gebissen, wenn der nicht schnell genug abgehauen wäre. Das fette Viech ist zum Glück nicht so wendig wie unser kleiner tasmanischer Teufel.«

Der fiese Pitbull hörte auf den Namen Elvis und war eigentlich gar nicht so fies, wie man es seiner Rasse und ihm im Besonderen immer nachsagte. Elvis' Besitzer, der blöde Tornow, tat allerdings auch nichts, um die Besorgnis seiner Mitmenschen zu mildern, im Gegenteil. Ronald Tornow machte sich regelmäßig einen Spaß daraus, anderen Hundebesitzern damit zu drohen, sein kleines Kampfpaket auf sie oder ihre Tiere loszulassen. Tornow war ein unsympathischer Zeitgenosse, dem man am besten aus dem Weg ging. Er lebte mit seinem ebenso unsympathischen und mittlerweile steinalten Vater in einer der Mietwohnungen in der gegenüberliegenden Siedlung. Lea war allerdings nicht entgangen, dass der Hund vorbildlich versorgt war. Elvis parierte aufs Wort, sein Fell glänzte, und seine kompakte Statur beruhte auf Muskeln und nicht auf Fett. Das Tier war topfit. Sein Besitzer lief dauerqualmend mit ihm durch die Gegend, hatte meist Doc Martens, eine Armyhose in Tarnfarben und eine schwarze Lederjacke an, deren Ärmel er bei Wind und Wetter hochschob, um den Blick auf seine tätowierten Unterarme freizugeben. Links trug er das Bild eines Hundes, vermutlich eines Vorgängers von Elvis, denn es zeigte ebenfalls einen Pitbull, rechts das einer Frau. Lea hatte mit Mark öfter darüber spekuliert, ob es seine Mutter oder eine seiner Freundinnen sein könnte.

Aus einem ihr unerfindlichen Grund war Tornow Lea gegenüber nicht so unflätig wie zu den anderen Leuten, die er traf, wenn er mit Elvis unterwegs war. Er war auch nicht unbedingt freundlich zu ihr, aber zumindest war er höflich und nickte ihr zu, wenn sich ihre Wege kreuzten.

So in Gedanken, hatte Lea einen Teil von Sabine

Hartmanns weiterer Tirade verpasst. Aber da sich die meist über dieselben Themen in Rage redete, fand Lea relativ leicht wieder einen Einstieg. Jetzt war Sabine bei den Autofahrern im Kiez angekommen, die allesamt den Führerschein entzogen bekommen sollten, »so wie die hier fahren«.

»Es hält sich einfach keiner an die Geschwindigkeitsbegrenzung. Mich macht das ganz fuchsig. Hier spielen so viele kleinere Kinder, es leben eine Menge ältere Leute im Viertel, und man hat seinen Hund ja auch nicht immer an der Leine. Da kann doch ganz schnell was passieren. Aber solche Angeber denken darüber nicht nach. Nach denen die Sintflut! Jeder ist nur noch alleine auf der Welt, kann man da doch denken. Also, ich finde das nicht richtig.«

Dass Sabine Hartmann sich Sorgen darüber machte, ihr Hund könne unter ein Auto geraten, wunderte Lea wenig. Bismut, ein Rüde mit einer langen Reihe von Mischlingsahnen, war berüchtigt für seinen Mangel an Erziehung. Lea hatte sich schon einige Male den Mund fusselig geredet, aber weder Sabine noch ihr Mann waren imstande, die Disziplin aufzubringen, die es erforderte, einen so schwierigen und lebhaften Hund zu trainieren und dauerhaft zu beschäftigen. Lea und Mark hatten monatelang mit Talisker in der Hundeschule Trainingsstunden absolviert, bis er nahezu perfekt pariert hatte, und sie übte nach wie vor jeden Tag mit ihm. Das gehörte nun einmal dazu, wenn man einen Hund artgerecht halten wollte. Bei den Hartmanns war Bismut eindeutig das Alphatier. Respekt hatte er nur vor Talisker, ansonsten machte die wilde Töle, was sie wollte. Lea konnte dem übermütigen Hund trotzdem nicht böse sein, er sah zu verschmitzt aus. Wenn er auf sie zugerast kam – Bismut kannte keinen langsamen Gang, wenn er nicht wie von der Tarantel gestochen in der Gegend herumpeste, lag er irgendwo und schlief – und ihm seine Ohren um den Kopf herumschlappten, musste sie jedes Mal grinsen. Der Hund konnte schließlich nichts dafür, dass seine Herrchen sich nicht um sein Hunde-ADHS kümmerten.

Leider warfen die beiden damit auch ein schlechtes Bild auf andere Hundebesitzer, da man von Menschen, die keine Hunde mochten, schnell in Sippenhaft genommen wurde. Mit einem Hund von der Größe Taliskers erlebte Lea das immer wieder. Anfangs hatte sie in solchen Fällen noch das Gespräch gesucht, doch mittlerweile lief sie einfach weiter und ignorierte die bösen Beschimpfungen, die man ihr oft hinterherrief. Das Verhältnis der Menschen mit und der ohne Hund zueinander lag voll im Trend, fand Lea. Keine Seite war bereit, auf die andere zuzugehen und etwas Verständnis aufzubringen. Lea selbst gab auf, wenn Sätze wie »Man sollte alle Hunde …« oder »Alle Hundebesitzer sind …« fielen. Unter den Hundebesitzern gab es ihrer Überzeugung nach wie in jeder Gruppe von Menschen, die eine Sache einte, solche und solche. Ebenso wenig mochte sie es, wenn Menschen ihre Vierbeiner auf eine Ebene mit Kindern stellten oder derartige Vergleiche zogen. Wenn jemand Hunde nicht mochte, aus welchem Grund auch immer, musste man das akzeptieren, und wenn man das nicht einsah, tat man auch seinem Hund keinen Gefallen damit.

Sabine hatte munter weitergeredet. Lea sah sie vor ihrem inneren Auge auf einer Orangenkiste im Londoner Hyde Park flammende Plädoyers halten und lächelte bei der Vorstellung. Eine Reaktion, die bei Sabine Hartmann gar nicht gut ankam.

»Jaja, ich weiß schon, du denkst jetzt, ich rege mich mal wieder künstlich auf. Aber weißt du was? Dienstagfrüh ist hier einer durch die Straße gerast, der hatte locker siebzig Sachen drauf, obwohl hier doch eigentlich nur dreißig erlaubt sind. Und dann um die Zeit den Motor aufheulen lassen! So ein Angeberschlitten war das, knallrot, mit laut blubberndem Motor. Ich hatte mein Handy zu Hause liegen gelassen, sonst hätte ich ihn fotografiert und angezeigt. Unmöglich, solche Autofahrer! Ist doch wahr!«

Lea war in ihrem Viertel noch kein roter Sportflitzer aufgefallen, auf den diese Beschreibung passte. Vermutlich hatte der Besitzer jemanden besucht und es auf dem Heimweg eilig gehabt. Das wäre eine Erklärung dafür, warum Sabine den Wagen nicht erkannt hatte. Natürlich konnte sich ebenso ein Nachbar ein neues Auto zugelegt haben, denn auch viele von denen hielten sich nicht an die erlaubte Höchstgeschwindigkeit.

Doch plötzlich fiel Lea siedend heiß ein, dass Professor Novak einen feuerroten Alfa Romeo Spider fuhr. Ein Zufall? Lea war es nicht länger möglich, sich auf Sabine Hartmann zu konzentrieren. Sie verabschiedete sich abrupt von ihr, machte auf dem Absatz kehrt und schlug wieder die Richtung nach Hause ein. »Tally, es tut mir leid, wir müssen unsere große Runde verschieben, ich muss Ryan dringend etwas fragen. *Come on, do your business and then home!*«, ermutigte sie ihren Hund, sein Geschäft unmittelbar zu verrichten.

Keine fünf Minuten später ließ Lea sich und Talisker durch den Wintergarten ins Haus hinein. Ryan saß auf dem Sofa und wickelte Danny. Er sah sie überrascht an.

»Ich dachte, du wolltest eine Stunde unterwegs sein. Hast du etwas von Merve gehört?«

Lea schüttelte den Kopf. »Nein, ich denke, sie würde dich direkt anrufen. Kennt Julia einen Professor Novak, Sander Novak? Er lehrt Psychologie an der Freien Universität. Hast du den Namen schon mal gehört?«

Ryan schüttelte den Kopf. »Nein. Der Name kommt mir nicht bekannt vor. Ich glaube nicht, dass sie diesen Professor kennt. Aber ich kann es nicht mit Sicherheit sagen, denn ich weiß natürlich nicht, mit wem sie beruflich zu tun hat.«

»Glaube mir, den hätte sie erwähnt.«

Könnte der Professor tatsächlich in der Siedlung gewesen sein? Was hatte er hier gewollt? Hatte er etwas mit Julias Verschwinden zu tun? Lea rief Merve an.

*

In ihrem Kreuzberger IT-Raum, der den BND sicherlich interessiert hätte, hätte er Kenntnis von dessen Existenz gehabt, wickelte sich Merve eine Haarsträhne um den Zeigefinger, während sie darauf wartete, dass ihre Rechner sich synchronisierten. Merve und Glander waren in getrennten Wagen gefahren, weil Glander einen Schlenker über Schöneberg machen wollte, um seine

Waffe zu holen. Er hatte eine Sondergenehmigung für den Besitz und das Tragen seiner Gloc, die er seinem Vorgesetzten noch aus dem Kreuz geleiert hatte, als er seinen Abfindungsvertrag verhandelt hatte. Sicher sei sicher, hatte er auf dem Weg zu den Autos grimmig gemurmelt. Womöglich mussten sie zügig agieren, sollten sie Erfolg mit der Handy-Ortung haben. Niemand konnte wissen, ob sie es mit einem oder mehreren Tätern zu tun bekommen würden, wenn Julia Wallace tatsächlich entführt worden war.

Während Merve die Eingaben für die Ortung von Julia Wallaces Blackberry machte, sammelten zwei weitere Suchläufe, die sie am Vortag gestartet hatte, Informationen über Vermisstenfälle und Tötungsdelikte, die Frauen betrafen, die Annie Lehmann äußerlich ähnelten. Sie hatten zwar keinen konkreten Hinweis auf einen Serientäter, aber da sie über so gut wie gar keine Anhaltspunkte verfügten, konnte es nicht schaden, dem Hinweis von Leas Psychoprof nachzugehen.

Die erste Stichwortsuche – *Berlin, Frau, blond, vermisst, tot* – scannte das Web allgemein, für die zweite Suchanfrage nutzte Merve einen Zugang zum LKA-System, von dem sie selbst Glander nichts erzählte. Was der nicht wusste, machte ihn nicht zum Komplizen, wenn sie jemals erwischt werden sollte. An Schuldbewusstsein mangelte es ihr dabei zur Gänze. Lücken in der Firewall waren ihrer Überzeugung nach ein sträfliches Versäumnis. Recht geschah es denen, wenn sie ihre Hinweise ignorierten! Merve hatte ihren ehemaligen Vorgesetzten schon vor Jahren über eine Lücke im System informiert, doch der hatte es wohl nicht für nötig gehalten, diese Warnung weiterzugeben. Vermutlich hatte Rolf Prinz sie weder verstanden noch besonders ernst genommen, und höchstwahrscheinlich war der Vorgang direkt in seinen Papierkorb gewandert. Merve schlürfte unbeeindruckt ihren Mokka.

Normalerweise hätte diese Suche ein junger Kollege des eigens dafür gebildeten Sonderermittlungsteams übernommen, es wäre eine Standardabfrage gewesen. Vielleicht sollten sie und Glander doch einmal über einen Praktikanten oder sogar einen weiteren festen Mitarbeiter nachdenken. Der könnte ihr die legalen Recherchen abnehmen, sie hätte auch mit dem Rest genug zu tun.

Während Merve über ein grobes Anforderungsprofil für einen Angestellten nachdachte, klickte sie auf eines der beiden Suchfenster. Die Liste, die sich dort aufbaute, war so lang, dass sie zunächst annahm, einen Fehler gemacht zu haben. Aber dem war nicht so, die Auflistung war korrekt. In den letzten fünf Jahrzehnten hatte es in Berlin 220 Fälle von vermissten weiblichen Personen gegeben, deren Beschreibungen der von Annie Lehmann ähnelten. Die zweite Abfrage lieferte sechs weibliche Todesopfer, auf die die Stichworte genau zutrafen.

Als Merve die Daten der Vorfälle überprüfte, wurde ihr mulmig. Die Leichen waren allesamt in den Jahren 1967 bis 1980 gefunden worden. Und in den Jahren 1982, 1987, 1992 und 1997 waren Frauen vermisst gemeldet worden, deren Beschreibung der von Annie Lehmann ähnelte. Dann war eine Zeit lang Ruhe gewesen. Ab 2005 traten erneut passende Vermisstenmeldungen auf, und die Taktzahl erhöhte sich auf je eine Meldung pro Jahr. In den letzten zwei Jahren waren es sogar jeweils zwei vermisste Frauen gewesen. Diese Fälle mussten nicht zwangsläufig alle in einem Zusammenhang stehen, aber Merve war lange genug Ermittlerin, um von einem Worst-Case-Szenario auszugehen. Sie hatte ein bisschen im Geäst herumgestochert und dabei mitten in ein Hornissennest gepiekst.

In Berlin ereigneten sich pro Jahr ungefähr einhundert Tötungsdelikte. Das Gros davon, nämlich neun von zehn, wurde in der Regel von den dafür zuständigen Mordkommissionen – seit dem Jahr 2010 waren es wieder acht an der Zahl – aufgeklärt. Täter konnten ermittelt und einem Strafverfahren zugeführt werden. Die Aufklärungsrate war nicht immer so hoch gewesen. Seit Mitte der Sechzigerjahre gab es noch über zweihundert ungeklärte Todesfälle, deren Akten und Asservaten in den Kellern des LKA-Gebäudes in der Keithstraße lagerten. Im Jahr 2007 war ein Sonderermittlungskommissariat eingerichtet worden, das mit sechs Mitarbeitern den alten Fällen nachging und bereits beachtliche Erfolge erzielt hatte. Mit den nun zur Verfügung stehenden modernen Methoden zur Prüfung von Tatortspuren und der Ermittlung von DNA ließen sich Hinweise auf Täter finden, die den damaligen Kriminalbeamten versagt gewesen waren.

Wenn Merve die ihr vorliegenden Hinweise betrachtete, schwante ihr Übles: Hier in Berlin schnappte sich womöglich seit fünf Jahrzehnten jemand auffallend schöne Frauen eines eher kühlen, blonden Typs und brachte sie um. Dass sich die Abstände zwischen den Taten verringert hatten, ließ die Vermutung zu, dass sich der Zwang des Täters zum Töten in den letzten Jahren verstärkt hatte. Vielleicht hatte er öfter zugeschlagen, um seinen inneren Druck abzulassen, vielleicht lief ihm aber auch die Zeit davon. Handelte es sich um einen Einzeltäter, wäre er kein junger Hüpfer mehr – wenn es denn überhaupt ein und derselbe Täter war. Wie alt wäre er jetzt? Nahm man an, die Ermordung Annie Lehmanns und ihres Liebhabers war sein Debüt und er war damals um die zwanzig gewesen, wäre er heute Mitte sechzig. Trotz seines fortgeschrittenen Alters müsste er sich also in guter körperlicher Verfassung befinden, um sich die Frauen gefügig zu machen. Vielleicht setzte er auch Drogen ein. In Betracht käme aber auch ein Vater-Sohn-Gespann. Was war das Motiv? Woher rührte dieser Hass auf junge blonde Frauen? Oder hatte tatsächlich alles mit Annie Lehmann begonnen, und er war auf den Geschmack gekommen?

Merve erinnerte sich an die Forschungsergebnisse eines ehemaligen Hauptkommissars aus Düsseldorf, der seine Einblicke in die menschlichen Abgründe, seine Erfahrungen und Interviews mit Serientätern seit über zwanzig Jahren in Büchern und Vorträgen zusammenfasste. In Zusammenarbeit mit dem Fachbereich für Psychologie einer britischen Universität hatte er eine Datenbank zur Detailerfassung von Serienmorden entwickelt und vor Kurzem eine Dozentenstelle an der Technischen Universität Cottbus angetreten. Er unterschied sechs Serientäter-Typen, darunter unter anderem Sexual- und Raubmörder, und unterteilte diese in organisiert und spontan agierende Täter. Merve stöhnte, denn aus diesen Aufzeichnungen wusste sie auch, dass es im Durchschnitt dreieinhalb Jahre dauerte, bis man einem Serientäter das Handwerk legte – und diese Angabe bezog sich auf Fälle, in denen es konkrete Spuren gab, in denen ein Modus Operandi erkennbar war. Glander und Merve hatten dagegen nur zwei Skelette und eine Liste von Namen, die nur eventuell auf weitere Opfer ein und desselben Täters deuteten. Abermals stießen sie an die Kapazitätsgrenzen ihrer kleinen Agentur. Die vielen Vermisstenfälle zu überprüfen, die alten Akten zu studieren und die noch erhaltenen Tatortfunde akribisch durchzusehen erforderte erheblich mehr Manpower, als ihnen zur Verfügung stand.

Zwei weitere Punkte machten Merve größte Sorgen. Wenn es sich tatsächlich um einen Serientäter handelte und er Julia Wallace in seine Gewalt gebracht hatte, könnte er schon wer weiß was mit ihr angestellt haben. Denn die sechs Opfer hatten Spuren aufgewiesen, die darauf hindeuteten, dass sie einige Tage gefangen gehalten worden waren. Vermutlich hatte der Täter dazugelernt, und deshalb hatte man in der jüngeren Zeit keine Leichen mehr gefunden. Womöglich würden sie auch Julias Leiche nie finden, wenn sie den Täter nicht rechtzeitig entlarven konnten. Oder sie fänden erst nach fünfzig Jahren ihr Skelett. *Ha siktir!* Das wäre eine schöne Scheiße.

Merve stand auf, legte sich auf den Boden und machte Liegestütze. Sie musste nachdenken, denn auch der zweite Punkt beunruhigte sie zutiefst: Dieser Fall würde, wenn ihre Vermutung zutraf und es sich um ein und denselben Mörder handelte, überall Schlagzeilen machen. Ihre kleine Agentur würde auf einen Schlag bekannt werden, jeder würde über sie lesen. Man würde sie und Glander unter die Lupe nehmen, ihren Werdegang schildern, und das bedeutete, dass man in ihrer Familiengeschichte herumschnüffelte. Da war es keine Kunst, auf die Nachrichten über den Überfall auf ihre Schwester zu stoßen. Ihr neuer Aufenthaltsort würde bekannt werden. Das durfte auf keinen Fall passieren. Merve musste unbedingt mit Glander reden. Ehe sie ihn anrufen konnte, klingelte ihr Handy.

21

Dezember 1965

Ernst Lehmann hat seine Frau noch nie so erlebt. Sie ist immer so ruhig und besonnen. So kennt er sie gar nicht. Er hat sich doch bei ihr entschuldigt, es tut ihm doch auch leid. Er wird nie wieder seine Hand gegen sie erheben, er hat es ihr versprochen und ihr rote Rosen mitgebracht. Aber was sie da über seinen Vater gesagt hat, das kann er einfach nicht glauben. Was bewegt sie nur dazu, so etwas Hässliches zu behaupten? Vermutlich tut es ihr gut, sich bei einem Spaziergang abzukühlen und wieder zur Besinnung zu kommen.

Er macht doch alles für sie und die Kinder. Sie hat keine Ahnung, was er sich von seinem Vater anhören muss, seit er ihnen das kleine Reihenhäuschen gekauft hat. Der Alte lässt kein gutes Haar an ihr. Niemals würde der seine Schwiegertochter anfassen, geschweige denn ihr das antun, was sie da behauptet hat.

Ernst versteht die Welt nicht mehr. Er will doch nur, dass seine Kinder es einmal besser als er selbst haben und dass Annie sich wohlfühlt und es auch besser hat als früher. Ernst ist nicht der Hellste, aber er ist nicht blind. Er weiß schon lange, dass Annie nicht glücklich ist, und er befürchtet, dass sie in dem Haus am südlichen Berliner Stadtrand niemals glücklich sein wird. Bislang hat er immer angenommen, dass es an ihrem Vorleben läge. Sie hat es ja weiß Gott nicht leicht gehabt als junges Mädchen, und er hat nie so genau wissen wollen, was sie alles schon durchgemacht hat, bevor sie sich begegneten.

Jetzt ist Ernst beunruhigt, sie ist schon so lange fort. Die beiden Mädchen spielen in ihrem Zimmer. Er sagt ihnen kurz Bescheid, dass er mit Holger noch ein bisschen in den Schnee gehen möchte. Dann steckt er den Kleinen in den warm gefütterten Schneeanzug, den schon seine Schwestern vor ihm trugen, und lächelt ihm aufmunternd zu, während er ihm die Fäustlinge über die Händchen streift und die Wollmütze, die Annie gestrickt hat, mit einer Schleife unter seinem speckigen Kinn festmacht. Er selbst schlüpft in die alten Winterstiefel und zieht den dicken, ebenfalls von Annie gestrickten Winterpullover über. Schließich setzt er seine Mütze auf, zieht sich Handschuhe an und schnappt sich das Kind und den Schlitten, der vor der Haustür steht.

Es ist halb fünf am Nachmittag. Draußen ist es bereits nachtdunkel, die Straßenlaternen werfen ein diffuses Licht auf die verschneiten Bürgersteige. Ernsts Atem dampft vor seinem Gesicht. In der Siedlung sind schon beinahe alle Jalousien heruntergelassen, auch um die klirrende Kälte abzuhalten. Aus den Schornsteinen der Hauseigentümer, die sich den Einbau eines Kamins leisten konnten, quillt grauer Rauch. Ernst Lehmann setzt den kleinen Holger auf das Lammfell auf dem Schlitten, deckt ihn mit einer Wolldecke gut zu und läuft los. Er wird sie finden und sie wieder zur Vernunft bringen.

Annie ist alles für ihn, seitdem er sie zum ersten Mal im Krankenhaus sah. Er bemerkt die Blicke der anderen Männer sehr wohl, wenn sie gemeinsam zur Schloßstraße fahren, um dort Einkäufe zu erledigen. Und es erfüllt ihn jedes Mal mit Stolz, dass sie seine Frau ist. Er wird sie noch einmal um Verzeihung bitten und sie am nächsten Abend in ein schickes Restaurant einladen. Frau Kowalski wird auf die Kinder aufpassen, das hat sie schon oft angeboten. Dann wird alles wieder gut zwischen ihnen, und Annie wird diesen Unsinn mit seinem Vater nie wieder erwähnen.

Ernst wirft einen nachdenklichen Blick über seine Schulter auf das kleine Kind auf dem Schlitten. Dann schüttelt er den hässlichen Gedanken ab. Nein, auf keinen Fall! Holger ist *sein* Sohn!

22

Advent 2012

Lea saß vor ihrem Laptop und wartete darauf, dass der Drucker ansprang. Merve hatte sich ihre Information über Sander Novak notiert und war der Sache direkt nachgegangen. Lea war stolz auf sich. Sie hatte einen Hinweis liefern können, und Merve hatte sogar Ergebnisse erzielt, auch wenn die erschütternd waren. Lea schauderte über Merves Vermutung, es könne sich bei dem Mord an Annie Lehmann tatsächlich um den Auftakt zu einer Mordserie gehandelt haben, und über ihre Befürchtung, dass auch Julia Wallace dem Täter oder den Tätern zum Opfer gefallen war. Merve hatte Lea gebeten, die vergangenen Vermisstenanzeigen durchzugehen, die sie aufgetan hatte. Sie selbst wollte sich die Todesfälle vornehmen, auf die sie gestoßen war. Lea sollte auf alles achten, was ihr relevant vorkam, vor allem aber auf ähnliche Verhaltensmuster: Hatten die Frauen dieselben öffentlichen Einrichtungen genutzt, eine Bibliothek oder ein Schwimmbad zum Beispiel? Hatten sie Kinder? Waren sie verheiratet gewesen? Wer waren ihre festen Partner gewesen, falls sie welche gehabt hatten? Hatten sie dieselben Ärzte oder Krankenhäuser aufgesucht? Wenn sie Übereinstimmungen fand, sollte sie diese notieren.

Nach den ersten fünf Meldungen musste Lea eine Pause einlegen. Zwei der Frauen waren junge Prostituierte gewesen, die eine drogenabhängig, die andere in einem Edelbordell tätig. Ein ekelhafter Euphemismus, dachte Lea. An Prostitution war nie etwas Edles. Freundinnen der beiden hatten sie in den Achtzigerjahren als vermisst gemeldet. Es las sich nicht so, als habe man sich besondere Mühe gegeben, die beiden zu finden. Ganz anders bei einer Hausfrau aus Buckow Ende der Siebzigerjahre. In diesem Fall hatte es eine großangelegte Fahndung gegeben, die allerdings ergebnislos geblieben war. Die Frau war bis heute verschwunden. Dann waren da noch eine Studentin, die zuletzt beim Trampen an der A 100 gesehen worden war, und eine Stenotypistin, die nach einer Feier in den 1. Mai nicht mehr in ihr Spandauer Elternhaus zurückgekehrt war.

Wie machte Martin das nur? Welchen Einfluss hatte es auf die Psyche, tagtäglich mit solchen Schicksalen konfrontiert zu werden? War es überhaupt möglich, dabei keinen seelischen Schaden zu nehmen? Leas Mutter hatte oft gespottet, Psychologen hätten selbst den größten Knall, deswegen wollten sie lernen, wie man seine Probleme am besten in den Griff bekommen konnte. Was bedeutete es für Menschen wie Martin, unablässig in die Tiefen der menschlichen Seele zu schauen und dort so viel Grausamkeit und Niedertracht zu finden? Musste man da nicht zwangsläufig ein Misanthrop werden und jedem Mitmenschen mit größtem Misstrauen begegnen? Was würde es mit ihr machen, wenn sie sich tatsächlich an Martins Fällen beteiligte? War es für sie nicht eher an der Zeit, das Leben in seiner Unbeschwertheit zu genießen, zu reisen und sich den schönen Dingen des Daseins zu widmen?

Lea seufzte. Sie hatte gar keine Alternative. Diese dunkle Seite des menschlichen Denkens und Handelns würde von nun an Teil ihres Lebens sein, wenn sie mit Martin zusammen sein wollte. Und wenn sie auch sonst über beinahe alles in ihrem Leben grübelte und vieles neu ordnen musste, war sie sich doch einer Sache gewiss: Sie liebte Martin und wollte nicht mehr ohne ihn sein.

Lea hatte ihren Mann Mark in- und auswendig gekannt, sie hatte in jeder Situation gewusst, wie er reagieren würde. Er war gradlinig und nüchtern gewesen. Wie ihr gemeinsames Leben. Martin dagegen ... Lea erkannte sich kaum wieder, wenn er in ihrer Nähe war. Nie zuvor hatte sie ein solches Verlangen nach einem anderen Menschen empfunden. Wenn er neben ihr stand und sie die Wärme spürte, die von ihm ausging, kostete es sie allergrößte Mühe, sich auf das zu konzentrieren, was gerade um sie herum vorging. Wenn sie sich liebten, nahm es ihr den Atem und jede Fähigkeit, klar zu denken. Martin betörte und verstörte sie gleichermaßen, denn war sie ehrlich zu sich selbst, war es auch das Gefährliche, das ihn unterschwellig umgab, was sie so berauschte. Sie würde in der Fachliteratur nachlesen müssen, was es mit dieser Faszination auf sich hatte, die seine Tätigkeit auf sie ausübte. Seine *Tätigkeit* – dass sie nicht lachte! Gewalt war ein nicht unerheblicher Teil seiner Tätigkeit.

Sie hatte gesehen, wie er gegen einen Mann gekämpft hatte, und der Gedanke daran, dieses Bild von Martin, der auf seinen Gegner einschlug, von den wunden Fingerknöcheln seiner linken Hand ließen eine Hitze in der Mitte ihres Körpers aufsteigen, die sich so gar nicht gehörte, wenn man in einem Akademikerhaushalt in Schöneberg aufgewachsen war. Wie bemerkenswert, dachte Lea, dass sie ein so atavistisches Männerbild hatte!

Mit Mark hatte sie am Anfang ihrer Beziehung stundenlange Gespräche geführt. Probleme hatten sie stets nüchtern geklärt, und genauso ruhig und bedacht hatten sie sich geliebt in den vielen Jahren, die sie gemeinsam verbracht hatten. Am Sex mit Martin war nichts ruhig oder bedacht, er war ursprünglich, voller Leidenschaft und so großer Gefühle, wie sie sie nie vorher erlebt hatte.

Lea stand auf und goss sich eine gute Menge des Balvenie Caribbean Cask ein. Der feine Single Malt reifte in ehemaligen karibischen Rumfässern und verströmte zunächst auch das Aroma des Piratenwassers. Die Lagerung verlieh dem Whisky zusätzliche Süße, er schmeckte nach Vanille mit einem Hauch von exotischen Früchten, dabei ein wenig malzig und im Abgang rauchig. Gerne hätte sich Lea noch einen zweiten Schluck dieses guten Tropfens gegönnt, doch sie wusste, dass sie es sich nicht erlauben konnte, etwas zu überlesen. Deshalb beließ sie es bei dem einen Glas. Sie schnappte sich die restlichen Berichte und tauchte wieder ein in die Schicksale der vermissten Frauen.

*

Während Lea sich im Süden der Hauptstadt ihrer deprimierenden Lektüre widmete, hatte Glander einen Anruf von Frau Kruse aus dem Bürgeramt Schöneberg erhalten. Sie hatte ihn gebeten, sie vor dem Rathaus zu treffen, sie habe da etwas für ihn. Am Telefon oder in ihrem Büro sei es eher ungünstig. Sich die Beine etwas zu vertreten war auch bei dem ungemütlichen Novemberwetter keine schlechte Idee, also lief Glander die Belziger Straße hinunter und überquerte die Martin-Luther-Straße. Er ließ das Rathaus zu seiner Rechten liegen und betrat über die Freiherr-vom-Stein-Straße den Rudolph-Wilde-Park. Frau Kruse wollte ihn am Goldenen Hirsch treffen, der knapp neun Meter hohen Säule, auf dem stolz das Wappentier des ehemaligen Berliner Bezirks Schöneberg stand.

Während Glander wartete, ließ er seinen Blick über die kurparkähnliche Anlage schweifen: Nicht weit entfernt lag die Carl-Zuckmayer-Brücke, unter der sich der U-Bahnhof Schöneberg befand, dahinter der sogenannte Ententeich. Anfang des zwanzigsten Jahrhunderts hatte der Bürgermeister der damals noch selbstständigen Stadt Schöneberg, Rudolph Wilde, den Bau des Rathauses in Auftrag gegeben. Die Grundsteinlegung im Jahre 1911 hatte er nicht mehr erlebt, er war 1910 gestorben, doch ihm zu Ehren hatte der Platz vor dem Rathaus seinen Namen erhalten. Als dieser Platz im Jahr 1963 in John-F.-Kennedy-Platz umbenannt wurde, hatte man dem angrenzenden Stadtpark Schöneberg den Namen des Berliner Politikers gegeben. Wann immer Glander joggen gegangen war, da er noch in Schöneberg gewohnt hatte, war er durch den Stadtpark gelaufen, der sich vom Rathaus über die Bundesallee bis zum Volkspark Wilmersdorf erstreckte.

Glander wusste Hilfe vonseiten der Behörden zu schätzen, besonders wenn dabei Papierkram und Vorschriften umgangen werden konnten wie in diesem Fall. Die blonde Sachbearbeiterin strahlte ihn an, als sie die Treppe zum Park herunterkam. »Es hat mir keine Ruhe gelassen, Herr Glander. Wir vom Meldeamt mögen es nicht, wenn einer so gar nicht mehr zu finden ist und alles so einfach ins Leere zu gehen scheint.«

»Da bin ich Ihnen sehr dankbar, Frau Kruse, und ich bin sehr gespannt, was Sie in Erfahrung bringen konnten.«

Nicht ohne Stolz präsentierte sie ihm einen Ausdruck. »Ich hatte Ihnen ja schon gesagt, dass die letzte Meldeadresse von Holger Ottmar Alexander Lehmann – das ist laut Geburtsurkunde sein vollständiger Name – am Ostpreußendamm war. Danach hat er sich nirgendwo mehr neu gemeldet, obwohl das eigentlich gesetzlich vorgeschrieben ist. Er könnte Berlin verlassen haben, aber es liegen auch keine Benachrichtigungen aus dem Bundesgebiet vor, und die hätten wir erhalten, wenn er dort einen neuen Wohnsitz genommen hätte. Es hätte behördlich vermerkt sein müssen, wenn er umgezogen wäre. Ich habe mir also gedacht, er muss irgendwo zur Untermiete gewohnt oder vielleicht in einem der besetzten Häuser in Kreuzberg gelebt haben, das war ja damals ein großes Thema. Aber dann überlegte ich: Was, wenn er ausgewandert ist? Ich habe auf Amerika getippt und einen Treffer gelandet: Holger Alexander Lehmann beantragte einen Reisepass, nachdem er eine Greencard gewonnen hatte. Vielleicht erinnern Sie sich an diese Verlosungsaktionen? Früher gab es so viele Leute, die ganz heiß auf eine Greencard waren und nach Amerika wollten, dem Land der unbegrenzten Möglichkeiten. Ich hatte in den Achtzigern eine Freundin ...«

Glanders Blick musste Bände sprechen. Wenn Holger Lehmann in Amerika lebte, würde es ziemlich lange dauern, ihn zu finden. Frau Kruse schüttelte energisch den Kopf. »Nee, Herr Glander, keine Sorge, er ist ja nicht mehr in Amerika. Holger Lehmann ist seit vier Jahren regelmäßiger Gastdozent an der Freien Universität Berlin, seit diesem Semesterbeginn hat er seinen festen Wohnsitz in Berlin. Er hat drüben geheiratet und den Nachnamen seiner Frau angenommen, deshalb war die Suche nicht so einfach. Hier, ich habe Ihnen alles ausgedruckt und mitgebracht, was ich gefunden habe. Professor Sander Novak, in Amerika hat er die dort gängige Kurzform von Alexander als Vornamen gewählt, wohnt in Schmargendorf. Na, ist das was?«

Glander musste einen Moment überlegen, woher er den Namen kannte. Ihre Suche nach dem verschollenen Bruder der Damen Lehmann hatten sie damit wohl erfolgreich beendet und das sogar erheblich schneller als erwartet. Glander bedankte sich aufrichtig bei Frau Kruse, die sich weigerte, einen kleinen Obolus für ihre Mühe entgegenzunehmen. In Gedanken versunken, lief er zurück zur Agentur.

*

Hauptkommissar Rolf Prinz rührte in seiner Charlottenburger Zweizimmerwohnung lustlos in einem Topf auf seinem Herd herum, um sich wie jeden Mittwochabend eine Dose Ravioli aufzuwärmen. In der Keithstraße gab es keine Kantine, und er ernährte sich hauptsächlich von Döner, Currywurst oder Asianudelgerichten. Der nahegelegene Wittenbergplatz bot dafür eine veritable Auswahl an Imbissbuden.

Noch zwei Jahre, dann wäre er aus dem Schneider. Prinz war sich darüber im Klaren, dass er sich jeden Tag seines beruflichen Daseins auf hauchdünnem Eis bewegte. Er nahm die Blicke seiner Kollegen wie auch seiner Untergebenen durchaus wahr, und er hätte lügen müssen, hätte er behauptet, dass sie ihm behagten. Das schlechte Gefühl, das dadurch wie eine Art von Körpergeruch an ihm haftete, kompensierte er mit seiner ausgesprochen kotzbrockigen Art. Die meisten seiner Kollegen machten einen weiten Bogen um ihn, allein dieser Krabbenpuler Glander hatte ihm jahrelang Unbequemlichkeiten bereitet. Prinz leerte die kleine Plastikflasche Bier der nahegelegenen Supermarktkette und holte sich eine neue aus dem Kühlschrank. Und dann war das Nordlicht plötzlich weg vom Fenster gewesen. Dachte wohl, er sei Allan Pinkerton höchstselbst. Der war vor der Gründung seiner Agentur Bezirkssheriff von Chicago gewesen. Prinz war dieses Detektivgetue gleich suspekt gewesen. Man verzichtete doch nicht auf die sichere Pension, um sich als Müllwühler und Schmierenfotograf in Scheidungsangelegenheiten zu verdingen. Und dass die Celik da mitmachte, war das Allerletzte. Fellner machte seine Sache gut, ohne Frage, aber Prinz war die Zusammenarbeit mit der Celik gewohnt gewesen, und er hasste Veränderungen. Noch zwei Jahre, dann hätte er genug gespart, um sich eine kleine Finca leisten zu können. Noch zwei Jahre musste er sich die Geier und die Dienstaufsichtsbehörde vom Hals halten.

Gerade, da die Fertigpasta im Topf zu blubbern begann, klingelte es an seiner Wohnungstür. Rolf Prinz staunte nicht schlecht, als er sich dem Objekt seines Grimms gegenübersah. Er gab sich keine Mühe, seinen Unmut zu verbergen, und pampte drauflos. »Glander? Was wollen Sie denn hier? Woher wissen Sie überhaupt, wo ich wohne?«

Glander bereute seine Entscheidung, persönlich mit Prinz zu sprechen, auf der Stelle, aber er wusste, dass er ihrem Fall den größtmöglichen Nachdruck verleihen musste. Nach dem kuriosen Ergebnis bei der Suche nach Holger Lehmann hatte er Merve gebeten, in die Agentur zu kommen. Dort hatte sie ihm die Ergebnisse ihrer Recherchen mitgeteilt, und sie hatten ein paar Stunden Fakten ausgewertet und ihre Optionen betrachtet, bis sie diese Entscheidung getroffen hatten. Die Sache war eine ganze Nummer zu groß für sie. Prinz war der leitende Ermittler im Fall Annie Lehmann, und sie waren sich sicher, dass ihr Mord mit anderen in Verbindung stand und auch Julia Wallaces Verschwinden Teil des großen Ganzen war. Glander würde also die Kröte schlucken und Prinz ihr Anliegen vortragen. »Prinz, ich bin auch nicht gerne hier, aber es ist dringend. Wir haben etwas herausgefunden, das Sie wissen sollten.«

»Und das hat nicht Zeit bis morgen im Büro? Meine

Güte, Glander, Sie haben einen echten Hang zur Melodramatik. Sie hätten mich doch auch anrufen können. Hatten wohl Sehnsucht, was?« Sein Lachen klang wie das einer Hyäne.

Glander knirschte mit den Zähnen. »Kann ich reinkommen, oder wollen Sie das hier im Hausflur besprechen?«

Prinz rollte mit den Augen und trat zur Seite, um Glander einzulassen. Dann ging er an ihm vorbei und führte ihn in sein Wohnzimmer. Er selbst setzte sich in einen großen, alten Ohrensessel, dessen Kopfteil so abgenutzt war, dass es bereits glänzte, und offerierte Glander das Sofa. Der war froh, eine seiner älteren Cargohosen zu tragen, denn auch Prinz' Sofa hatte wie dessen Anzüge seine besten Zeiten schon länger hinter sich. Der Grund für Glanders robusten Kleidungsstil, vor allem, was das Schuhwerk betraf, lag in erster Linie an der Unwegsamkeit vieler Tatorte, zu denen er gerufen wurde. Niemand wusste, was einem dort begegnete. Glander hatte sich schon in einem Abrisshaus, in einem morastigen Waldstück, auf dem Gelände eines Schrotthandels und in total vermüllten Wohnungen wiedergefunden, sodass seine Caterpillar Boots und strapazierfähige Outdoor-Bekleidung für ihn unverzichtbar geworden waren. Auf eine Verfolgungsjagd per pedes hatte er sich, ganz entgegen den gängigen Bildern im Fernsehen, noch nie begeben müssen. Allerdings hatte er schon den einen oder anderen Kampf mit einem Tatverdächtigen ausgefochten, und auch dabei war ihm die eher locker sitzende Kleidung, die er bevorzugte, zugutegekommen. Seit er seine eigene Agentur führte, musste er zwar nicht mehr ad hoc zu einem Tatort aufbrechen, dennoch hatte er den alten Kleidungsstil beibehalten, da er ohnehin seinem Geschmack entsprach. Hätte er Anzüge in seinem Beruf tragen wollen, wäre er Banker geworden.

Rolf Prinz, stellte Glander fest, als er sich im Wohnzimmer des Mannes umsah, wohnte, wie er sich kleidete: unordentlich und nachlässig. Aber da er bei ihm keine Folge von *Zu Hause im Glück* drehen wollte, sondern ein ernstes Anliegen hatte, ignorierte er die Umgebung und unterdrückte seine ewige Abneigung gegenüber dem Mann vor ihm.

»Zuallererst müssen Sie mir zusagen, diese Informationen vertraulich zu behandeln. Niemand darf wissen, dass Sie die von uns haben.«

Prinz legte den Kopf schief. Er war von Natur aus misstrauisch, also witterte er eine List gegen sich und nickte vorsichtig. Wenn es den Ermittlungen dienlich war, was der verhasste Exkollege ihm mitzuteilen hatte, und er sich mit dessen Federn schmücken konnte – nur zu! Mit einer großzügigen Geste bedeutete er Glander fortzufahren.

»Frau Celik ist auf eine Reihe ähnlicher Fälle gestoßen. Ich mache es kurz: Sie vermutet, dass die Ermordung Annie Lehmanns der Auftakt zu einer Serie von Frauenmorden ist, die bis in die heutige Zeit reicht. Alle Opfer ähneln Frau Lehmann im Aussehen. Frau Celik hat vier Todesfälle und über zwanzig Vermisstenmeldungen gefunden, die ins Schema passen. Es könnte sich um einen Einzeltäter handeln, der jetzt in seinen mittleren bis späten Sechzigern sein muss, oder unter

Umständen auch um ein Tätergespann, Vater und Sohn oder Mentor und Schüler. Das ist ein Jahrhundertfall, Prinz, und wir bekommen ihn nicht alleine gestemmt! Wir sind uns sehr sicher, dass der Mörder von Annie Lehmann auch Julia Wallace hat. Ihr Verschwinden macht eine flächendeckende Großfahndung nötig. Der Zeitfaktor spielt dabei eine ganz wesentliche Rolle.«

Glander hatte keinen Dank erwartet, der Kollege brauchte in der Regel auch etwas länger, um Zusammenhänge zu überblicken, und so überraschte ihn Prinz' Reaktion. Der brach nach einem kurzen Augenblick in schallendes Gelächter aus. Dann hörte er jäh auf zu lachen und sah Glander zornig an. »Haben Sie den Verstand verloren, Glander? Glauben Sie im Ernst, dass ich auf so etwas hereinfalle? Sie sind doch nicht ganz sauber, Mann! Das hätten wir doch mitbekommen, wenn hier einer schon so lange Frauen abmurkst. Wenn Sie glauben, dass ich damit zu Brachnik gehe, eine Alarmfahndung mit Ring 50 oder gar eine Öffentlichkeitsfahndung anordne, mehr Leute anfordere und mich damit zum Affen mache, sind Sie auf dem Holzweg! Da müssen Sie sich einen anderen Dummen suchen!«

Glander war einmal mehr dankbar für die tief verinnerlichten Verhörtechniken, von denen eine grundlegende darin bestand, sich nicht aus der Reserve locken zu lassen. Er hob beschwichtigend beide Hände. »Prinz, ich weiß, wie sich das anhören muss. Wir beide haben immer unsere Differenzen gehabt. Ich säße aber jetzt nicht hier, wenn die Sache nicht wirklich ernst wäre. Es ist doch kein Zufall, dass die neue Besitzerin des Hauses, in dem das Skelett von Annie Lehmann gefunden wurde, verschwunden ist. Den beiden Damen Lehmann nach ...«

Rolf Prinz sprang mit einer Agilität aus dem Ohrensessel auf, die ihm Glander gar nicht zugetraut hatte. »Ersparen Sie mir diesen Blödsinn, Glander! Ich habe die Mitteilung wohl erhalten. Jaja, ich weiß, diese Frau Wallace – wieso nimmt man eigentlich so einen Namen an? – soll angeblich Opfer eines Entführungsdeliktes geworden sein. Oder Schlimmeres soll mit ihr passiert sein, wenn man den Ausführungen Ihrer Partnerin Glauben schenken darf.« Das Wort Partnerin spuckte er Glander förmlich vor die Füße. »So wie sich mir die Sache darstellt, ist die Frau einfach überfordert und pappsatt von der Doppelbelastung. Schauen Sie sich den Mann doch an! So ein Schlappschwanz! Bleibt daheim mit einem Kind, um seinem Hobby nachzugehen. Ich bitte Sie, ein Musiker! Kein Wunder, dass die arme Frau da durchgedreht ist und mal ein paar Tage für sich braucht. Kann man doch verstehen. Das gleich zur Anzeige zu bringen ist schon happig. Und erst das arme Kind. Wenn jedes Mal die Polizei gerufen wird, wenn die beiden eine Ehekrise haben – na, schönen guten Abend, kann ich da nur sagen! So läuft das in Mischehen, manche Rassen passen eben nicht zusammen, das ist doch hinlänglich bekannt. Und jetzt würde ich gerne mein Abendbrot essen, wenn Sie nichts dagegen haben. Sie wissen ja, wo die Tür ist.«

Glander war überrascht, dass er tatsächlich noch über etwas staunte, das Prinz von sich gab. Hatte er tatsächlich »Mischehen« gesagt? Mischehen war ein Begriff, der im Nationalsozialismus geprägt worden war. In Glanders Umfeld benutzte ihn niemand. Er hatte schon vor dem Sommer etwas läuten hören von der bestenfalls als reaktionär zu bezeichnenden Haltung von Kriminalhauptkommissar Prinz, hatte das aber stets als Übertreibung abgetan. Auch den Hinweis eines guten Bekannten aus dem LKA 5, dem Staatsschutz, der Prinz bei einem Treffen einer neuen, als völkisch-national einzustufenden Gruppierung gesehen haben wollte, die dabei war, eine neue Partei rechts der Mitte zu gründen, hatte er nicht ernst genommen. Niemand mochte den Kollegen, und da wurde dem schnell alles mögliche Unschöne angedichtet. Dieser kleine Vortrag ließ jedoch kaum Zweifel am Gedankengut des Mordkommissionsleiters.

Glander und Merve hatten vermutet, dass der Versuch, Prinz ins Boot zu holen, erfolglos sein würde. Versuchen mussten sie es dennoch. Ihnen war klar, dass so ein großer Fall dem unfähigen Ermittler größte Angst einflößte. Prinz hatte gar keine Chance, sich nicht zu blamieren bei einem Fall von diesem Ausmaß. Nun, Glander hatte es im Guten versucht und sich nichts weiter vorzuwerfen, wenn er Kriminaloberrat Brachnik, seinen ehemaligen Vorgesetzten und früheren Mentor, informierte. Der, dessen war er sich gewiss, würde nicht zögern und die LKA-Führungsriege zusammentrommeln, um die Mühlen in Gang zu setzen. Denn nur eine Öffentlichkeitsfahndung nach Julia Wallace würde eine reelle Chance bieten, sie lebend zu finden.

In zwanzig Jahren LKA hatte Glander genug Erfahrung gesammelt, um zu wissen, wann er seinem Bauchgefühl vertrauen musste und wann dieses auf einen zu sauren Hering zurückzuführen war. In zwanzig Jahren LKA hatte er auch genug Erfahrung gesammelt, um zu wissen, wann jemand brisante Informationen über ein hohes Tier im Berliner LKA oder möglicherweise sogar in der Senatsverwaltung für Inneres haben musste und dass es deshalb sinnlos war, sich ihm unvorbereitet entgegenzustellen. Glander schnaufte resigniert und stand auf. »Fürs Protokoll: Ich habe es Ihnen zuerst gesagt. Richten Sie Ihren purpurnen Wutausbruch also nicht gegen mich, wenn Ihnen dieser Fall um die Ohren fliegt. Ich finde alleine hinaus.«

Nachdem die Tür hinter Glander zugeschlagen war, schaute Rolf Prinz mit knurrendem Magen in den Kochtopf: Seine Dosenpasta war angebrannt.

*

Als Glander eine gute halbe Stunde später in seinem neuen Zuhause eintraf, stieß er auf ein rührendes Szenario. Lea, Merve und Ryan Wallace saßen im Wintergarten, der kleine Danny lag in der herausnehmbaren Babywanne seines Kinderwagens auf dem Sofa. Ryan spielte ein Lied auf der Gitarre, ein Schlaflied für seinen Sohn. Es war das erste Mal, dass Glander ihn spielen hörte. Ryan hatte eine kehlige Stimme und sang ein Lied, das Glander wiedererkannte. Es war auf einem Album von Paul Weller, das Lea besaß. Die hatte ihre Augen geschlossen, während sie zuhörte. *»Bright is the colour of my true love's hair. Her lips are like red roses fair.«*

Glander blieb im Flur stehen, um dieses kleine Idyll nicht zu stören. Er kannte den Text dieses ursprünglich schottischen Folksongs, weil Lea ihm diesen vor einer Weile einmal erklärt hatte. Damals hatte sie sich über eine Version des Liedes auf Youtube aufgeregt, die es als irisch ausgab. Der Hinweis im Text auf den Clyde, den drittlängsten Fluss Schottlands, an dessen Ufern Glasgow lag, wies die alte Ballade aber eindeutig als schottisch aus. Die leicht veränderte Version – im Original hatte die Besungene schwarzes Haar –, die Ryan Wallace nun als Hommage an die Mutter des kleinen rothaarigen Halbschotten vortrug, rührte Glander zutiefst.

Diese Rührung hielt jedoch nicht lange an. Trotz allem Mitgefühl für Ryan Wallace – sie hatten bislang nicht ausschließen können, dass er womöglich selbst etwas mit dem Verschwinden seiner Frau zu tun haben könnte. Sie kannten nur die von ihm geschilderte Version des Ablaufs des Dienstagmorgens. Lea hatte ein großes, gutes Herz, sie hatte keinen Moment gezögert, Ryan und Danny aufzunehmen. Für Glander war das nicht so einfach. Ihm bereitete die Nähe zu »Fallbeteiligten« erhebliche Mühe – er mochte den Begriff nicht, aber Angehörige waren nun einmal an einem Fall Beteiligte. Glander kannte Ryan Wallace nicht. Er wusste nichts über die Beziehung zwischen ihm und seiner Frau, und niemand wusste etwas über die Vorgeschichte des Paars. Sie wussten nur das, was ihnen Ryan Wallace selbst erzählt hatte. Der wäre nicht der erste Ehemann gewesen, der sich seiner erheblich besser verdienenden Frau entledigen und ihre Lebensversicherung kassieren wollte. Der Skelettfund in ihrem Haus könnte ihm eine Steilvorlage geboten haben. Merve hatte ohne große Mühe herausgefunden, dass es eine hohe Versicherungspolice auf Julia Wallace gab. Ihr Mann erhielt im Todesfall eine satte Million Euro.

Merve saß in einem der ausladenden Sessel im Wintergarten, die Arme vor sich verschränkt, und zog die rechte Augenbraue hoch, als ihr Blick den von Glander traf. Er ließ es sich nicht anmerken, aber er wusste ganz genau, dass sie sich ähnliche Gedanken machte. Solche Überlegungen waren Dritten nur schwer zu vermitteln. Nein, er sah nicht in jedem Menschen einen möglichen Mörder, aber er machte sich eben auch nichts vor – der Mensch war in den allermeisten Fällen des Menschen Wolf. Das war die Krux, die ihre Arbeit mit sich brachte. Bei allem Schönen, das ihnen begegnen mochte, verlieh ihnen ihre jahrelange Erfahrung stets auch ein Gefühl für das Schreckliche, das allem zugrunde liegen konnte. Glander schüttelte ganz leicht den Kopf in Merves Richtung, woraufhin sie lächelte und nickte. Er war einmal mehr angetan von der stillen Kommunikation, die sie beide beherrschten. Glander maßte sich keineswegs an, seine Kollegin wie ein Buch lesen zu können. Als Merve ihm aber vor ein paar Jahren innerhalb einer Ermittlung zugeteilt worden war, hatte er es sofort erkannt, eben weil es so selten war: Sie beide tickten auf eine so kongeniale Art und Weise, wie man es sonst nur aus Drehbüchern für Kino oder Fernsehen kannte.

Er bemerkte, dass Lea ihre Augen geöffnet hatte und ihn fragend ansah. Ihrem Kopfschütteln nach zu urteilen schien auch sie seine Gedanken lesen zu können. Sie erhob sich, und als sie an ihm vorbei in die Küche ging, sagte sie kaum hörbar zu ihm: »Niemals! Er hat ihr nichts getan.«

Merve hatte Leas Reaktion mitbekommen und verzog mit einem Blick auf Glander das Gesicht. Was hatte er denn falsch gemacht? Vor Jahrzehnten hatte er sich eingestehen müssen, in den meisten Fällen keine Ahnung zu haben, was in Frauen vorging und warum. Seine Schwester hatte Freunde gehabt, die er gerne windelweich geprügelt hätte, weil sie ihr so viel Kummer bereitet hatten. Er hatte nicht verstanden, warum sie so traurig war, wenn einer dieser Loser sie sitzenließ. Dann hatte seine erste Freundin zeternd vor ihm gestanden und ihm Dinge vorgeworfen, die er gar nicht nachvollziehen konnte. Seiner Meinung nach hatte er ihr lediglich ehrlich gesagt, dass ihm seine Ausbildung sehr wichtig und seine Zeit für sie daher begrenzt sei. Sie war wohl der Meinung gewesen, dass diese Ausbildung nicht wichtiger sein durfte als ihre Beziehung, was ihn wiederum an ihr insgesamt hatte zweifeln lassen. Und dieses Drama mit den Frauen schien sich bis heute endlos zu wiederholen. Die Dinge liefen am Anfang wunderbar, doch nach einer gewissen Zeit versuchten seine Partnerinnen die Spielregeln zu ändern und ihn zu formen, damit er besser in ihr Leben passte. Er war sich regelmäßig vorgekommen wie ein Dekostück, das hierhin und dorthin geschoben wurde, um auszutesten, wo es am besten zur Geltung käme. Keine seiner Freundinnen war je auf die Idee gekommen, sich selbst zu verändern, um besser zu ihm zu passen, geschweige denn abzuwägen, ob sie sich mit dem, was nicht so gut passte, arrangieren konnte, damit sich keiner von beiden verbiegen musste. Den meisten seiner Freunde ging es ebenso, das wusste er.

Glander hatte über die Jahre gelernt, die Zeichen zu deuten und rechtzeitig die Reißleine zu ziehen, bevor das große Heulen begann. Seine letzte Beziehung, von der er sich einiges versprochen hatte, denn es war sehr lange sehr gut gelaufen zwischen ihnen, hatte ein dramatisches Ende gefunden. Er hatte zufällig herausgefunden, dass seine Freundin eine Affäre mit seinem besten Freund und Kollegen hatte. Sein Vertrauen in Frauen war dadurch nicht unbedingt gefestigt worden, und er hatte nicht vorgehabt, sich so bald wieder auf jemand Neues einzulassen. Angesichts der Tatsache, dass er seine Schöneberger Wohnung gekündigt hatte und nun in Lichterfelde Süd gemeldet war, musste er sich eingestehen, dass sein Vorsatz nicht lange gehalten hatte.

Er folgte Lea in die Küche und senkte seine Stimme, damit man ihn im Wohnzimmer nicht hören konnte. »Lea, ich kann verstehen, dass du so denkst, aber du musst auch verstehen, dass wir Ryan noch nicht als Täter ausschließen können. Glaube mir, ich hoffe sehr, dass er nichts damit zu tun hat, aber ...«

»Aber was?«, zischte sie ihm zu. »Martin, ich sitze hier seit Stunden und lese Dinge über vermisste junge blonde Frauen, die ich allesamt nie wissen wollte. Vor mir hat sich ein Abyssus aufgetan, in den ich nun nach Belieben blicken kann und sicherlich werde, auch wenn ich das gar nicht möchte. Verzeih mir also, wenn ich nicht auch noch darüber nachdenken möchte, ob Ryan

Wallace, der da gerade mit seiner Kunst seine Seele vor uns offenlegt, seine Frau ermordet haben könnte.« Lea hielt inne, ihre Augen weiteten sich. »*Sweet fuckin' Jesus!* Ich glaube, ich hab da was!«

Sie fluchte gerne und oft, ließ aber in der Regel Gott und Jesus außen vor, also musste sie auf etwas Wichtiges gestoßen sein. Glander folgte ihr zurück ins Wohnzimmer. Merve stand automatisch auf, als sie die Mienen der beiden sah, und Ryan Wallace legte seine Gitarre beiseite. Er wandte sich auf Englisch an Lea und fragte sie, ob es Neuigkeiten gebe. Sie hob ihre Hand und bat ihn, ihr einen Moment Zeit zu lassen. Dann nahm sie einen Stift zur Hand und kreiste einzelne Stellen auf verschiedenen Seiten der Vermisstenanzeigen ein, die sie ausgedruckt hatte.

Merve setzte sich neben sie und griff sich die markierten Blätter. Sie schaute zu Lea, wieder auf die Bögen und dann Glander an. »Sie hat die Verbindung gefunden! Hier seht selbst, es ist eindeutig, wenn man alles so gut aufbereitet vor sich sieht.«

Merve breitete die Seiten vor Glander aus. Ryan Wallace schaute ihm über die Schulter. Lea war weitere Bögen durchgegangen, Querlesen nach bestimmten Schlagwörtern fiel ihr leicht. Glander wusste, dass sie für ihren Beruf als Simultandolmetscherin in der Lage sein musste, Texte möglichst schnell zu erfassen. Während ihm dämmerte, auf welche Information Lea gestoßen war, erklärte sie das Ganze Ryan Wallace. »Alle Frauen, die vermisst werden, hatten nicht-deutsche Partner oder Ehemänner, hauptsächlich schwarze oder türkische. Einige der Frauen waren Prostituierte, die in

Lokalitäten arbeiteten, in die ausschließlich Soldaten der ehemaligen Besatzungsmächte gingen, und zwar überwiegend schwarze GIs«, sagte sie schließlich.

Glander fügte hinzu: »Der Tote neben Annie Lehmann war ein Italiener, er konnte identifiziert werden, ein junger Mann aus Genua. Mitte der Sechziger waren die sogenannten Gastarbeiter nicht gut gelitten in Deutschland. Wenn ich mich recht erinnere, wurde das erste Anwerbeabkommen mit Italien geschlossen, und die neuen Arbeitskräfte waren Mitte der Fünfziger nach Deutschland gekommen. Das waren hauptsächlich junge Männer, die dann in Barackenunterkünften untergebracht wurden, was vielen Menschen in ihrer Nachbarschaft nicht behagte. Geplant war ein Rotationsprinzip, nach einigen Jahren sollten die Arbeiter durch neue ersetzt werden. Viele Betriebe wollten sie aber über die eigentlich vereinbarte Zeit hinaus behalten, sodass eine große Anzahl von ihnen erheblich länger im Land blieb als geplant und sie ihre Familien nachholten. Damals brauchte das Land dringend Arbeitskräfte, besonders in Berlin war nach dem Mauerbau 1961 Not am Mann. Abkommen mit Spanien, Portugal und der Türkei folgten in den Sechzigerjahren. Und ich meine, der Ausländeranteil in der Bundesrepublik vervierfachte sich in dieser Zeit.«

Merve machte eine abfällige Geste und nahm den Faden auf. »Die Hysterie war die gleiche wie Anfang der Neunziger. Die Zahlen waren vergleichsweise niedrig. Damals waren es keine fünf Prozent der Bevölkerung, heute haben in Berlin fast zwanzig Prozent der Einwohner einen Migrationshintergrund – du gehörst übrigens dazu, Lea, mit einem Schotten als Vater –, aber damals empfand man das schon als problematisch. Die nachgeholten Familien drängten auf den preiswerten Wohnungsmarkt, es gab Reibereien zwischen den Kulturen, und beileibe nicht überall wurde so friedfertig und multikulti wie in meinem Kreuzberg zusammengelebt.«

Lea stand auf und ging an ihr Sideboard. Sie schaute fragend in die Runde, und als alle nickten, griff sie sich einen Edradour und vier Gläser und kehrte zum Esstisch zurück. »Aber was hat Professor Novak mit dieser Sache zu tun – wenn er überhaupt etwas mit der ganzen Geschichte zu tun hat?«

Lea hatte nicht schlecht gestaunt, als Merve ihr mitgeteilt hatte, dass ihr hormonell übersteuerter Professor der vermisste kleine Bruder ihrer Nachbarinnen war.

Merve leerte ihren Malt in einem Zug, bevor sie antwortete: »Da brauche ich noch ein bisschen Zeit. Ich hatte heute alle Hände voll zu tun mit Julias Handy und diesen Suchabfragen. Das Handy ist nicht auszumachen, es muss zerstört worden sein. Ich konnte auf die Schnelle nichts Ungewöhnliches über den Professor finden, abgesehen von seiner Vita. Die weist zwischen den Jahren 1976 und 1980 eine erhebliche Lücke auf, bis er in die USA ausreiste. Dann verliert sich seine Spur wieder, bis er 1985 sein Studium begann. Aber was hat er in den Jahren davor gemacht? Er hat nach seinem Abschluss einige Jahre in einem Krankenhaus gearbeitet und sich dann mit Anfang dreißig selbstständig gemacht. Wie konnte er sich das leisten? Seine Frau ähnelt Annie und Julia übrigens ebenfalls sehr stark. Wie hätte er Julia überhaupt kennenlernen können? Dem müssen wir unbedingt nachgehen.«

»Das kann ich vielleicht machen, er scheint ja was für mich übrigzuhaben«, warf Lea scherzend ein.

Glander kniff die Augen zusammen, der Gedanke sagte ihm überhaupt nicht zu.

Merve fuhr fort: »Meine Toten passen alle ins Schema. Wir haben es mit einem besessenen Arsch zu tun, der es auf blonde deutsche Frauen abgesehen hat, die sich nichtdeutschen Männern zuwenden. Vermutlich bestraft er sie für diese ›Verfehlung‹.«

Ryan Wallace stieß einen sehr derben Fluch aus. Er schaute kurz in Richtung seines schlafenden Kindes, doch Danny rührte sich nicht. »Wir hatten gleich am zweiten Tag nach unserem Einzug einen *hate letter* im Briefkasten. Ich habe ihn Julia nicht gezeigt, weil ich so was prinzipiell ignoriere.« Er schaute Merve an. »Du wirst wissen, was ich meine, oder?«

Merve nickte. »Ja, leider. Und meine Schwester leider auch. Sie hat drei Hassbriefe in den letzten vier Wochen erhalten. Aber sie hat mir erst am Sonntag davon erzählt, als sie den letzten erhielt, in dem man ihren Töchtern droht. Ich hab das in diesem ganzen Chaos total verdrängt. Ich war zwar stinksauer, aber man lernt, mit so etwas umzugehen. Es passiert immer wieder mal, dass dir einer dumm kommt, also machst du keine große Sache draus, sonst wirst du gar nicht mehr froh in deinem Leben. Ich dachte, der Typ wird schon nicht von hier verschwinden und dass ich mich um ihn kümmere, wenn wir unseren Fall abgeschlossen haben – unsere Fälle, sollte ich wohl besser sagen.«

Lea horchte auf. »Du weißt, wer die Hassbriefe an deine Schwester geschrieben hat?«

Merve lachte laut. »Aber sicher! Ich habe seine Fingerabdrücke vom Brief und vom Briefkasten abnehmen können. Die Pissnelke wird sich gewaltig umgucken. Ich war mir nur noch nicht sicher, wie ich es am besten anstelle, ihn voll ins Messer laufen zu lassen.«

»Merve, was meinst du damit: Er wird schon nicht von hier verschwinden? Ist es ein Nachbar? Wer ist es?«

»Kurt Dietrich.«

In dem Moment, als sie den Namen laut aussprach, fiel der Groschen bei Merve. Sie schlug sich die Hand vor die Stirn. »Das ist einer der jungen Männer von damals!«

Danny begann zu weinen. Ryan ging zu ihm, hob ihn aus der Sofakuhle und murmelte beruhigende Worte. Er schaute die anderen entschuldigend an und ging nach oben, um dem Baby die Windel zu wechseln.

Lea lief vor den Fenstern ihres Wintergartens auf und ab. Talisker hatte sich von seinem Lager erhoben und folgte den Bewegungen seines Frauchens mit den Augen. Ihre Anspannung übertrug sich auf ihn. »Kurt Dietrich wohnt in seinem Elternhaus. Ich hab ihn vor ein paar Tagen erst hier in der Straße gesehen. Das muss am Sonntag gewesen sein, ganz sicher bin ich mir aber nicht. Sein Vater ist vor Jahren gestorben, seine Mutter lebt in einem Pflegeheim. Als ich bei Michalke war, erwähnte der etwas über die Schwester: dass die es gar nicht hätte erwarten können, von zu Hause fortzukommen und dass sie seitdem auch nicht wieder hier gewesen sei.«

Glander wechselte einen kurzen Blick mit Merve. »Du bleibst hier!«, sagte er knapp zu Lea und ging dann nach oben.

Als Glander die Treppe wieder herunterkam, lud er seine Waffe durch. Der Laut, den das Doppelmagazin machte, als die erste Patrone in den Lauf geschoben wurde, ließ es Lea eiskalt den Rücken herunterlaufen. Nachdem Glander und Merve zur Haustür hinaus waren, stand sie immer noch wie angewurzelt auf demselben Fleck vor ihrer Terrassentür. *»Please be careful!«*, flüsterte sie den beiden hinterher.

Talisker kam zu ihr, und Lea streichelte unwillkürlich den Kopf ihres Hundes.

»Wer soll sich vorsehen?«, fragte Ryan Wallace, als er mit seinem frischgewickelten, fröhlich glucksenden Sohn wieder ins Wohnzimmer trat.

Lea bat ihn sich zu setzen und erklärte ihm, was los war.

23

Januar 1965

Ernst Lehmann ist nervös. Er zieht seit einer halben Stunde den kleinen Holger hinter sich her und findet seine Frau nicht. Sie wollte doch bloß mit dem Hund raus. Warum dauert das so lange? Kurz nachdem sie losgegangen war, fing das Kind an zu weinen. Ernst konnte seinen Sohn nicht beruhigen, deshalb hat er sich aufgemacht, um sie zu suchen. Sie wird nicht so weit gegangen sein, denkt er sich, es dämmert bereits.

Er steht am Ende des Ostpreußendamms, an der Ecke zur Schwelmer Straße. Sein Blick fällt auf das große Schild schräg gegenüber, auf dem in den drei Sprachen der vier Besatzungsmächte und in der letzten Zeile auch in Deutsch darauf hingewiesen wird, dass man den amerikanischen Sektor verlasse. Der Anblick der Grenzanlagen ärgert ihn jedes Mal, wenn er sie sieht, etwa wenn er in seinem Haus aus einem der Fenster im oberen Stockwerk auf den Mauerstreifen schaut. Nachts jaulen die Schäferhunde, die das Gelände bewachen. Die verdammten Kommunisten! Sein Vater hatte wie immer recht, die Bolschewiken würden der Feind bleiben. Und die Sozen erst! Sollten die doch alle rübermachen, wenn sie den real existierenden Sozialismus so knorke fanden. Bauen die einfach eine Mauer und haben dann auch noch die Chuzpe, die als antifaschistischen Schutzwall zu bezeichnen! Als würde auch nur ein Westler auf die Idee kommen, freiwillig in den Osten zu gehen. Na gut, einige linke Spinner hatten das tatsächlich getan, aber das waren nur wenige.

Es geht einem doch erheblich besser hier im Westen, denkt sich Ernst Lehmann und reibt die Hände in den Wollhandschuhen aneinander, auch wenn er selbst ordentlich schuften muss, um das Häuschen abzubezahlen. Zwar war sein Vater auch acht Jahre nach ihrer Hochzeit noch nicht mit Annie einverstanden, aber er hatte Ernst ohne großes Wenn und Aber das Geld für die Anzahlung auf das Haus zur Verfügung gestellt. Eigentum, so sein Vater, sei eine gute Altersvorsorge. Ernst weiß, dass sein Vater darauf spekuliert, dass er im hohen Alter bei ihnen wohnen und von Annie versorgt werden wird. Er hofft, dass Annie sich dessen nicht bewusst ist. Ihm entgeht trotz all ihrer Bemühungen nicht, wie unangenehm ihr die Gegenwart seines Vaters ist.

Erneut schüttelt er den Kopf über ihre unfassbare Behauptung. Ottmar Lehmann ist hart wie Kruppstahl, das war er immer schon, aber dass er einer Frau, noch dazu der Frau seines Sohnes, so etwas angetan hat, das kann und will Ernst nicht glauben.

Er läuft bis zur Bergstraße. Zwei Freunde von diesem Nachbarsjungen Rudi kommen ihm entgegen. Ihm fallen ihre Namen nicht gleich ein, und er nickt ihnen daher nur zu, als sie ihn grüßen. Plötzlich bemerkt er eine Bewegung in nicht allzu weiter Entfernung zu seiner Rechten. Er erkennt Annies Mantel. Sie steht an der Tür des zweiten Mietshauses in der Straße. Er macht einen Schritt zurück hinter ein Gebüsch. Was macht sie denn dort? Sie kennt doch niemanden hier im Kiez. Der Hund wühlt nach irgendetwas im Schnee vor dem Haus. Da tritt ein Mann aus der Tür heraus. Er zieht sie an sich und küsst sie leidenschaftlich. Annie lässt alles mit sich geschehen, sie wehrt sich gar nicht. Ernst ist wie benommen. Wer ist dieser Mann? Ernst reißt sich zusammen und geht zurück zur Dorstener Straße. Dort biegt er links ab und läuft die Schwelmer Straße wieder hoch, zurück zum Monschauer Weg.

Annie betrügt ihn! Der Gedanke hämmert durch seinen Schädel. Er atmet schwer, als er den schlafenden Holger vom Schlitten nimmt und ihn ins Haus trägt. In das Haus, das er für seine Familie gekauft hat, damit seine Frau und die drei Kinder ein besseres Leben haben. Und Annie betrügt ihn. Er kann das Bild von ihr und dem Fremden nicht verdrängen. An ihn hat sie sich noch nie so geschmiegt. Seit sie mit Holger schwanger war, will sie nicht mehr mit ihm schlafen. Auch deswegen trinkt er und wird oft wütend.

Ihm wird mit Schrecken klar, dass sie ihn verlassen wird. Er weiß nicht, woher er diese Gewissheit plötzlich nimmt, doch sie ist da. Ihm ist immer klar gewesen, dass sie ihn nicht liebt, schon gar nicht so wie er sie. Aber er war sich stets sicher, dass sie bei ihm bleiben würde. Alleine schon wegen der Kinder. Doch die Szene, deren Zeuge er soeben geworden ist, hält ihm den Spiegel vor Augen. Er, Ernst, ihr Ehemann, ist ihr egal.

Was denkt sie sich nur? Wird sie ihn mit den Kindern alleine lassen? Das kann er sich nicht vorstellen, denn sie liebt ihre Kinder innig. Also wird sie sie mitnehmen. Er wird seine Frau verlieren und seine Kinder. Was wird sein Vater dazu sagen?

Ernst Lehmann spürt Panik in sich aufsteigen. Sie wird ihn vor seinem Vater bloßstellen, und der wird ihn deutlich spüren lassen, was er von seinem Versagen hält. Wie kann sie ihm das nur antun? Er schnappt sich die Flasche Doornkaat und genehmigt sich einen ordentlichen Schluck. Er muss nachdenken. Er darf sich erst einmal nichts anmerken lassen, damit sie keinen Verdacht schöpft. Zuerst muss er herausbekommen, wer dieser andere Mann ist und was die beiden vorhaben.

Annie Lehmann kommt eine Viertelstunde später nach Hause. Sie sprechen kein Wort miteinander. Sie macht das Abendessen für die Familie. Er isst es schweigend. Sie redet mit den Mädchen. Während sie die Kinder ins Bett bringt, leert er den Doornkaat.

Als seine Frau über eine Stunde später wieder ins Erdgeschoss zurückkehrt, um die Küche aufzuräumen, ist Ernst betrunken vor dem Fernseher eingeschlafen.

24

Advent 2012

»Ich habe immer gedacht, in Reihenhäusern kann man nichts tun, ohne dass es ein Nachbar mitbekommt, aber dem ist gar nicht so. Carola Sabersky hat mir erzählt, dass sie manche Nachbarn in ihrer Zeile im Winter wochenlang nicht zu Gesicht bekommt. Besonders die älteren Leute gingen nicht regelmäßig aus dem Haus bei schlechtem Wetter. Die Frage ist nur, ob jemand unter diesen Bedingungen auch jemanden unbemerkt *in* sein Haus bringen könnte.«

Merve und Glander standen am Anfang der Straße, in dem sich das Haus von Kurt Dietrich befand. Wenn er Julia Wallace in seiner Gewalt hatte und sie noch am Leben war, mussten sie mit größter Vorsicht agieren. Glander hatte Merve nur halb zugehört, er haderte noch mit sich. »Merve, wir sollten die Kripo verständigen. Nicht, dass ich uns nicht zutraue, ihn zu stellen, aber wenn er Julia nicht im Haus, sondern ganz woanders versteckt hält, könnten wir es total vermasseln.«

Merve schüttelte energisch den Kopf. »Auf keinen Fall, Glander! Die Prinzenrolle lacht uns ohnehin bloß wieder aus. Was hältst du davon, wenn ich erst einmal alleine vorgehe. Ich bitte ihn, mir ein paar Fragen zu seinen alten Nachbarn aus Kindheitstagen zu beantworten. Dann gehe ich auf die Toilette und lasse das Fenster offen. Du kannst unbeobachtet einsteigen, während ich ihn ablenke. Sollte es heikel werden oder ich Hilfe brauchen, wärst du gleich da.«

Glander dachte kurz darüber nach. Er hatte eine Menge an diesem Plan auszusetzen, aber Merve hatte recht: Prinz würde sie nicht ernst nehmen, und wenn doch, dann zu spät, und er würde falsch reagieren. Blaulicht half hier gar nicht. Bis sie Brachnik alles erklärt hätten, verlören sie ebenfalls zu viel Zeit. Glander hatte um einen dringenden Rückruf seines ehemaligen Vorgesetzten gebeten, doch bisher hatte der sich noch nicht gemeldet. Er griff an sein Holster und gab Merve sein Fahrtenmesser, das Böker Applegate-Fairbairn, das die Spezialeinsatzkräfte standardmäßig verwendeten. Es würde zu lange dauern, sein Schulterholster an ihre zierliche Gestalt anzupassen, also zog sie ihren Gürtel durch die spezielle Scheide, in der das Messer gesichert war. Entschlossen stießen er und Merve ihre Fäuste gegeneinander, und Merve ging die düstere Zeile entlang, in der die Bewegungsmelder der Nachbarn von Kurt Dietrich ihr den Weg bis zu seinem Haus erhellten.

*

»Was willst du denn? Ich kaufe nichts.«

Charmant wie Herpes, dachte Merve, nachdem der Frührentner auf ihr Klingeln seine Tür geöffnet hatte.

Kurt Dietrich war unrasiert, das, was von seinen ergrauten Haaren noch übrig war, war kurz geschnitten, er trug Jeans und Turnschuhe, auf seinem Sweatshirt prangte der Bundesadler. Er war schlank und in guter Form für sein Alter. Vermutlich kam er viel an die frische Luft, wenn er seine Botschaften austrug und seine Opfer belauerte.

Merve setzte ihr attraktivstes Lächeln auf. »Ich will Ihnen nichts verkaufen, Herr Dietrich. Ich wollte Sie um Hilfe bitten. Mein Name ist Celik, Merve Celik. Sie haben vielleicht von dem grausamen Fund im Dürener Weg gehört. Ich ermittle in der Sache und habe ein paar Fragen über frühere Nachbarn von Ihnen.«

Dietrich schaute sie scheel an. Dann grinste er dreckig, öffnete die Tür ein Stück weiter und bat sie herein. »Na, dann komm mal rein, Mädel! Da bin ich aber gespannt, wie ich dabei helfen kann.«

Im Innern des Hauses stand die Luft. Auf einem Esstisch im Wohnzimmer, um den drei Klappstühle aus Plastik gereiht waren, befanden sich zwei volle Aschenbecher, eine halbleere Flasche Stoli und mehrere leere Bierflaschen. Zwei aufeinandergestapelte Umzugskartons thronten auf einem Sessel vor dem Fernseher. Der vierte Stuhl diente wohl als Fußablage. Eine nackte Glühbirne in der Mitte der Zimmerdecke spendete kaltes Licht und gab dem Ensemble den finalen primitiven Touch.

Dietrich zog eine Flasche Bier aus dem Kasten neben dem Fernsehsessel und öffnete sie mit seinem Feuerzeug. Merve bot er nichts an. »Also, was willst du von mir?«

Merve fasste kurz zusammen, was sich im Dürener Weg ereignet hatte. »Einer der Nachbarn, Hartmut Michalke, sagte, Sie und Ihre Freunde seien damals alle in Annie Lehmann verschossen gewesen ...«

Dietrich stieß leise auf und zündete sich eine Zigarette an. »Die Lehmann war schon 'ne heiße Feile. Die drei waren ganz schön scharf auf sie, das stimmt. Aber ich hätte die nie angefasst. Die ging mit so einem Spaghettifresser. Sah aus, als könnte sie kein Wässerchen trüben, hurte aber mit so einem dreckigen Ausländer rum.«

Merve lächelte. »Sie mögen keine Ausländer?«

»Wer mag die schon? Kommen hierher und kriegen alles in den Arsch geblasen – Wohnung, Kindergeld, BVG-Karte –, während unsere Leute auf der Straße sitzen oder von Hartz IV leben müssen. Das ist Verrat am eigenen Volk, nichts anderes.« Er nahm einen weiteren Schluck Bier.

Merve hörte diese Art von Tirade beileibe nicht zum ersten Mal, die tumbe Verdrehung von Fakten und die Ignoranz, die ihr zugrunde lag, machten sie deshalb nicht weniger wütend. Sie ließ das Lächeln auf ihrem Gesicht gefrieren. »Mann, laberst du eine Scheiße! Das ist ja live und in Farbe noch schlimmer als auf deiner Facebook-Seite, und die ist schon übel.«

Dietrich war für einen Moment irritiert, dann lachte er laut. »Na, du traust dich ja was! Was geht dich das denn an? Und wieso stalkst du mich auf Facebook? Scharf auf mich, was?«

Auch diese Reaktion überraschte Merve nicht. Diese Art von Täter machte sich schrecklich gerne zum Opfer. Erbärmlich. Merve wurde ihrer Zierlichkeit wegen generell unterschätzt, und diese Leuchte vor ihr stellte da keine Ausnahme dar. Er fühlte sich völlig sicher vor ihr, und noch würde sie ihm das Gefühl, die Oberhand zu haben, nicht nehmen. »Du magst keine Türken und sicher auch keine Schwarzen, oder?«

»Ganz sicher nicht. Diese Affen sind das Allerletzte, noch übler als ihr Kanaken. Und? Was willste jetzt machen? Das denke ich ja nicht alleine, das denken hier viele. Wir wollen das Kroppzeug hier nicht. Wenn das erst mal losgeht, dass die in der Nachbarschaft wohnen, will hier bald kein anständiger Deutscher mehr ein Haus kaufen.« Er lachte wieder hässlich. »Man macht sich halt Sorgen um seine Immobilie.«

»Ich verstehe. Und da hast du dir gedacht, du schmierst mal ein paar Hakenkreuze auf Papier und jagst der türkischen Mama mit den beiden kleinen Mädchen Angst ein. *Wir holen deine Mädchen* ist wunderbar eindeutig und wird dich eine Weile in den Bau bringen. Dir ist schon klar, dass Bedrohung und Nötigung einen Straftatbestand erfüllen? Und dann hast du dir noch die Alte von dem Schwarzen geschnappt, um denen zu zeigen, was für ein harter Kerl du bist, was? Auf Entführung verpassen sie dir fünf Jahre Knast.«

Wieder lachte Dietrich hässlich. »Ach ja? Wer soll denn dafür sorgen? Du etwa? Da steht dann dein Wort gegen meines. Was hast du denn mit der Türkenfratze zu tun? Und was hab ich mit der Frau von dem Neger zu tun? Die kenne ich gar nicht, ich hab bloß den Kaffer gesehen, wie er Krempel in die Bude geräumt hat. Klaro hab ich dem gleich mal gesteckt, dass wir so was wie ihn hier nicht haben wollen. Was faselst du denn von Entführung?«

Ja, auch für die Bemerkung über Sevgi würde sie ihm wehtun. Merve schob ihren Stuhl zurück und erhob sich. »Die Fratze, du Arschloch, ist meine Schwester. Und da hast du dich mit der Falschen angelegt.«

Er stand auf und schaute sie hasserfüllt an. »Ich kann dir gerne auch so eine Grimasse verpassen, du Schlampe!«

Merve hatte des Altersunterschiedes wegen für einen kurzen Moment den Anflug eines Gewissensbisses, doch plötzlich zerschlug Dietrich seine Bierflasche an der Tischkante und hielt eine scharfe Scherbe drohend in ihre Richtung. Merve verlagerte ihr Gewicht instinktiv auf die Fußballen. Dann geschah alles sehr schnell. Dietrich machte einen Schritt auf sie zu und streckte seine Arme nach ihr aus. Merve ging dem viel größeren Mann entgegen, was ihn für einen Augenblick aus dem Konzept brachte, schlug mit ihren Armen seine auseinander, nahm dabei Maß und brach ihm mit einem leicht abgewandelten Oi Zuki Jodan, einem gegen den Kopf gerichteten Karateschlag, mit dem Ballen ihrer linken Hand die Nase. Sie hielt immer ihre Versprechen.

Kurt Dietrich ließ den Flaschenhals fallen und ging jaulend zu Boden. Es tat höllisch weh, wenn einem jemand die Nase beinahe in den Frontallappen schlug. Merve atmete ein paarmal stoßweise aus, um sich zu beruhigen und um dem dringenden Verlangen, dem Mann noch viel mehr wehzutun, nicht nachzugeben. So groß die Wut in ihrem Bauch war, sie fand keinen Gefallen daran, auf einen am Boden liegenden Gegner einzutreten. Für jeden Karateka war das ein absolutes Tabu. Und Merve war immer wieder entsetzt, wenn sie Aufnahmen von Überwachungskameras auf Berliner U-Bahnhöfen sah, auf denen derartig feige Übergriffe gezeigt wurden. Kein richtiger Kämpfer, niemand, der einen Funken Anstand im Leib hatte, schlug weiter auf einen Gegner am Boden ein. Was war nur los mit den Typen von heute?

Dietrich stöhnte. »Du Nutte hast mir die Nase gebrochen! Das ist Bullengewalt! Ich mach dich fertig!«

Merve nahm sofort wieder eine kampfbereite Haltung ein. »Tu mir den Gefallen, du Pisser, und steh auf! Du Blödmann raffst es nicht, oder? Hab ich irgendwas von Polizei erzählt, dir eine Marke gezeigt? Ich bin kein Bulle. Also, weißt du, was die hier sehen werden? Die sehen hier ein zierliches Ding, das sich gegen ihren Angreifer gewehrt hat. Los, steh auf! Was soll ich dir brechen? Eine Rippe oder lieber das Knie?«

Kurt Dietrich sah sie an, ein Schleier legte sich über seinen Blick, und er übergab sich. Danach sank er kraftlos in sich zusammen. Beinahe bedauerte Merve, dass er nicht wieder aufstand. Sie blieb auf der Hut, als sie sich ihm näherte, um ihm die Einweghandfesseln aus Plastik anzulegen, die sie in ihrer hinteren Hosentasche trug. Er spuckte auf den Fußboden, als sie die Plastikbänder fest zuzog. Mögen dir deine Schmierfinger abfallen!, dachte Merve und zog die Fesseln ein wenig fester zu als nötig. Dann ging sie zur Haustür, vor der Glander schon ungeduldig mit den Füßen scharrte.

»Mir geht's gut, Glander, er hat Julia nicht. Und der hat nicht genug in der Birne, um als Täter für die anderen Morde in Frage zu kommen. Geh du jetzt am besten nach Hause. Nicht, dass Dietrich uns noch wegen Hausfriedensbruchs belangt. Ich rufe jetzt die Kollegen, und während ich auf die warte, schaue ich mich in der Bude mal ein bisschen um. Er sagt, er kennt Julia nicht, und der Typ hat nicht die Eier für so eine Aktion, aber ich geh lieber auf Nummer sicher. Hier, nimm dein Messer wieder mit. Das müssen die ja nicht unbedingt bei mir finden.«

Knapp zehn Minuten später flackerte das Blaulicht von zwei Einsatzwagen im Dunkel der Nacht. Ein Rettungswagen war auf dem Weg, um die gemeldete verletzte Person zu versorgen. Die ersten Nachbarn lehnten sich bereits aus den Fenstern, auch sie wollten dem Spektakel beiwohnen. Am Beginn der Zeile musste ein Polizist die sich sammelnde kleine Gruppe Neugieriger bitten, auf die gegenüberliegende Straßenseite zu gehen und den Weg frei zu halten. Drama, Baby!

Eine Viertelstunde später fuhr ein dunkler Wagen vor, aus dem ein sehr großer, sehr schlecht gelaunter, beleibter Mann in einem schwarzen Wintermantel stieg. Der Fahrer folgte ihm dicht auf dem Fuße.

*

Kriminalhauptkommissar Prinz hatte Merve mit in die Gallwitzallee nehmen wollen, aber Fellner war es gelungen, ihn davon abzubringen. Er könne seine ehemalige Assistentin nicht wie eine von vielen möglichen Verdächtigen behandeln. Man kenne sie und könne sie jederzeit kontaktieren. Sie mitzunehmen, sei also gar nicht notwendig. Prinz hatte sich nach einigem Hin und Her überzeugen lassen. Fellner nahm Merves Aussage vor Ort auf, bat sie, sich zur Verfügung zu halten – sie wisse ja, wie es laufe –, und ließ sie dann heimgehen.

Merve kehrte direkt zurück in den Dürener Weg zu Glander und Lea. Frustriert ließ sie sich auf einen Stuhl fallen und fragte Lea nach einem Drink. »Ich habe nichts gefunden, rein gar nichts, das ihn irgendwie mit Julia oder den anderen Frauen in Verbindung bringt. Es tut mir leid, Ryan, es sah wirklich so aus, als hätten wir ihn. Er hat einen Haufen rechter Paraphernalien, Kontakte zur Reichsbürgerszene und eine Menge unangenehmer Angewohnheiten, und er hat ganz sicher euch und meiner Schwester die hübsche Post in die Briefkästen gesteckt, aber mit dem Verschwinden von Julia hat er nichts zu tun.«

Ryan Wallace trat an die Scheibe des Wintergartens und starrte in die sich dort spiegelnden Lichter. »*Who's got her then?* Wer hat sie dann, wenn er sie nicht hat?«

Glander trat neben ihn und legte ihm die Hand auf die Schulter. »Wir sind uns ganz sicher, dass jemand involviert ist, der auch mit dem Verschwinden von Annie Lehmann zu tun hat. Überleg noch mal genau, ob dir nicht doch irgendwer oder irgendwas seltsam vorgekommen ist, den oder das du in der ganzen Aufregung vergessen hast.«

Lea dachte laut: »Die meisten der damals erwachsenen Nachbarn sind entweder verstorben oder schon sehr alt und deshalb oft schon lange nicht mehr dazu in der Lage, Frauen zu ... also, sich Frauen ... Frauen zu ermorden.« Sie stand auf und holte sich einen Malt von ihrem Sideboard. Mit einer Geste lud sie Ryan und Glander ein, sich selbst zu bedienen. Sie nahm einen kleinen Schluck und fuhr fort. »Wenn wir Kurt Dietrich ausschließen, bleiben noch Hinweise auf Rudolf Kowalski, Hartmut Michalke und Eckhard Fischer. Der Nachbarsjunge von den Lehmanns, Rudolf Kowalski, war damals siebzehn Jahre alt. Er lebt seit Jahrzehnten in München. Zwar besucht er regelmäßig seinen Vater, aber ich bin recht sicher, dass die Termine seiner Besuche nicht mit denen übereinstimmen, an denen die Frauen verschwunden sind. Das müsste man natürlich noch einmal gründlich prüfen.«

Merve blickte Lea anerkennend an. »Du klingst, als wärst du seit Jahren bei der Kripo. Ich bin beeindruckt.«

»Ich komme mir vor, als würde ich ein Referat halten und hoffen, dass ich keine wichtigen Informationen auslasse. Also, Nummer zwei des Quartetts war Hartmut Michalke. Der wohnt mit seiner Frau hier in der Straße im Haus seiner Eltern. Bis zu deren Tod hat er in Zehlendorf gelebt. Er hatte einen Handwerksbetrieb, den er aber aus gesundheitlichen Gründen aufgegeben hat. Helga Michalke arbeitet noch in einem Steuerbüro. Sie sind beide in einem Schützenverein, dem Visier e. V. Er hat einen Waffenschein und einen Waffenschrank in seinem Keller. Michalke ist ein seltsamer Kauz, aber ich traue ihm keine Morde zu. Außerdem bekommt seine Frau alles mit, was er tut, die beiden sind praktisch an der Hüfte zusammengeschweißt. Das passt nicht zum Täterprofil. Dann ist da noch Eckhard Fischer, der hatte keine Geschwister, worum ihn alle beneideten. Der

Familie ging es finanziell sehr gut, dennoch soll Eckhard immer etwas merkwürdig gewesen sein, Michalke und auch der alte Kowalski deuteten so etwas an. Er soll recht derbe Dinge über Annie Lehmann gesagt haben, was Michalke zwar als Angeberei abtat, aber vielleicht steckt doch mehr dahinter. Eckhard hat das Haus seiner Eltern verkauft, ist jedoch in der Nähe geblieben. Er ist Steuerberater und hat sein Büro in seinem Wohnhaus. Das liegt kurz hinter dem S-Bahnhof. Als ich das noch nicht wusste, habe ich mich oft gefragt, wer dort wohl lebt, weil es so verwunschen aussieht. Seit der Fußballweltmeisterschaft 2006 hängt eine Deutschlandfahne an einer Fahnenstange in seinem Garten. Das finde ich reichlich merkwürdig, muss aber nichts bedeuten. Schland-Stolz ist seit 2006 immerhin wieder salonfähig.«

Glander dachte laut nach. »Du hast doch erwähnt, dass die Jungs Dauerstress mit Jungen aus der Siedlung gegenüber hatten. Mit einem ganz besonders ...«

Lea nickte. »Stimmt, den hätte ich beinahe übersehen: Ronald Tornow. Ich treffe ihn öfter, wenn ich mit Talisker unterwegs bin. Er wohnt immer noch in der Siedlung, sein Vater muss inzwischen weit über achtzig sein. Früher waren die beiden noch gemeinsam mit den Vorgängern von Elvis unterwegs, aber den alten Tornow habe ich seit Jahren nicht mehr gesehen.«

»Ein Vater-Sohn-Gespann ...«, warf Merve ein.

»Okay, Merve, check den Tornow«, sagte Glander. »Erst einmal, was er so auf Facebook von sich gibt. Wenn der auch so ein Rassist wie der Dietrich ist, findest du sicher fix etwas. Vielleicht kommt er tatsächlich als Täter in Frage, denn er und seine Clique scheinen ähnlich oft in der Gegend unterwegs gewesen zu sein wie die vier um Dietrich herum. Ich finde auch die Theorie vom Vater-Sohn-Duo plausibel. Was wissen wir denn über die Familie von Eckhard Fischer?«

Merve ging an ihren Laptop und loggte sich in Facebook ein. Das öffentliche Profil von Ronald Tornow lieferte nicht genug Informationen, er hatte sich ordentlich um seine Einstellungen zur Privatsphäre gekümmert.

»Soll ich mich in sein Facebook-Profil hacken, Glander, oder in seinen Browserverlauf? Andererseits, der Mann wohnt nur fünf Minuten zu Fuß entfernt – lass uns hingehen und ihm auf den Zahn fühlen.«

Ryan Wallace schaute auf sein Baby, danach auf Lea und dann auf Merve und Glander. Alle drei schüttelten die Köpfe, und Glander fasste ihre Gedanken in Worte. »Denk nicht mal dran, Ryan! Du bleibst bitte hier. Du hast ein Kind, und das hat im Moment nur dich.«

Lea hatte wieder am Esstisch Platz genommen, Talisker war neben sie getreten. Ihn hinter einem Ohr kraulend, sinnierte sie weiter. »Was wäre aber, wenn der Täter doch zu Annies Familie gehört. Vielleicht hat ihr Mann sie ja doch umgebracht. Gut, in diesem Fall können wir nicht von einem Vater-Sohn-Gespann ausgehen. Aber was, wenn Holger Lehmann Jahre später von der Affäre seiner Mutter Wind bekommen und sie für den Zerfall seiner Familie verantwortlich gemacht hat und deshalb ebenfalls zum Mörder wurde? Vielleicht hängen nur einige der Fälle zusammen, die Merve entdeckt hat. Dann sieht er Julia – ich glaube, er hat sie auf ein paar Fotos auf meinem Handy gesehen –, also, er sieht sie, und das löst in ihm den Drang aus ...«

Es war halb zwei Uhr morgens, sie waren alle müde und hatten nicht genug eindeutige Anhaltspunkte, um Ronald Tornow oder Eckhard Fischer aus dem Bett zu holen und zu befragen.

»Lasst uns Folgendes machen: Glander und ich schauen uns morgen früh bei Tornow und bei Fischer um, vielleicht fällt uns ja etwas auf«, schlug Merve vor. »Wir kommen jetzt nirgendwo rein, ohne uns strafbar zu machen oder den Täter zu warnen – falls einer der beiden der Mörder ist. Lea, du sprichst morgen mit Novak und fühlst ihm auf den Zahn. Ich schaue mir jetzt noch die Facebook-Seiten und andere Internetauftritte der beiden an. Sollten sich dadurch Hinweise ergeben, klingeln wir Brachnik aus dem Bett. Ihr solltet jetzt alle versuchen, ein wenig zu schlafen. Ich hau mich nachher für ein Stündchen aufs Sofa, wenn dir das recht ist, Lea.«

Es dauerte noch ein wenig länger, Ryan Wallace zu beruhigen, der keine weitere Zeit verlieren wollte. Doch auch er sah irgendwann ein, dass sie im Moment nichts weiter ausrichten konnten. Keiner von ihnen war glücklich darüber, doch zunächst blieb ihnen nur zu hoffen, dass Julia noch am Leben war und die Nacht unbeschadet überstünde.

25

4. März 1965

Ronald Tornow ist wütend. Er hat es satt, sich immer um seine kleine Schwester kümmern zu müssen. Er ist doch kein Mädchen. Es ist nur ein kleiner Trost, dass auch die anderen Jungs mit ihren kleinen Geschwistern auf dem Rodelberg Schlitten fahren müssen. So nennen sie den kleinen Hügel hinter dem Altenheim am Anfang des Eifelviertels. Die richtig gute Rodelbahn liegt für ein kurzes Rodelvergnügen zu weit weg an der Lichterfelder Allee. Man muss über die S-Bahn-Trasse bis zur Osdorfer Straße und dann noch ein langes Stück weiter zu der Kolonie am Wäldchen. Aber die Abfahrt dort lohnt den weiten Weg. Ronald hofft, dass er am Wochenende mit den Jungs wieder dorthin gehen kann.

Am anderen Ende des Areals tummeln sich Eckhard und seine Bande. Mit denen haben sie noch eine Rechnung offen, beide Gruppen beäugen einander argwöhnisch. Seine Schwester lenkt ihn ab, sie streitet sich auf der Mitte des Hangs mit dem kleinen Cousin von Fischer, der mit seiner Mutter bei Eckhards Familie zu Besuch ist, und er verliert Eckhard aus den Augen. Seine

Schwester nörgelt, ihr ist kalt, und es ist schon dunkel, nur die Straßenlaternen und die Zimmerbeleuchtung der Bewohner des Heims werfen spärliches Licht auf ihren kleinen Hügel. Im Halbdunkel Schlitten zu fahren finden alle sehr aufregend.

Ronald prüft, ob die Kleidung seiner Schwester nass geworden ist, aber sie ist vermutlich nur müde oder quengelt um des Quengelns willen, wie sie das so oft tut. Ronald würde es nie zugeben, denn Eckhard ist ja einer von denen, aber Ronald beneidet Eckhard Fischer, der keine Geschwister hat. Er bekommt sicherlich auch viel bessere und viel mehr Geschenke zum Geburtstag als Ronald, der immer hört, dass er ja nicht alleine auf der Welt sei. Dass er das nicht vergisst, dafür sorgen seine kleine Schwester und sein jüngerer Bruder. Und jetzt kriegt seine Mutter noch ein Kind! Er steckt die Vierjährige in den Lammfellsack auf ihrem Schlitten, prüft noch einmal ihre Handschuhe und überlegt, ob er sie nach Hause bringen und sich eine Predigt anhören oder ob er noch bei seinen Freunden bleiben soll. Als er den Blick schweifen lässt, bemerkt er eine Person auf der gegenüberliegenden Straßenseite. Es ist die blonde Frau, die vor dem blöden Fischer wohnt. Er muss dringend pinkeln und will in Ruhe eine rauchen. Ronald winkt seinen Freunden aus der Siedlung kurz zu und zieht seine kleine Schwester missmutig auf dem Schlitten hinter sich her. Als er sich noch einmal umdreht, brechen auch Eckhard und seine Freunde auf.

26

Advent 2012

Glander hatte die Gabe, auf Kommando schlafen zu können. Lea beneidete ihn darum. Nach einer knappen Stunde gab sie ihren Versuch, Schlaf zu finden, entnervt auf, zog sich Jeans, dicke Socken und einen Pullover über und ging wieder ins Wohnzimmer hinunter. Merve saß noch immer am Esstisch, ihren und Glanders Laptop vor sich aufgeklappt, neben sich einen Kaffee. Das Licht der Bildschirme ließ ihr Gesicht aschfahl aussehen. Lea sah ihr an, dass sie nicht plante, eine Pause zu machen. Merve blickte auf, als sie Lea bemerkte. »Kannst du nicht schlafen?«

Lea schüttelte den Kopf. »Nein. Ich muss die ganze Zeit an Julia denken und an die Gefahr, in der sie schwebt – wenn sie noch lebt.«

»Wenn wir recht haben und es tatsächlich ein Serientäter ist, der für die ungeklärten Frauenmorde verantwortlich zeichnet, dann tötet er seine Opfer nicht sofort. Die Berichte, die ich gelesen habe, sind da eindeutig. Die Frauen haben alle noch mehrere Tage gelebt.«

Lea setzte sich Merve gegenüber. »Das heißt dann sicherlich, dass sie sehr leiden mussten ...«

Merve schob die Laptops beiseite. »Er hat sich an ihnen vergangen, das trifft zu. Die Leichen wiesen allerdings keine weiteren Spuren von Gewalteinwirkungen auf. Das reicht ja auch alles schon, aber es ginge eben auch noch grausamer.« Sie seufzte. »Es geht immer noch grausamer, leider. Dieses Arschloch hat die Frauen auf unterschiedliche Art umgebracht. Ich nehme an, deshalb hat in all den Jahren auch niemand eine Verbindung zwischen den Fällen knüpfen können. Sie weisen alle Würgemale auf, aber das ist bei Vergewaltigungen nicht unüblich.« Merve zögerte. »Lea, bist du sicher, dass du hiermit klarkommst? Hast du jemanden, mit dem du darüber reden kannst? Wir sind ausgebildet, uns mit derartigen Verbrechen auseinanderzusetzen, und selbst wir müssen gelegentlich auf die Couch und mit jemandem sprechen, der uns hilft, die schlimmen Eindrücke zu verarbeiten. Viel zu wenige meiner ehemaligen Kollegen nehmen diesen Beistand in Anspruch. Als ich noch bei der Polizei war, hat mir Glander übrigens auf Anhieb imponiert, weil er es nicht nötig hatte, auf hart zu machen, sondern nach den fiesen Fällen immer ein paar Sitzungen beim Psychologen wahrnahm.«

Lea nickte bedächtig. »Ich weiß, und ich werde mir eine Therapeutin empfehlen lassen. Hast du was Interessantes über die beiden Männer herausgefunden?«

Merve zog die Laptops wieder an sich heran und drehte einen um. »Die sind beide keine Sympathieträger, wenn du mich fragst. Tornow ist bekennender

Herthaner und war früher ein Hertha-Frosch. Das waren die Hardcore-Fans des Vereins, bevor es die heutigen Ultras gab, und die waren lange noch nicht so gemäßigt. Ein großer Teil der Frösche wurde der rechten Szene zugeordnet. Es gab regelmäßig gewalttätige Ausschreitungen. Denen wolltest du nicht nach einer Niederlage begegnen. Denen wolltest du niemals begegnen. Sie waren schon Hooligans, bevor der Begriff überhaupt im Duden stand. Was mich dabei immer wieder wundert: Tornow ist auch so einer, der bei jedem kleinsten Vergehen anderer nach der Todesstrafe ruft – das kriege mal einer zusammen. Natürlich beschwert er sich vornehmlich über linksextremistische Gewalt, wie er es nennt, sprich Erste-Mai-Demos und Autos-Anzünden. Gewalttaten gegen Personen und Zerstörung von Eigentum sind immer falsch und müssen bestraft werden, aber die wenigsten davon sind extremistisch. Das trifft eher auf die Brandanschläge von Solingen und Mölln zu, aber das fällt selbstverständlich bei ihm unter den Teppich, wird ausgeblendet oder schlicht als *Lüge der gleichgeschalteten Medien* abgetan. Er verharmlost die Ceska-Mordserie auch als *Döner-Morde.*«

Döner-Morde war das offizielle Unwort des vorigen Jahres. Lea erinnerte sich mit Unverständnis an das Ermittlungschaos um die Morde an acht türkischstämmigen Männern und einem Griechen sowie einer deutschen Polizistin, das nun nach und nach aufgedeckt wurde. Anfang des Jahres war ein Untersuchungsausschuss eingesetzt worden, und seitdem rissen die schlechten Nachrichten über Behördenpannen, schlampige Ermittlungen und eine Verstrickung des Verfassungsschutzes in die Angelegenheit nicht mehr ab. Mehrere hochrangige Verfassungsschutzbeamte hatten bereits ihre Ämter niedergelegt. Glander hatte Lea vor Kurzem erklärt, dass bei dieser Mordserie eine tschechische Waffe des Typs Česká zum Einsatz gekommen war, weshalb er und seine Kollegen von den Ceska-Morden sprachen. Die offensichtliche Blindheit der Behörden auf dem rechten Auge war seitdem in aller Munde, und die hässlichen Kommentare im Internet zu diesen Taten waren verstörend.

Merve fasste weiter zusammen, was Tornows Profil hergab. »Aber alles in allem ist er ein Maulheld. Und einer von den Abgehängten, wie er es sieht. Seinen Realschulabschluss hat er gerade so geschafft, anschließend hat er eine Dachdeckerlehre abgebrochen und schlägt sich seitdem mit Handwerkertätigkeiten durch. Er wohnt mit seinem alten Vater immer noch in der Wohnung seiner Kindheit. Da kann man dann schon mal schlechte Laune kriegen«, beendete Merve ihre Ausführungen ironisch.

Allein sein Hund schien Tornow einen unerschöpflichen Quell an Freude zu bieten. Tornows Facebook-Profil war gespickt mit Aufnahmen von Elvis – mal mit Sonnenbrille auf der Schnauze, mal mit den Vorderpfoten in blauen Wildlederschuhen stehend –, die mit passenden Titeln des Kings versehen waren. Dem restlichen Profilverlauf nach zu urteilen war es Tornow schnuppe, mit wem er sich anlegte. Jeder Nicht-Herthaner war zwangsläufig sein Feind, Fans des FC Bayern betitelte er als *inzüchtiges Dreckspack*, Politiker waren allesamt *degeneriert*, Gleichberechtigung der Geschlechter war *unnatürlich*. Es musste sehr anstrengend sein, gegen beinahe alles und jeden zu sein, dachte Lea. Kein Wunder, dass der Mann immer so griesgrämig dreinschaute, wenn sie ihm und Elvis auf dem ehemaligen Mauerstreifen begegnete.

Tornow war jedoch ein wahrer Philanthrop im Vergleich zu Eckhard Fischer. Der konnte sich keineswegs auf mangelnde Bildung berufen bei all dem Hass und der Hetze, die er im Netz verbreitete. Er hatte einen Abschluss in BWL, im Nebenfach hatte er Philosophie studiert. Auf seinem Profil ließ er sich bevorzugt über *Emanzen* (*denen müsste es nur mal wieder einer ordentlich besorgen*), *Schwuchteln* (*kranke Typen und eine Gefahr für unsere Kinder*) und das *ganze fremde Gesocks* (*nur im Land, um bei uns Sozialleistungen zu schnorren*) aus. Es war gepflastert mit Bildern von vollbusigen, spärlich bekleideten Frauen, schnellen Autos und Hunden. Zwischen seinen vor Menschenverachtung triefenden Posts fanden sich Aufrufe zur Rettung ausländischer Straßenhunde (nebst einem ellenlangen Hasspost über ein chinesisches Fest, zu dem man Hunde schlachtete) und immer wieder Bilder seines eigenen Beagles Buster. Lea würde mehr über das Krankheitsbild der dissoziativen Identitätsstörung nachlesen müssen. Sie war augenblicklich fasziniert von dieser bei Fischer so klar erkennbaren Persönlichkeitsspaltung, denn anders konnte sie sich diese extrem gegensätzlichen Empfindungsmuster nicht erklären.

Ein Bild – Merve nahm an, es handele sich um eine Urlaubsaufnahme – zeigte Fischer braungebrannt und für sein Alter durchtrainiert an einem sonnigen Strand.

Die Bildunterschrift verortete ihn im Berliner Strandbad Wannsee. Er trug eine weite Badeshorts mit Hawaiimuster und um den Hals ein Lederband mit einem silbernen Anhänger. Lea kommentierte trocken: »So eine Luden-Goldkette hätte mich mehr überzeugt bei seinem Brusttoupet und dem weißen Schnurrbart. Das ist übrigens ein Menjoubärtchen, besonders affig, wenn du mich fragst. Ich habe mal einen Text über Schnurrbärte übersetzt, da habe ich wirklich viel unnützes Wissen über Oberlippenbärte mitgenommen. Das trägt er aber offenbar nicht immer, wenn man sich die Fotos so anschaut, auf vielen älteren hat er auch gar keinen Oberlippenbart.«

Merve schaute sie leicht angewidert an. »Alles Pornobalken, wenn du mich fragst.«

Lea wollte sich gerade über männliche Gesichtsbehaarung auslassen, als Merve das Bild heranzoomte und ein »Fuck, das ist er!« ausstieß. Sie zeigte auf den Anhänger, den Fischer trug, und öffnete auf dem zweiten Laptop in einem weiteren Fenster das Bild von Annie Lehmann. »Sieh doch, er trägt Annies Medaille! Der hat sich eine Trophäe behalten!«

Lea stand wortlos auf und ging nach oben, um Glander wach zu machen.

*

»Herr Professor Novak, es tut mir leid, Sie zu wecken, aber ich habe eine wichtige Frage an Sie. Waren Sie am Dienstagmorgen bei mir in Lichterfelde Süd? Eine Bekannte hat einen sehr schnell fahrenden roten Sportwagen gesehen, so einen wie Ihren. Es ist wirklich wichtig, dass Sie mir die Wahrheit sagen.«

Merve und Glander wollten auch diesen losen Faden noch verknoten, bevor sie sich auf den Weg zu Eckhard Fischer machten, und hatten Lea gebeten, den Professor zu kontaktieren, um herauszufinden, ob er tatsächlich am Dienstagmorgen in der Siedlung gewesen war. Lea hatte ihn also angerufen und war überrascht, denn er schien nicht geschlafen zu haben.

Der Professor räusperte sich und atmete tief durch. Seine Stimme klang heiser, als er ihr antwortete: »Ich wollte nicht zu Ihnen, Lea. Ich wollte schauen, wo alles passierte, wo ich meine Mutter verlor. Das können Sie ja nicht wissen, aber meine Mutter verschwand, als ich noch sehr klein war. Mein Vater war ein Trinker, meine Kindheit war keine, die ich irgendjemandem wünschen würde. Ich habe Schlimmes erlebt, und erst Amerika machte mich zu dem Mann, der ich heute bin. Nachdem ich die Frau auf Ihrem Handy gesehen hatte, ist alles wieder zurückgekommen. Alles war plötzlich wieder so schmerzhaft. Ich habe die ganze Montagnacht nicht schlafen können. Die Bilder von dieser Frau sind mir nicht mehr aus dem Kopf gegangen. Sie sah meiner Mutter so ähnlich! Ich fuhr dann am Dienstagmorgen ins Eifelviertel. Ich wusste, dass Sie im Dürener Weg wohnen, die Skelettfunde, die Sie erwähnten, also dort gemacht worden sein mussten. Als ich in der Siedlung war, traf ich eine Nachbarin aus Ihrer Straße, die mir dann von dem Gerücht erzählte, dass man hier die Überreste einer in den Sechzigern verschwundenen Frau gefunden habe – und plötzlich fügte sich das Puzzle wie von selbst zusammen. Natürlich musste meiner Mutter etwas Schreckliches passiert sein! Meiner großen Schwester war immer klar, dass unsere Mutter uns nicht verlassen hätte. Ich hingegen war zu verletzt, ich habe meine Schwester immer ausgelacht ... Ich kann mich ja kaum mehr an alles erinnern. Ich war noch sehr klein und weiß das meiste nur aus den Erzählungen meiner Schwestern. Als Teenager habe ich die Siedlung gemieden wie die Pest. Ich denke, das muss eine Art Selbstschutz gewesen sein. Nach dem Gespräch mit Ihrer Nachbarin erkannte ich, dass ich mein Leben lang ganz umsonst wütend gewesen bin. Ich wollte dann nur noch weg und habe das Gaspedal durchgetreten ...«

Lea sagte mitfühlend: »Das kann ich gut nachempfinden. Ihre Kindheit war durch das Verschwinden Ihrer Mutter beendet, bevor sie überhaupt begann. Ich habe vor Kurzem erfahren, dass Sie der Sohn der Toten sind. Sie wissen, dass Ihre Schwestern hier leben? Sie sind meine Nachbarinnen. Sie haben eine Privatdetektei darauf angesetzt, Sie zu finden. Ich bin da inoffiziell involviert ...«

»Ich sah die Namen meiner Schwestern am Nachbarhaus, als ich in Ihrer Zeile war. Es hat mich umgehauen, glauben Sie mir. Nach der Vorlesung am Dienstag wollte ich mit Ihnen darüber reden, aber das ergab sich dann ja nicht ...«

Lea schalt sich innerlich. »Ich dachte, Sie wollten ...«

Novak fiel ihr ins Wort. »Ich weiß, was Sie dachten, und Sie haben sich nicht geirrt. Ich hätte weiter versucht, mit Ihnen zu flirten. Aber ich wollte auch mehr wissen. Über meine Schwestern. Über das, was damals geschah.«

»Ist Ihnen irgendetwas aufgefallen, als Sie hier waren, oder irgendjemand?

Der Professor dachte kurz nach. »Ich war so gegen acht Uhr in Ihrer Straße. Einige Menschen waren auf dem Weg zur Arbeit, nehme ich an, andere führten ihre Hunde aus. Ich bog in Ihre Straße ein und sah die Frau von dem Foto auf Ihrem Handy. Ich kann mich kaum mehr an meine Mutter erinnern und kenne nur ein paar Bilder von ihr, aber die beiden sehen sich wirklich verdammt ähnlich. Die Frau ging gerade in Richtung S-Bahnhof und war bei einem Mann untergehakt. Die beiden hatten auch einen Hund dabei.«

»Was für ein Hund war das?«

»Ich kenne mich nicht so aus mit Hunden. Es war einer von diesen kleinen mit den Schlappohren, mit denen früher Raucherexperimente gemacht wurden. Ich erinnere mich so gut daran, weil mir die Hunde leidtaten. Snoopy ist auch so einer, glaube ich, Sie wissen schon, der kleine Hund aus den *Peanuts*.«

Lea war sich sicher, dass er Beagles meinte. An denen wurden nach wie vor wissenschaftliche Experimente durchgeführt. Der Beagle war ein zäher kleiner Kerl, ein Meutehund, gezüchtet für die Jagd auf kleinere Beutetiere, und noch gar nicht so lange bei Familien beliebt. Beagles hatten in der Regel ein recht freundliches Gemüt, mussten aber wie alle Hunde beschäftigt werden. Und man musste sich vorsehen, dass sie sich nicht überfraßen. Die Stöberhunde schlangen alles runter, das ihnen angeboten wurde. Die Amerikaner setzten diese Rasse seit Mitte der Achtzigerjahre an den Flughäfen als Spürhunde ein. Und Eckhard Fischer besaß einen Beagle.

*

»Glander, weißt du eigentlich, wie spät es ist? Ich hoffe, du hast einen guten Grund, mich aus dem Bett zu klingeln.« Kriminaloberrat Brachnik schätzte es gar nicht, mitten in der Nacht aus dem Tiefschlaf geholt zu werden, denn seine Frau schätzte es noch viel weniger, mitten in der Nacht aus dem Tiefschlaf gerissen zu werden. Es würde ihn einen großen Strauß Rosen und ein Essen bei ihrem Lieblingsitaliener kosten, das wieder auszubügeln.

»Brachnik, wir brauchen das SEK hier in Lichterfelde! Wir sind sicher, dass wir den Kerl haben, der das Paar getötet hat, dessen Skelette hier gefunden wurden. Wir sind uns ebenfalls sicher, dass er Julia Wallace in seiner Gewalt hat. Das ist die Frau, in deren Haus die Überreste der Leichen gefunden wurden und die seit Dienstag verschwunden ist. Merve war mit dem Ehemann auf dem Abschnitt, um sie als vermisst zu melden. Ich habe Prinz informiert, aber er blockt ab. Hinzu kommt, dass Merve und ich auf keinen Fall mit dieser Sache in Verbindung gebracht werden dürfen – warum, erkläre ich dir gerne später. Ich gehe von einem Mann mit einer Geisel aus, ganz sicher ist das nicht. Wir haben auch keine Ahnung, ob und, wenn ja, wie er bewaffnet ist. Wir gehen jetzt voran und werden versuchen, die Sache zu regeln.«

Kriminaloberrat Brachnik saß bereits an dem Schreibtisch in seinem Arbeitszimmer und hatte auf dem Festnetz die private Telefonnummer des Leiters des SEK gewählt. »Markgraf, ich brauche das volle Programm und ein mobiles Einsatzkommando in Lichterfelde!« Er gab ihm die Adresse durch und beschrieb kurz, was Glander ihm mitgeteilt hatte. Danach zog er sich an, stieg in seinen Wagen und fuhr ebenfalls an den Stadtrand im sonst so beschaulichen Süden der Hauptstadt.

*

Die Fürstenstraße war weiträumig um den S-Bahnhof Lichterfelde abgeriegelt, es ertönte jedoch keine Sirene, und auch das Blaulicht wurde nicht genutzt. Ganz in Schwarz gekleidete Männer des Spezialeinsatzkommandos näherten sich dem Grundstück von Eckhard Fischer, während ihre Kollegen dafür sorgten, dass die Nachbarn in den umliegenden Häusern diese nicht verließen.

Das Bild im Innern des Hauses, das sich den Einsatzkräften ein paar Minuten später bot, war skurril. Der mutmaßliche Täter saß, mit den Händen auf dem Rücken an einen Stützbalken gefesselt, auf dem Boden seines Wohnzimmers. Vor ihm stand ein sehr großer Hund, der bei jeder Bewegung, die der Gefangene machte, die Lefzen bleckte und angsteinflößend knurrte. Aus der Küche ertönte der Ruf *»Tally, come here!«*, und der Hund folgte sofort, ohne die so bedrohlich aussehenden Männer zu beachten.

Als zwei der SEK-Männer, ihre Heckler & Koch MP7

im Anschlag, dem Tier vorsichtig folgten, entdeckten sie zwei Frauen am Küchentisch. Die eine der beiden, eine leichenblasse, verheulte Blondine mit zerzausten Haaren und wirrem Blick, trug nichts außer einer Wolldecke um ihren Körper und leerte ein Glas Schnaps, das ihr eine Brünette, deren Gesicht verschmiert und deren Hände voller Dreck waren und leicht zitterten, sofort wieder auffüllte. Daneben hatte sich der übergroße Hund niedergelassen. Die Frau mit dem Hund drehte sich zu ihnen und fragte sehr ruhig nach dem Einsatzleiter.

Nachdem dieser den Raum betreten hatte, erklärte sie ihm sachlich, was passiert war. Sie sei Penthesilea Storm, die Nachbarin der halbnackten Frau, die, wie bereits angezeigt, am Dienstagmorgen entführt worden sei. Bei ihrem Spaziergang mit dem Hund sei sie an diesem Grundstück vorbeigekommen, und das Tier habe geknurrt und sehr aufgeregt agiert. Sie könne nachts oft nicht schlafen und ginge deshalb mit ihrem Hund raus – falls die Herren sich fragten, warum sie zu dieser Zeit unterwegs gewesen sei. Der Hund habe sich nicht zum Weitergehen bewegen lassen, irgendetwas habe da nicht gestimmt. Sie sei näher an den Zaun herangetreten und habe ein dumpfes Klopfen vernehmen können. Da habe sie sich ein Herz gefasst und das Grundstück betreten. Ihr Hund sei sofort auf einen Erdhaufen im Garten zugelaufen. Sie habe die Polizei rufen wollen, doch dann habe ein Mann den Garten betreten und sie unmittelbar mit einem Messer bedroht. Sie habe sich zur Wehr gesetzt und den Mann mithilfe ihres Hundes entwaffnen und überwältigen können. Der Mann sei dabei unglücklich zu Boden gegangen und habe kurz das Bewusstsein verloren, sodass es ihr gelungen sei, ihn an den Pfeiler zu fesseln und durch ihren Hund bewachen zu lassen. Der Talisker sei sonst ein ganz Lieber und pariere aufs Wort. Sie habe sich dann sofort eine Schaufel geschnappt und begonnen, den Erdhügel abzutragen. Dabei sei sie auf eine Kiste gestoßen, einen Sarg, in der sie die als vermisst gemeldete Nachbarin gefunden habe. Sie sei so froh, zur rechten Zeit am rechten Ort gewesen zu sein und die Frau vor einem schlimmen Ende bewahrt zu haben. Wenn es recht wäre, würde sie jetzt auch gerne ein Glas von diesem fiesen Schnaps nehmen.

Lea Storm blieb auch bei dieser Version des Geschehens, nachdem Hauptkommissar Prinz sie eine halbe Stunde lang angebrüllt hatte, dass er ihr diese Räuberpistole nicht abkaufe und er sicher wisse, dass ihr Lover Glander hinter allem stecke. Der solle sich bloß warm anziehen, denn er werde dafür sorgen, dass man ihm seine Lizenz direkt wieder entzöge.

Das Entführungsopfer war zu dem Zeitpunkt nicht vernehmungsfähig. Der mutmaßliche Täter hatte die Frau unter Drogen gesetzt, sie war desorientiert und panisch. Sie hatte wirklich großes Glück gehabt, bei diesen Temperaturen nicht länger in dem Holzsarg gelegen zu haben und entweder erstickt oder erfroren zu sein. Man hatte sie sofort mit einem Rettungswagen ins nächstgelegene Krankenhaus gebracht. Ihr Mann war bereits mit dem gemeinsamen Kind auf dem Weg zu ihr.

Als der Hundeführer ein paar Stunden später eintraf und seinen Leichenspürhund durch den Garten führte, schlug der nicht weniger als fünfzehnmal an. Kommissar Fellner stand am Rande des Gartens und starrte ungläubig auf den Vierbeiner. Dann rief er Harnack an und bat ihn, alle Tatortermittler zusammenzutrommeln, die die Kriminaltechnik zu bieten habe.

27

4. März 1965

Annie Lehmann wehrt sich mit aller Kraft, doch gegen den muskulösen Siebzehnjährigen hat sie keine Chance. Die dicke Winterkleidung schützt ihn vor ihren Versuchen, ihn zu kratzen. An sein Gesicht reicht sie nicht heran, seine Arme sind viel länger als ihre. Das Weiß ihrer Augen wird von roten Flecken durchzogen, ihre Augäpfel treten hervor, ihre Lippen färben sich grau.

Sie zeigt ihr wahres Gesicht, geht es ihm durch den Sinn, und es ist abgrundtief hässlich. Ihre geschwollene Zunge quillt ihr aus dem Mund, diesem schönen Mund mit seinen vollen Lippen, die er sich wieder und wieder vorgestellt hat zu küssen. Sie widert ihn an. Nie mehr wird sie ihn verhöhnen, nie mehr wird sie lachen, ihn nie wieder als kleinen Jungen abtun, er zeigt ihr jetzt, was eine wie sie verdient. Wieder und wieder war er bei ihr gewesen, hatte ihr bei ihren Einkäufen und bei kleinen Reparaturen im Haus geholfen. Er hatte ihre Blicke sehr wohl bemerkt, die so heiß auf seinem Körper brannten. Ihre Nähe war beabsichtigt, das war offensichtlich gewesen, mehr als einmal hatten sich ihre

Hände berührt, wenn sie ihm ein Glas kalte Limonade gereicht hatte. Natürlich empfand sie wie er, auch wenn sie das in ihrem letzten Gespräch abgestritten hatte.

Sie hatte gelacht, als er ihr seine Liebe gestand, und den Kopf geschüttelt, als sie sagte, er habe da etwas ganz gehörig missverstanden, sie sei eine verheiratete Frau. Sie hatte gelacht, als sie sagte, er solle sich diese Flausen aus dem Kopf schlagen. Kurz danach hat er sie mit dem Itaker gesehen. Für den ist sie sich nicht zu schade. Sie hatte gelacht.

Eckhard atmet schwer, während er ihre Kehle zudrückt, ihr Kehlkopf und Zungenbein bricht und ihre Luftröhre sich langsam mit schaumigem Blut füllt. Nach einigen Minuten hört sie auf sich zu wehren, ihre Muskeln entspannen sich, und ihr Herz schlägt nicht mehr. Er lässt von ihr ab und kniet neben ihr nieder. Der Schritt seiner Hose ist warm und klebrig. Er blickt überrascht auf die tote Frau und auf seine Hände, die das alles angerichtet haben.

Gennaro Vieri stöhnt, er kommt zu sich und versucht etwas zu sagen. In Eckhard kocht die Wut erneut hoch. Der Dreckskerl ist schuld an allem. Er hat Annie den Kopf verdreht, sie hätte sich doch nie auf so einen eingelassen! Als Eckhard Annie vorhin gesehen hat, war ihm klar gewesen, dass sie etwas im Schilde führte. Und als er beobachtete, wie der Spaghetti ihr in das leere Haus folgte, war ihm klar gewesen, was das zu bedeuten hatte. Der Itaker hat sie beschmutzt, er hat sie hässlich gemacht. Er hat sie Eckhard für immer genommen. Das muss er büßen. Eckhard greift sich einen weiteren Ziegelstein und schlägt noch einmal zu. Er soll

Ruhe geben. Der Kiefer von Gennaro Vieri bricht, in seinen Augen spiegelt sich die blanke Todesangst, dann verliert er ein letztes Mal das Bewusstsein.

Eckhard schleift den italienischen Gastarbeiter an den Füßen vor die Aussparung unter der Kellertreppe. Dann schiebt er ihn hinein und drückt ihn bis an die Wand. Er beugt sich über Annie Lehmann und streicht ihr das Haar aus dem Gesicht. Er ordnet ihre Kleidung, da fällt sein Blick auf die Medaille, die sie um den Hals trägt. Er will etwas von ihr behalten, und deshalb reißt er das Schmuckstück an sich, das dünne Kettchen bietet keinen Widerstand. Er summt sein Lieblingslied. Die Beatles sind ganz oben in den Charts damit. *I'm in love with her and I feel fine ...*

Er hat sich das Gitarrespielen selbst beigebracht. Sein Vater lachte ihn nur aus, als er ihn um Unterricht bat. Dann verpasste er ihm eine Kopfnuss und lallte etwas davon, er solle sich gefälligst eine Arbeit suchen. Seit Monaten ist der Vater arbeitslos, kurz nach ihrem Umzug wurde ihm gekündigt, aber er geht jeden Morgen aus dem Haus, damit die Nachbarn nichts merken. Doch Annie hat es bemerkt, sie hat Eckhard gefragt, ob zu Hause alles in Ordnung sei, und ihn dabei mitleidig angeschaut wie ein kleines Kind. Alles sei bestens, hatte er erwidert, und sie hatte sein Herz, das so laut geschlagen hatte, wieder nicht gehört.

Ganz vorsichtig nimmt Eckhard Annie Lehmann in seine Arme und trägt sie hinüber zu der Öffnung in der Kellerwand. Er bettet sie sanft neben den Italiener. *She's in love with me and I feel fine.*

Nach getaner Arbeit wirft Eckhard einen letzten

Blick auf die neue Wand. Dann nimmt er seinen kleinen Cousin, der seinem Tun regungslos beigewohnt hat, an die Hand, steigt mit ihm die Kellertreppe hinauf und verlässt das Haus am Ende der Straße. Er zieht das Kind auf einem Schlitten hinter sich her, den Dürener Weg hinunter, und summt dabei leise den neuen Hit dieser Band aus Liverpool. Seine Stiefel knirschen im Schnee.

28

Weihnachten 2012

Am Ende wurde es ein Heiligabend ganz nach Leas Geschmack, und auch Glander gefiel ihre Lösung. Sie hatte sich ein Herz gefasst und mit Martins Schwester gesprochen, die ihr lachend erklärt hatte, dass sie ihr auf ewig dankbar sei, wenn sie die Weihnachtsorganisation übernähme.

»Denkt mein Bruder allen Ernstes, ich risse mich um das ganze Theater hier?«, waren ihre Worte gewesen. »Da hat seine Spürnase aber komplett versagt. Weißt du, wie ätzend es ist, ein Essen für so viele Leute zuzubereiten, und dann meinen Eltern am Heiligabend mit angehaltenem Atem dabei zuzuschauen, wie sie sich langsam aber sicher einen anzwitschern und sich spätestens beim Dessert in die Wolle kriegen? Oh, es sei denn, sie zwitschern sich noch weiter in die Besinnungslosigkeit, dann kann es auch mal vorkommen, dass sie miteinander im Bett landen – und zwar in *meinem* Ehebett.«

Leas Haus war am Heiligen Abend mit Leben und Leuten gefüllt. Das Stimmengewirr machte sie ganz fröhlich. Neben Glanders gesamter Familie und Leas Sohn Duncan mit Freundin Nina, die am späten Vormittag aus Kassel eingetroffen waren, unterhielten sich Margot, Kati und Jens, Merve und ihre Schwester angeregt über den *Cold Case*, der das Viertel im Advent beschäftigt hatte.

Die DNA der fünfzehn Leichen, die man im Garten von Eckhard Fischer gefunden hatte, passten allesamt zu den Profilen der Frauen in den vorliegenden Vermisstenmeldungen. Die Auswertung der laufenden Tests würde das abschließend bestätigen. Prinz war der Fall entzogen und der Sonderkommission übertragen worden. Eckhard Fischer selbst hatte bei seiner Festnahme nur eines gesagt: »Sie hat gelacht. Sie hätte nicht lachen dürfen.« Seitdem schwieg er. Es war nichts aus ihm herauszubekommen.

Lea würde sich nach den Feiertagen mit dem Erlebten auseinandersetzen. Sie hatte das Haus von Fischer mit Talisker erst betreten, nachdem Martin und Merve den Mann schon ausgeschaltet hatten. Gegen die beiden hatte er keine Chance gehabt. Lea hatte dennoch große Ängste ausgestanden, denn, wie sie angenommen hatten, war Fischer bewaffnet gewesen, als er seine Tür geöffnet hatte, und es war zu einer körperlichen Auseinandersetzung gekommen. Ein Schuss hatte sich gelöst. Glücklicherweise hatte er sein Ziel verfehlt und war in der Wohnzimmerwand eingeschlagen.

Brachnik hatte dafür gesorgt, dass die Agentur aus allem herausgehalten wurde, und Hauptkommissar Prinz einen Maulkorb verpasst. Merve hatte von Fellner erfahren, dass er bei diesem Gespräch eine neue Schattierung von Purpur in Prinz' Gesicht hatte feststellen können.

Kurt Dietrich war wegen Nötigung in mehreren Fällen, schwerer Nötigung in einem Fall und versuchten Totschlags angeklagt worden. Da er Merve tätlich angegriffen hatte, saß er in Untersuchungshaft. Es war immer hilfreich, wenn man einen guten Draht zur Staatsanwaltschaft hatte, und Merve hatte alle Register gezogen, um diesen Möchtegernretter des westlichen Abendlandes für eine Weile aus dem Verkehr zu ziehen.

Sigrun und Gudrun Lehmann hatten sich über die Einladung zum gemeinsamen Weihnachtsessen gefreut. Doch sie verbrachten die Feiertage mit ihrem Bruder und ließen es sich in einem Nobelhotel im Berliner Speckgürtel gutgehen. Sander Novak alias Holger Lehmann hatte seine großen Schwestern eingeladen. Die drei hatten eine Menge nachzuholen. Novak hatte sich entschlossen, nach seiner Scheidung den alten Familiennamen wieder anzunehmen und seinen Lebensmittelpunkt nach Berlin zu verlegen, um Zeit mit seinen Schwestern zu verbringen.

Ryan und Julia Wallace waren nach Baden-Württemberg gereist, um dort mit ihren Familien Weihnachten zu feiern. Im nächsten Jahr, sagten sie, würden sie das Fest aber in ihrem neuen Zuhause feiern, das würden sie sich auf keinen Fall nehmen lassen. Julia würde Zeit und Hilfe brauchen, um über das schreckliche Erlebte hinwegzukommen. Aber als Lea sie im Krankenhaus besucht hatte, hatte sie ihr zwar unter Tränen, aber sehr entschlossen mitgeteilt, dass sie ihr Leben nicht als Opfer verbringen wolle. Sie würde damit fertigwerden, schon ihrem Sohn zuliebe. Der brauche eine Mutter, die dem Leben positiv gegenüberstünde, und sie werde alles daransetzen, dieses traumatische Erlebnis zu verarbeiten. Dazu gehöre auch, gegen Eckhard Fischer auszusagen, wenn ihm der Prozess gemacht werde.

Lea freute sich sehr darüber, dass die drei ihnen erhalten blieben. Ebenso freute sie sich darüber, dass sie diese wunderbare Lösung für ihr Weihnachtsproblem gefunden hatten. Endlich käme ihr Falcon Continental Herd einmal wieder richtig zum Einsatz. Den *Apple Trifle,* das köstliche Schichtdessert mit Noten von Lebkuchen und Calvados, hatte sie bereits am Vortag zubereitet. Die Portionen für die Erwachsenen standen im Kühlschrank im Keller und warteten auf ihren Einsatz. Für die Kinder gab es Schokoladenpudding, auf Wunsch von Glanders Nichte und Neffen. Die beiden hatten sich mit Günay und Gülsen in den Keller zurückgezogen und spielten dort mit ihren Weihnachtsgeschenken. Ein Weihnachtsmann war dieses Jahr nicht nötig gewesen. »Mama, wir sind doch keine Babys mehr!«, so hatte Melanie unter großem Gelächter das Gespräch aus dem Advent mit ihren Kindern zum Besten gegeben.

Die Vorspeise, schottischer Wildlachs im Salzmantel an Feldsalat mit einer Honig-Senf-Vinaigrette, war servierbereit, und Lea schaute noch einmal in die beiden Öfen, in denen zwei gefüllte Truthähne ihre goldbraune Kruste entwickelten, während auf den Gaskochstellen die Beilagen vor sich hin köchelten. So viele Personen hatte sie lange nicht mehr bewirtet, sie hatte einen Mordsspaß daran und verzieh sich das angesichts der jüngsten Geschehnisse heikle Wortspiel.

Glander trat hinter sie und nahm sie in die Arme. »Liebe geht wirklich durch den Magen, ich hätte es nicht für möglich gehalten. Ich finde es sehr sexy, dir beim Kochen zuzusehen. Für meine Begriffe hast du nur zu viel an.«

»Sie sind ein Ferkel, Herr Glander.« Lea drehte sich zu ihm und gab ihm einen Kuss. »Kümmere dich lieber um die Getränke. Wir können gleich mit dem Lachs anfangen.«

Als er sich schon beinahe wieder von ihr gelöst hatte, zog sie ihn noch einmal an sich. »Und um das andere kümmere ich mich später. Wenn alle fort sind. Wenn du willst, schlage ich ein bisschen Sahne, so ganz ohne alles. Du wirst ein wenig Geduld brauchen.«

Glander stöhnte und rollte mit den Augen. Lea war grausam. Sosehr er seine Familie und ihrer beider Freunde mochte, es würde ewig dauern, bis dieser Abend vorbei war. Er zog die Korken aus drei Flaschen Weißwein und tröstete sich mit dem Gedanken an ihren bevorstehenden Urlaub. Dann hätte er sie eine Woche ganz für sich alleine. Am 28. Dezember würden sie nach Schottland fliegen. Sie würden Leas Tante Patty in Stirling besuchen und anschließend die Tage über Silvester in einem kleinen Hotel in den Highlands verbringen. Im Hochland wurde der Jahreswechsel gerne über einen Zeitraum von zwei bis drei Tagen gefeiert, hatte Lea ihm erklärt, und er war schon sehr gespannt darauf. Danach ginge es für ein paar Tage nach Edinburgh und am 5. Januar wieder zurück nach Berlin. Die Agentur war geschlossen, und Duncan und Nina würden Haus und Hund hüten, bis sie am 3. Januar wieder nach Kassel zurückfahren wollten. Die letzten Tage würde Margot einspringen und Talisker zu sich nehmen. Glander freute sich auf die bevorstehende Zeit in Leas alter Heimat, auf Spaziergänge im Hochland und auf gemeinsame Stunden vor einem gemütlich lodernden Kaminfeuer. Er klemmte sich zwei Weinflaschen unter den Arm, schnappte sich noch eine Flasche Wasser und verließ die Küche.

Er trat mit dem Wein ins Wohnzimmer und schaute in die Runde. Dabei schien es ihm für einen kurzen Augenblick, als sähe er in einer der Fensterscheiben des Wintergartens hinter dem munteren Grüppchen an der langen Tafel die Erscheinung von Annie Lehmann, die lächelnd die Szene am Tisch betrachtete. Du siehst zu viel Fernsehen, dachte er kopfschüttelnd. Dann hielt seine Schwester ihm ihr Glas entgegen. Er füllte es auf, und Annie Lehmann war verschwunden. Was blieb, war das gute Gefühl zu wissen, dass Annie Lehmann und ihre vielleicht große Liebe nun Frieden gefunden hatten. Es war ein guter Ausklang für dieses ereignisreiche Jahr. Glander war schon gespannt auf das neue.

Er erhob sein Glas zu einem Trinkspruch. »Auf das Leben! Und auf die Liebe! Möget Ihr alle reichlich davon im neuen Jahr haben!«

Der bunte Chor in Leas Wohnzimmer erhob sich und erwiderte hochgestimmt: »Auf das Leben und auf die Liebe!«

Epilog

Der vierzehnjährige Florian staunte nicht schlecht, als er die Aufnahmen sah, die seine Drohne ihm lieferte. Er hatte sie zu Weihnachten geschenkt bekommen, nachdem er seine geschiedenen Eltern lange genug terrorisiert hatte. Sie war wirklich sehr teuer gewesen.

Jetzt stand sie in der Luft über einem Haus neben der S-Bahn-Trasse kurz hinter dem S-Bahnhof Lichterfelde Süd und zeigte ihm den Garten eines Grundstücks, in dem sich eine Menge uniformierter Polizisten und Gestalten in Overalls tummelten. Sie bewegten sich zwischen vielen offenen Gruben, fünfzehn waren es an der Zahl, wenn Florian das richtig erkannte. Neben einigen standen Kunststoffsärge, wie man sie aus dem Fernsehen zum Abtransport von Leichen kannte, neben anderen lagen Plastikplanen. Florian bewegte die Drohne ein wenig, zoomte das Bild heran und wich vor Schreck zurück – ein Mann stand vor dem Haus am Rand der Rasenfläche und lächelte in die Kamera. Seine Hände waren in Handschellen auf dem Rücken gefesselt. Neben ihm stand ein bewaffneter Polizist. Der Mann wandte den Kopf ab und schaute voller Stolz auf die vielen Gräber in seinem Garten. Dann blickte er wieder in die Kamera der Drohne und zwinkerte ihr zu.

Aus Leas Küche

Cottage Pie
(für 10 Portionen)

3 EL Olivenöl
1,25 kg Rinderhack
2 Zwiebeln, klein gehackt
3 Karotten, klein gehackt
2 Knoblauchzehen, klein gehackt
3 EL Mehl
1 EL Tomatenpüree
1 Glas Rotwein
850 ml Rinderbrühe (wahlweise Gemüsebrühe)
4 EL Worcestersauce
3–4 Thymianzweige
2 Lorbeerblätter
Salz
Pfeffer
1,8 kg Kartoffeln
225 ml Milch
50 g Butter
200 g Cheddar, gerieben
Muskatnuss, frisch gerieben

1 EL Öl in einer großen Pfanne (Bräter) erhitzen und das Rinderhack darin anbraten. Hack danach zur Seite stellen. Das Gemüse mit dem restlichen Öl erhitzen und auf kleiner Flamme ca. 20 Minuten lang weichkochen. Das Fleisch wieder dazugeben. Mit Wein ablöschen, kurz einkochen lassen, anschließend Brühe, Worcestersauce, Thymian und Lorbeer dazugeben. Kurz aufkochen, dann auf kleiner Flamme, ohne Deckel 45 Minuten unter gelegentlichem Rühren einkochen lassen. Lorbeer und Thymianzweige herausnehmen und alles gut mit Salz und Pfeffer würzen.
Während das Hack einkocht, für das Kartoffelpüree die gekochten Kartoffeln mit Milch, Butter und 150g Cheddar stampfen, mit Muskat, Salz und Pfeffer würzen.
Das Hack auf zwei ofenfeste Auflaufformen verteilen und mit dem Kartoffelpüree abdecken. Den restlichen Käse darüberstreuen. Bei 220 Grad (Umluft) 25 bis 30 Minuten überbacken.

Spinatsalat

200g junger Blattspinat
100g Pinienkerne
1 EL Balsamico
Olivenöl
½ Zitrone
3 Stiele Minze
5 halbgetrocknete Tomaten
1 Gurke
Salz
Pfeffer

Pinienkerne in einer großen ofenfesten Pfanne bei mittlerer Hitze anrösten. In einer großen Schüssel den Balsamico, den Zitronensaft, das Olivenöl und die Pinienkerne vermischen und mit Salz und Pfeffer abschmecken.
Spinat und Minzblätter waschen, mit Küchenpapier trocknen und alles grob in Streifen schneiden. Die getrockneten Tomaten grob hacken, die Schale von der Gurke entfernen, Gurke halbieren und in mundgerechte Scheiben schneiden.
Alles in einer Schüssel vermengen und erst kurz vor dem Essen mit dem Dressing anmachen.

Banoffee Pie

3 kleine Bananen
2 EL Zitronensaft
200g Vollkornkekse (z. B. Digestives oder Hobbits)
100g brauner Zucker
2 Päckchen Vanillezucker
250g Butter
1 Dose Kondensmilch (400g)
2 Becher Sahne (400ml)
Sahnesteif
50g Zartbitterschokolade

Die Backform gut mit Butter oder Öl ausstreichen. Kekse in einen Gefrierbeutel füllen und mithilfe eines Nudelholzes zerbröseln. 150g Butter schmelzen, mit den Keksbröseln vermengen und gleichmäßig in die Backform drücken. 2 Stunden kühlen, dann den Kuchenboden vorsichtig auf eine Tortenplatte setzen. Kondensmilch und weitere 100g Butter auf dem Herd erwärmen, den Zucker dazugeben und aufkochen lassen. Anschließend köcheln lassen, dabei umrühren, bis die Masse zähflüssig ist. Keine Sorge, wenn sich alles braun färbt, ist es richtig. Masse im Topf kurz abkühlen lassen und auf dem Kuchenboden verstreichen. Die Bananen in Scheiben schneiden, mit Zitronensaft beträufeln und auf der Toffeemasse verteilen. Sahne mit Sahnesteif und Vanillezucker sehr cremig schlagen, auf die Bananenscheiben geben und glatt streichen. Kalorienbewusste nehmen statt des zweiten Bechers Sahne Schmand.

Zartbitterschokolade im heißen Wasserbad schmelzen, danach kurz abkühlen lassen. Die flüssige Schokolade kreisförmig über der Sahne verteilen und mit einem Löffel verstreichen, dann wird sie schön knackig.

Thanks & Slainte

Dieser dritte Band um Lea, Glander, Merve und die kuriose Nachbarschaft in meiner rein fiktiven kleinen Reihenhaussiedlung am südlichen Stadtrand Berlins, kurz vor Teltow, ist unter widrigen Umständen entstanden. Die zwei vergangenen Jahre waren keine guten für mich. Es gab zu viele Ereignisse, die mein Leben negativ beeinflussten und mir das Schreiben schwer bis unmöglich machten. Umso mehr freue ich mich darüber, dieses Buch nun in den Händen zu halten, und bedanke mich dafür ganz besonders bei meiner geduldigen Lektorin Jennifer Hambitzer vom Jaron Verlag.

Ich schreibe bloß eine Krimireihe, und die unterliegt meiner ganz eigenen dichterischen Freiheit. Wie immer ist dies eine von mir erdachte Geschichte, alle Personen, ihre Dialoge und Handlungen sind frei erfunden. Inhaltliche Fehler sind meine eigenen. Einige ermittlungstechnische Abläufe finden tatsächlich so statt wie geschildert, andere eher nicht. Ich erhebe keinen Anspruch auf unbedingte Realitätsnähe, dennoch habe ich natürlich vieles möglichst detailnah recherchiert. Hier möchte ich insbesondere auf den ehemaligen Kommissar und Profiler Stephan Harbort hinweisen, von dem ich einige Abhandlungen über Gespräche gelesen habe, die er mit Serienmördern geführt hat und auf die in einer bestimmten Passage Bezug genommen wird. Ich verbeuge mich vor diesem ehemaligen Kripoermittler, der seit Jahrzehnten die dunkelsten Ecken der menschlichen Psyche ausleuchtet.

Ich danke von Herzen meiner Mutter, Margot Schulz, deren zahlreiche Beschreibungen und Anekdoten die alten Zeiten mit Leben gefüllt haben. Weiterer Dank für konstante Unterstützung, Zuspruch oder für ihre sachdienlichen Infos geht an Renate Barsikow und Melanie Weber sowie an Vanessa Krause, Sabine Lehmann, Steve Shadwell, David Holden und Vanessa Arend-Martin.

In dieser Reihe bereits erschienen:

Beate Vera: **Wo der Hund begraben liegt**,
288 Seiten, ISBN 978-3-89773-738-9

Beate Vera: **Wenn alle Stricke reißen**,
320 Seiten, ISBN 978-3-89773-770-9

Alle Bände sind auch als E-Book erhältlich.